다산의 제자 교육법

자투리 종이와 천에 적어 건넨
스승 다산의 맞춤형 가르침

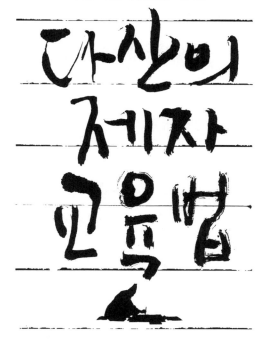

다산의 제자 교육법

정민 엮고 씀

Humanist

머리말

　이 책은 다산 정약용이 제자들에게 증언(贈言) 형식으로 건넨 가르침을 모아 갈래별로 나눠 엮었다. 증언은 다산의 제자 교육법 중 가장 특색 있는 맞춤형 교육으로, 제자의 눈높이에서 그때그때 필요한 가르침을 내린 것이다. 다산의 꼼꼼한 성품뿐 아니라 인간에 대한 깊은 애정과 배려가 토막글마다 스며들어 있다.

　필자는 지난 10여 년간 다산이 친필로 남긴 각종 필첩 자료를 찾아 대강 남북을 편력했다. 자료가 있단 말을 들으면 어디든 달려가서 기필코 보고서야 그쳤다. 문집에 빠진 다산의 일문(佚文)이 너무도 많고, 그 내용이 한결같이 주옥이라는 사실에 놀랐다. 다산은 학자로 치면 국가 대표급인데 이 많은 글이 어떻게 이렇듯 사각지대에 방치될 수 있었을까? 전하는 친필첩의 절반 이상이 제자들에게 가르침을 내린 증언첩이란 점이 특별히 눈길을 끌었다.

　이들 글을 통해 강진 시절 다산의 세부 동선(動線)이 파악되고, 제자 개인별 교왕(交往)의 실상과 개성이 드러난다. 때로는 따끔하게, 한편으로 깊은 애정을 담아 건네진 이들 글 속에는 다산의 위대성이 맥맥이 살아 있다. 다산은 수틀리면 불벼락을 내리고, 때로 새초롬하게 삐치기도 했다. 다시는 안 볼 것처럼 불호령을 내리다가, 조금 잘하면 속없이 무너졌다. 저마다의 개성과 놓인 환경에 따라 꼭 맞게 처방한 훈계는 제자들의 가슴에 깊이 스며 평생 잊지 못할 가르침으로 각인되었다.

다산의 제자냐 아니냐는 다산에게 증언첩을 받았느냐 그렇지 않느냐의 차이로 구분할 수 있을 정도다.

이 책과 함께 간행한 《다산 증언첩》은 다산이 남긴 수십 종 증언첩의 서지를 설명하고, 원래 순서에 따라 해설한 구성이다. 증언첩의 전후 맥락과 글을 써준 앞뒤 정황, 첩별 내용 구성 등을 세로로 늘어세워 순차적으로 살폈다. 다산의 친필 실물 사진도 모두 수록해 자료집의 성격을 띠었다. 이렇게 읽자 증언첩별로 일목요연한 정리는 이뤄졌으나, 막상 다산의 가르침은 계통 없이 산만한 느낌이 들었다. 그래서 같은 책의 내용을 항목별로 추출해 횡으로 늘어세운 후, 이를 주제별로 갈라 재배치한 것이 이 책 《다산의 제자 교육법》이다. 항목별 해설은 《다산 증언첩》과 크게 다르지 않다. 한 가지 콘텐츠를 놓고 횡설(橫說)로 보고 수설(竪說)로 읽은 점이 다르다. 《다산 증언첩》이 학술적 정리라면, 《다산의 제자 교육법》은 교양 독서 대중을 염두에 둔 재배치인 셈이다.

내용은 모두 5장으로 구성했다. 일상 사물에 빗대어 권면과 훈계를 내린 글, 다산의 원포 경영 지침과 산거 생활의 흥취를 다룬 내용, 선비의 이상적 주거 배치에 관한 설명을 한자리에 모았다. 또 학문에 임하는 자세와 각오를 다져주려 쓴 글과 공부의 방법 및 차례를 설명한 내용, 나아가 공직자들이 가져야 할 태도를 정리한 지침들을 주제별로 나눠 묶었다.

이렇게 갈래 짓고 나니 다산의 제자 교육법이 비로소 구체적인 방향을 지시하기 시작했다. 엇비슷한 내용들이 계통 분류로 모이자 제자 교육법의 얼개가 잡혔다. 일상에서 건져 올린 수많은 비유, 정신이 번쩍 드는 대증(對症) 처방, 나이와 신분, 놓인 처지에 따라 맞춤하게 건네진 훈계는 오늘의 교육현장에서 보더라도 여전히 유효하고 위력적이다.

산거 생활과 원포 경영에 대한 내용들은 자연과 하나 되는 삶을 꿈꾸는 웰빙족들의 경전으로 읽힐 만하다.

글 속의 다산은 곰살궂고 때로 심술 맞다. 다정한 듯 엄격하다. 꾸미지 않은 민낯이 그대로 드러난다. 풀이 글은 필자의 생각보다는 본문의 내용을 독자들이 따라올 수 있도록 해설하는 데 역점을 두었다. 각 증언첩의 앞뒤 맥락이 궁금하다면 《다산 증언첩》을 함께 살펴보기를 권한다.

이 책에서 소개한 여러 종의 증언첩들은 소장가들의 깊은 애정 속에 보관되어왔고, 이분들의 흔쾌한 허락을 얻어 소개할 수 있었다. 자기 일처럼 자료를 찾는 데 열성적으로 힘을 보태준 여러 분께 다 적지 못하지만 고마운 마음 가득하다. 삼가 질정을 청한다.

2017년 여름, 행당서실에서
정민

일러두기

- 다산 정약용의 각종 증언을 주제 갈래로 나눠 편집했다.
- 문집에 수록된 증언과 다산 친필로 전하는 증언첩 자료를 모았다. 친필 증언첩은 문집에서
  는 누락된 발굴 자료들이 많다.
- 1장 '사물에서 읽는 의미'는 일상 사물에 빗대어 권면과 훈계를 내린 내용을 모았다.
- 2장 '산거 생활과 이상 주거'는 다산의 원포 경영 지침과 산거 생활의 흥취를 다룬 내용을
  모았고, 선비의 이상적 주거 배치에 관한 내용을 함께 살폈다.
- 3장 '학문을 해야 하는 까닭'은 공부를 시작하는 제자들에게 학문에 임하는 자세와 각오를
  다져주려 쓴 글을 정리했다.
- 4장 '공부법'은 공부의 방법을 구체적으로 설명한 글과 공부의 차례, 텍스트별 공부의 요령
  을 설명한 글들이다.
- 5장 '공직자의 마음가짐'은 지방관과 아전 들이 자신의 직임에 임하는 태도를 설명한 글들
  이다. 백성을 아끼는 마음에 바탕을 두었다.

차례

1장 사물에서 읽는 의미

2장 산거 생활과 이상 주거

3장 학문을 해야 하는 까닭

4장 공부법

5장 공직자의 마음가짐

1장

사물에서 읽는 의미

일상 속에서 발견하는 교훈을 담은 글들을 따로 추려서 모았다. 주변에서 실제로 일어난 일화 속에서 발견하는 깨달음의 내용과 함께, 우언의 형식을 띤 비유의 글이 포함된다. 다양한 사례를 들었고, 아직 뜻이 굳지 않고 생각이 여물지 않은 제자들이 알아듣기 쉽게 친절한 설명을 곁들였다. 한 편, 한 편이 때로는 짧은 우화처럼 느껴진다. 특별히 우언 형식의 글들은 주변 사물에 대한 다산의 깊은 통찰을 잘 보여준다. 벌과 나비를 관찰하고, 거미와 개미를 살피며, 고래를 얘기한다. 또 작약의 한살이를 통해 인생의 과정을 짚어본다. 어리석음과 게으름에 대한 경계를 펼치고, 인간의 탐욕이 빚어내는 추한 모습을 고발하기도 한다. 우리는 왜 사는가? 무엇을 향해 어디로 가고 있는가?

세상에서 가장 경박한 남자

산에 살며 일이 없어 사물의 이치를 가만히 살펴보니, 세상 사람들이 부지런히 왔다 갔다 하면서 정신을 쏟아 노심초사하는 것들은 모두 부질없는 일뿐이었다. 누에가 알을 까고 나오면 뽕잎이 먼저 움트고, 제비가 알을 낳으면 나는 벌레가 들판에 가득하다. 갓난아기가 세상에 나와 첫 울음을 울자 어미의 젖이 분비된다. 하늘이 만물을 낳을 때는 그 양식도 함께 내려준다. 어찌 깊은 근심과 과도한 염려로 황급하게 굴면서 오직 잡을 수 있는 기회를 놓치게 될까 염려한단 말인가?

옷이야 몸만 가리면 충분하고, 음식은 배만 채우면 그만일 뿐이다. 봄이면 보리 철까지 견딜 쌀이 있고, 여름에는 벼가 익을 때까지 이을 낱알이 있다. 그만두자, 그만두자. 올해 내년을 위한 계획을 세우지만 어찌 수명이 그때까지 반드시 이어질 줄 안단 말인가? 자식을 어루만지며 손자와 증손을 위한 계획까지 마련하니, 장차의 자손들은 모두 멍청이란 말인가? 설령 우리가 배불리 먹고 따습게 옷을 입으며 몸을 마치도록 근심 없이 살다가 죽는다 해도 죽는 그날에 사람과 뼈가 함께 썩어버려 한 상자의 책도 전하는 것이 없다면 삶이 아예 없었던 것과 한가지다. 이를 두고 삶이라 한다면 저 금수와 아무런 차이가 없을 뿐이다.

세상에는 가장 경박한 남자가 있으니, 그는 마음을 다스리고 성품을 기르는 것을 가리켜 쓸데없는 일이라 하고, 책 읽고 이치를 궁리하는 것을 가리켜 옛날이야기라고 말하는 자이다. 맹자는 마음을 기르는 자는 대인이 되고, 몸을 기르는 자는 소인이 된다고 말했다. 저 사람이 소인 되기를 달게 여기니, 내가 이를 또 어찌하겠는가?

山居無事, 靜觀物理, 顧世之營營逐逐勞神瘁思者, 皆閒漫爾. 蠶之破
殼, 桑葉先吐, 燕子出卵, 飛蟲滿野. 嬰兒落地一聲, 乳汁泌然. 天之
生物, 竝賜其糧, 奚爲深憂過慮, 遑遑汲汲, 唯恐拏攫之失機哉! 衣足
掩體斯已矣, 食堪塞肚斯已矣. 春而有待麥之米, 夏而有接禾之粒, 已
而已而. 今年而爲來年之謀, 安知壽命必延, 撫子而爲孫曾之計, 將謂
子孫皆愚乎? 使吾人得飽喫煖著, 終身無憂以死, 死之日, 人與骨俱
朽, 一簏之書無所傳, 猶之無生, 謂之有生則與禽獸無擇焉爾. 世有一
等輕薄男子, 凡屬治心養性邊事, 目之爲閑事, 卽讀書窮理, 指爲古
談. 孟子曰養其大體者爲大人, 養其小體者爲小人, 彼甘爲小人, 吾且
奈何哉.

-〈또 정수칠을 위해 써준 증언(又爲丁修七贈言)〉

● ●

사람이 세상에 살다 간 보람은 오직 학문으로 남는다. 그 밖에 아웅다웅 복닥대며 마음 쏟는 일이란 대부분 저절로 이루어져서 그저 두어도 해결될 일들이다. 먹고 사는 문제는 어찌해도 뜻대로는 안 되고, 그저 손 놓고 있어도 굶어 죽는 법이 없다. 사람이 이 세상에 나와 살다 가는 보람을 단지 좋은 집에서 배불리 밥 먹고 따뜻하게 비단옷 입고

다산의 제자 교육법

사는 데서 찾는다면 그보다 슬픈 노릇이 없다. 이런 것은 죽어 땅에 묻히는 순간 흔적도 없이 사라진다. 자손에게 남긴 재물은 자손을 망치는 빌미가 되기 일쑤다. 그 많던 재물은 손가락 사이로 흔적 없이 빠져나가 잠깐 만에 빈털터리가 된다. 그런 것에 어찌 인생을 건단 말인가?

대인과 소인의 차이는 재물의 많고 적음이 아니라 그가 추구하는 가치의 크기로 나뉜다. 그러니 우리는 이 세상을 살아가면서 정신의 가치를 높여 몸과 마음을 닦는 일을 결단코 소홀히 할 수가 없다. 공부하지 않고 살겠다는 말은 한 마리 밥벌레로 살겠다는 것과 같다.

요강 닦기

자하산인이 손님과 더불어 산에 놀러갔다가 성 밖의 주막에서 묵게 되었다. 손님이 하인을 불러 요강을 씻게 하면서 모래가 섞인 재를 쓰지 말라고 주의를 주었다.

산인이 물었다.

"왜 그러시오?"

손님이 말했다.

"거친 모래가 구리를 손상할까 염려되어서지요."

산인은 대답하지 않고 요강을 내려다보고 손님을 올려다보았다. 한번 내려 보고 한번 올려 보며, 바로 보다 흘겨 보다를 열아홉 번쯤 하니 손님이 말했다.

"어째 그러십니까?"

산인이 말했다.

"나는 그대와 요강 중에 어느 것이 먼저 닳고 어느 것이 나중에 없어질지 모르겠네. 그래서 자꾸 보았네."

손님이 부끄러워하며 승복했다.

다산의 제자 교육법

紫霞山人, 與客游山, 宿於野店. 客呼僮, 濯其虎子, 戒勿用灰沙. 山
人曰:"何哉?"客曰:"硬物恐損銅也."山人不答, 俯視虎子, 仰而視
客, 一頫一仰, 眼靑眼白, 至於八九. 客曰:"何哉?"山人曰:"我未知
子與虎子, 孰先敝也. 孰後壞也. 是故屢視之."客愧服.

−《시의순첩(示意洵帖)》

●●

　요강이 닳을까 봐 하인에게 모래가 섞인 재로 요강을 씻지 못하게 주
의를 주던 손님과 오간 문답이다. 요강 한 번 보고 손님을 한 번 보는
눈길이 반복되자 손님이 궁금증을 못 이겨 묻는다.

　"어째 이리 사람을 빤히 보십니까?"

　"음, 아닐세. 자네가 요강이 닳을까 봐 걱정해 모래가 섞인 재로 씻지
말라고 하니, 내 생각에 아무리 요강을 빡빡 문질러 닦아도 요강보다는
자네가 먼저 닳아 없어질 것 같아서 그랬네."

　손님의 얼굴이 붉어지더니 한참 동안 말이 없다가 겨우 입을 뗐다.

　"말씀이 옳습니다. 제가 생각 없는 말을 했습니다그려."

물 새는 배 위의 탐욕

월고만은 든바다의 암초가 많은 나루다. 겨울에 장사꾼이 중류(中流)를 건너가다가 돌개바람을 만나 배가 엎어졌다. 뱃머리에 서 있던 자가 먼저 빠졌다. 뱃고물에 앉아 있던 자가 서둘러 가서 주머니를 낚아챘다. 그 속에 두 꿰미의 돈이 있는 것을 알았기 때문이다. 주머니를 겨우 둘러매자 제 몸도 이미 물결 속에 있었다. 헤엄을 잘 치는 사람이 돌아와서 이를 말해주었다. 아아! 천하에 뱃전으로 달려가서 주머니를 잡아채지 않을 사람이 드물다. 이 세상은 물이 새는 배와 같다. 약한 놈의 고기를 강한 놈이 먹지만, 강한 놈이나 약한 놈이나 함께 죽고 만다. 백성의 재물을 부호들이 강탈해가도 백성이나 부호나 모두 죽고 만다. 죽은 사람의 아내를 취해왔는데 먼젓번 지아비를 뒤따라 죽는 격이니 천하가 온통 이러하다.

月姑灣者, 裨海之碞津也. 冬月商旅, 過涉中流, 遇焚輪舟覆, 立於艫者先溺, 其坐於艄者亟往, 而摘其囊, 知其中有二貫錢也. 囊纔揷而身已隨淪. 有善泅者, 歸而言之. 嗟乎! 天下之不就艫以摘囊者鮮矣. 斯世也, 漏船也. 弱肉强食, 而强與弱俱斃. 眈財豪奪, 而眈與豪並隕. 娶死人之妻而踵先夫以死者, 天下滔滔是矣.

-《시의순첩》

다산의 제자 교육법

• •

　월고만은 강진만의 다른 이름이다. 돛을 달고 월고만을 건너던 배가 돌개바람이 불자 암초에 걸려 엎어졌다. 뱃전에 섰던 사람이 물에 빠지는 것을 보더니 뱃고물에 있던 사람이 달려갔다. 자기를 구해주려는 줄 알고 손을 내밀자 그 손은 뿌리친 채 그의 돈주머니를 낚아챘다. 그러고는 곧이어 저도 그 물에 빠져 같이 죽었다.

　겨울 바다에서 돌개바람을 맞아 침몰 중인 배에서도 약육강식의 논리는 엄연하다. 재물의 이익을 위해서라면 목숨과도 기꺼이 맞바꾼다. 세상이라고 다른가? 부호는 백성의 재물을 갈취한다. 백성은 그 착취를 못 이겨 달아나 흩어진다. 착취할 대상이 사라지자 부호도 함께 죽는다. 남편 잃은 여인을 겁박해 취하려 드니 여인은 죽은 남편을 따라 자결해버렸다. 얻은 것 하나 없이 함께 망하고 만다.

가난한 선비의 부자 되기

영암군에 한 가난한 선비가 있었다. 그 종은 큰 부자였다. 하루는 그가 종에게 말했다.

"네가 내게 돈 1천 꿰미를 준다면 내가 마땅히 너를 속량시켜주마. 네가 비록 죽더라도 맑은 귀신이 될 것이다."

종이 말했다.

"명을 따르겠습니다."

가난한 선비가 말했다.

"네가 귀찮겠지만 내 돈 1천 꿰미를 네 집에 두어두고서 네가 소금을 사면 또한 날 위해 소금을 사주고, 네가 쌀을 사면 또한 날 위해 쌀을 사다오. 네 복에 의지해서 나로 하여금 실패하지 않게 해다오."

종이 말했다.

"그렇게 하시지요."

몇 달 뒤에 종이 말했다.

"소인이 1천 꿰미로 밀을 사서 술을 담그렵니다. 나으리는 어찌하시렵니까?"

가난한 선비가 말했다.

"오직 네가 사는 대로 나도 밀을 사서 술을 담그련다."

종의 집이 돌림병을 앓았는데 몇 달간 낫지 않았다. 종이 들어와 청하였다.

"제 집이 이와 같으니, 청컨대 나으리께서 먼저 담그시지요."

가난한 선비가 이를 허락했다.

이윽고 농사일에 큰 흉년이 들어 밀가루 귀하기가 방아 찧은 쌀과 다름없었다. 게다가 술을 금하는 법이 지엄해서 술 빚는 사람이 없었다. 종의집은 큰 이익을 네 배나 얻었지만, 가난한 선비는 본전만 겨우 건져 전처럼 도로 가난해졌다. 이에 크게 한숨을 쉬며 말했다.

"이것은 운명이다. 내가 다시는 생계를 위해 애쓰지 않으리라."

靈巖郡有一貧士. 其奴巨富. 一日謂其奴曰: "汝與我錢千緡, 我當贖汝. 汝雖死, 爲淸鬼也." 奴曰: "唯命是聽." 貧士曰: "煩汝以吾錢千緡, 因留汝家, 汝販鹽, 亦爲我販鹽. 汝糴米, 亦爲我糴米. 庶仗汝福, 俾我無敗." 奴曰: "諾." 後數月, 奴曰: "小人以千緡, 販小麥, 將以踏麯. 大家將何爲?" 貧士曰: "唯汝之所販, 是販將踏." 奴家患瘟疫, 數月不瘳. 奴入請曰: "奴家如此, 請大家先踏." 貧士許之. 旣已歲事大無, 麩麴之貴, 不異精鑿, 而酒禁至嚴, 又無釀者. 奴家獲大利四倍, 而貧士打其本錢, 依舊貧匱. 於是喟然歎曰: "是命也. 吾不復營生矣."

− 《시의순첩》

● ●

거부가 된 외거노비(外居奴婢)를 속량해주는 대가로 1천 꿰미의 돈을 받아 종에게 투자까지 맡겼던 선비가 결국 도로 가난해진 사연을 담았다. 다산의 뜻을 이렇게 짐작해본다.

"내 이야기를 들어보거라. 가난한 선비가 종을 그대로 따라 해서 부자가 되어보려 했지만, 부자는 하늘이 내는 것이지 사람의 힘으로는 안 된다. 너는 공부 욕심이 참 대단하구나. 그런데 말이지, 의욕만 가지고는 큰 공부를 이룰 수가 없다. 똑같이 한다고 누구나 똑같은 결과를 내는 것은 아니다. 종이야 제 주인에게 손해를 끼치지 않으려고 술을 먼저 담게 한 것이지만, 결과적으로 그 후의가 주인에게는 손해가 되고 제게는 큰 이익을 안겨주었다. 이 상황에서 주인이 하인을 탓할 수 있겠느냐? 그저 운명을 탓할 수밖에. 큰 공부는 욕심만으로는 안 되는 법이다. 결과를 먼저 염두에 두면 그만큼 실망과 좌절이 빨라지게 되니 잘 가늠해야지. 의욕을 늦추고 내성(內省)의 힘을 더 기르도록 해라."

대붕과 고래

저 대붕 부러워라　　　　　　　　　羨彼大鵬
바람 움켜 깃을 치자,　　　　　　　搏風振翼
천지(天池)를 가로질러　　　　　　　橫絶天池
반년에 한 번 쉬네.　　　　　　　　六月一息
갈대 참새 불쌍하다　　　　　　　　哀玆葦雀
어살 곁에 날아든다.　　　　　　　蚩搶楡枋
어린 백성 업신여겨　　　　　　　　下民侮余
저물녘에 그물 펴네.　　　　　　　虞羅夕張

고래가 제멋대로　　　　　　　　　鯨魚偃蹇
한바다서 노니누나.　　　　　　　游戲瀛溟
물을 뿜자 무지개라　　　　　　　歕水成虹
천정(天庭)까지 뿌리누나.　　　　上洒天庭
못에 노는 금붕어야　　　　　　金鯽行池
헤엄치며 즐겁다만,　　　　　　鱗鱗相卽
연못이 말라지면　　　　　　　池之將竭

달아날 길 없으리.

思跳不得

-《시의순첩》

＊＊

4언 16구의 고시다. 붕새와 참새, 고래와 금붕어를 한 짝으로 앞뒤 대
응을 이루는 구성이다.

"저 푸른 하늘을 차고 나는 대붕(大鵬)을 보아라. 바람 위에 올라타
날개를 펄럭이면 아득한 허공 위로 솟아 끝없이 난다. 반년에 한 번 지
상에 내려앉아 잠깐 쉬면 그뿐이다. 갈대에 앉은 저 참새는 어떠냐! 고
기 잡으려고 쳐둔 그물 주변으로 생선 찌꺼기라도 얻어먹을까 싶어 모
여드는구나. 그러다가 그물에 걸리면 주림을 구하려다 제 목숨마저 잃
고 만다. 저 한바다 위를 굼실대며 노니는 고래는 어떠냐? 물을 뿜으면
무지개가 서고, 물줄기가 하늘 꼭대기에 가서 닿는다. 연못의 금붕어가
부족한 줄 모르고 놀아도, 못물이 마르면 그 자리에서 말라죽고 만다.
너는 고래가 되겠느냐 아니면 참새가 되겠느냐? 붕새의 꿈을 기를 테
냐, 금붕어의 삶에 만족할 테냐?"

다산의 제자 교육법

땅문서를 믿으랴

　세간의 여러 사물은 대개 헛것인 경우가 많다. 초목 중에 작약은 꽃이 한창 피었을 때는 지극히 참되고 보배롭기 짝이 없다. 하지만 시들어 떨어지고 나면 진실로 허깨비일 뿐이다. 소나무와 잣나무가 비록 오래 산다 해도 수백 년의 사이에 지나지 않는다. 도끼에 찍혀서 땔감이 되지 않으면 또한 바람에 꺾이거나 벌레 먹어서 죽고 만다. 이 같은 종류가 그러한 줄은 모든 선비가 다 안다. 다만 유독 토전(土田)이 허깨비에 지나지 않은 줄은 아는 자가 드물다. 세속에서 밭을 사거나 집을 마련하는 것을 실답고도 든든하다고들 한다. 사람들은 토지란 것이 바람으로 불려버릴 수도 없고 불로 태워버릴 수도 없으며, 도둑이 훔쳐갈 수도 없어서 천년 백년이 지나도 없어지거나 손상되지 않는다고 여기므로 무릇 이것을 마련하는 것을 두고 든든하고 실답다고 말한다.

　하지만 내가 사람들의 토지 문서를 살피다가 내력을 조사해보니 매년 1백 년 이내에 주인이 바뀐 것이 문득 대여섯 번에 이르거나 심한 경우에는 일고여덟 번 또는 아홉 번까지 되었다. 그 성질이 가만히 있지 않고 잘 달아나기가 이와 같았다. 어찌 남에게는 가벼우면서 나에게만 오래 충성하기를 바라, 아무리 쳐도 깨지지 않는 물건이 되리라 믿는단 말인가? 창기나 노는 여자는 여러 번 남자를 바꾼다. 그런데도 내게 이르러서는 어찌 홀로 오래도록 나만 지켜주기를 바라겠는가? 토지를 믿는 것은 창기의 정절을 믿는 것일 뿐이다.

부자가 넓은 땅에 밭이 잇대어 있으면 반드시 뜻에 차고 기운이 성해져서 베개를 높이 베고서 자손을 살펴보며 이렇게 말한다. "만세의 터전을 내가 너희에게 준다." 하지만 예전에 진시황(秦始皇)이 호해(胡亥)에게 전한 것이 이 정도에 그치지 않았음은 잘 알지 못한다. 이 일을 어찌 족히 믿겠는가?

世間諸物, 槪多幻化. 草木花藥, 方其榮鬯之時, 豈不至眞至實, 及其瘁然衰隕, 誠幻物耳. 雖松栢稱壽, 不過數百年之間, 非斫而火之, 亦風隕蠹齮而滅. 此類之然, 通士知之. 獨土田之幻, 鮮有知者. 世俗指買田置庄者, 爲朴實牢固, 人以土田者, 風不能飄之, 火不能燒之, 盜不能攘之, 歷千百年不弊壞損傷. 故凡置此者, 其人爲牢實云耳. 然余觀人土田之券契, 査其來歷, 每百年之內, 易主輒至五六, 其甚者七八九. 其性之流動善走如此, 獨安冀其輕於人, 而久忠於我, 恃之爲損攘不破物乎? 娼妓冶游之女, 屢更其夫. 以至於我, 獨安冀其久守我乎? 恃土田, 猶恃妓之貞烈耳. 富者田連阡陌, 必滿志盛氣, 高枕視子孫曰: "萬歲之基, 予以授汝." 不知始皇當年, 其傳之胡亥, 不止於是. 此事豈足恃耶?

ㅡ〈윤종심을 위해 써준 글(爲尹鍾心贈言)〉

● ●

다산은 제자들에게 준 증언에서 세상 사람들이 중시하는 것들이 사

다산의 제자 교육법

실은 '환(幻)', 즉 허상에 지나지 않는다는 말을 여러 번 했다. 재물과 권세가 그렇다. 그 속에 몸담고 있는 사람들은 그것이 마치 천년만년 갈 것처럼 군다. 지금은 너무도 분명하고 확실해도, 얼마 못 가 흔적도 없이 스러지고 만다. 화려한 작약이 흉물스런 모습으로 땅에 떨어지는 데는 그다지 오랜 시간이 걸리지 않는다. 만고에 푸르지 싶던 낙락장송도 목재로 베어지거나 바람에 꺾이고 만다.

꽃과 나무가 오래가지 못한다고 하면 사람들은 으레 그런 줄로 안다. 하지만 땅과 집은 한번 사두기만 하면 천년만년 갈 것을 의심치 않는다. 다산은 예전 곡산 부사 시절에 고을의 토지 문서를 조사하면서 흥미로운 사실을 발견했다. 100년 사이에 최소 대여섯 번에서 심하게는 아홉 차례나 주인이 바뀐 토지 문서들을 보았던 것이다. 고작 100년 사이에도 토지의 주인은 이렇게 활발하게 바뀌고 있었다. 정말로 믿지 못할 것이 바로 땅이요 토지 문서였다.

그런데도 땅을 사는 사람은 마치 든든한 저축이라도 들어둔 듯이 흐뭇해서 자손을 불러놓고 기염을 토한다. "내가 너희에게 만세의 터전을 물려준다. 너희는 아무 걱정 말고 이 땅 위에서 번창하거라." 하지만 그가 세상을 뜨기도 전에 처지가 변하고 환난이 닥쳐오지 않으면, 못난 자식이 여색이나 도박에 빠져 그 땅문서를 잡혀 눈앞에서 거덜을 내고 만다. 진시황은 자신의 이름을 따로 짓지 않고 시황제(始皇帝), 즉 초대 황제로 짓고, 다음부터는 2세 황제, 3세 황제로 붙여 만세까지 이르리라고 기염을 토했다. 하지만 진나라는 고작 2세인 호해 때 망하고 말았다. 재물과 권력을 믿는 일은 이토록 허망하다.

가난을 미리 걱정하지 마라

가난한 선비가 정월 초하루에 가만 앉아서 1년간의 양식을 헤아려보면 진실로 아마득하다. 생각 같아서는 하루도 못 가서 굶어 죽음을 면하지 못할 것만 같다. 하지만 섣달그믐이 되어도 변함없이 여덟 식구가 모두 살아남아 한 사람도 줄어들지 않았다. 돌이켜 생각해봐도 그렇게 된 연유를 알 수가 없다. 네가 능히 이 같은 이치를 깨닫겠느냐? 누에가 알에서 나오면 뽕잎이 움트고, 갓난아이가 어머니의 태에서 나와 울음소리를 한 번 내면 어미의 젖이 벌써 뚝뚝 떨어진다. 양식을 또 어찌 족히 근심하겠는가? 너는 비록 가난하다 해도 아무 걱정을 하지 말거라.

貧士於月正元日, 坐算一年糧饟, 誠茫然. 意不日不免乎餓莩. 及至除夕, 依然八口都存, 一個不損. 回頭游想, 莫知其所以然. 汝能覺此理否? 蠶出殼而桑葉吐, 孩兒出母胎, 啼聲一發, 而母乳已瀝然注下. 糧又安足憂哉. 汝雖貧其勿憂.

—〈윤종심을 위해 써준 글〉

　　　　　　　　　　　　다산의 제자 교육법

··

살림살이는 수학으로 하는 것이 아니다. 계산으로 따져서 수입과 지출을 헤아려보면 도저히 답이 안 나온다. 정초에는 올해는 꼼짝없이 식구들이 굶어 죽겠구나 싶어 걱정이 태산이었는데, 연말에 보면 한 사람도 축나지 않고 그대로 살아 있다. 암만 생각해도 신기하다 싶을 정도다. 고생스럽기야 하겠지만 부모가 어서 늙어 힘 빠지기만을 기다리다가, 돌아가시기가 무섭게 노름에 빠져 전 재산을 말아먹는 부자의 자식에 견주면 어떠한가? 갓난아이의 울음에 어미젖이 먼저 알아 뚝뚝 떨어진다. 해도 해결 안 되는 걱정에 짓눌려 지내지 말고, 하늘의 마련을 믿고 네 자리를 지키는 것이 먼저다.

다산이 이 글을 써준 1813년에 윤종심은 스물한 살의 청년이었다. 당시 그는 집안의 실질적인 가장 노릇을 해야 할 처지였다. 그래서 이래저래 생각이 많았던 모양이다. 공부에 집중하지 못하고 자꾸 빙빙 겉돌았다. 어느 날 따로 불러 그의 고민을 듣게 된 다산이 마음을 다잡게 해주려고 이 글을 써주었다.

다산은 말한다. "재부(財富)란 본래부터 허깨비 같은 것이니라. 천년만년 가는 것이 아니다. 너는 어디에다 네 인생을 걸려느냐? 허깨비 같은 논밭 문서와 오래 못 갈 재물이냐, 인간이 걸어가야 할 떳떳한 도리이냐? 사람이 밥만 구하면 밥도 못 먹고, 밥 이상의 것을 구하면 밥은 저절로 오게 되는 것이니라. 자꾸 셈으로 따져 저울질하기 시작하면 사람이 못 쓰게 된다."

자손에게 재물을 물려주는 일

내가 이제 나이가 적지 않고 보니 겪은 일이 아주 많다. 무릇 재물이 있더라도 자손으로 하여금 이를 누리게 하는 자는 천 명 백 명 중에 한두 사람뿐이다. 형제의 자식을 데려다가 이를 준 사람은 그나마 운이 좋은 경우다. 간신히 집안의 촌수를 헤아려 몸을 굽혀 자리를 깔고서 촌수가 먼 친족에게 가져다 바치기까지 한다. 평소에 하는 짓이 한 끼의 저녁 식사조차 아까워하는 자들도 모두 그러하다. 그러지 않으면 못난 자식을 낳아 애지중지해서 야단도 안 치고 매질도 하지 않는다. 그래서 다 자라고 나면 속으로 부모가 어서 늙기만을 바란다. 삼년상을 겨우 마치고 나서는 마조(馬弔)와 강패(江牌) 같은 노름에 빠져서 몸에 갖은 기예를 갖추니, 이 때문에 잘못 재물을 탕진하는 자가 또 잇달아 나온다. 이로 말미암아 볼진대 이른바 부유한 것을 어찌 족히 부러워할 것이며, 이른바 가난한 것을 어찌 족히 슬퍼하겠는가?

余今齒數不尠, 歷事多矣. 凡有財而令子孫享之者, 千百蓋一二人而已. 取兄弟之子予之者, 其倖者也. 僅計昭穆, 屈躬席藁, 以獻于疏遠之族. 平日所爲之惜一夕之餐者滔滔焉. 不然産不肖孩兒, 愛之重之,

다산의 제자 교육법

不呵不撻. 及其壯也, 心冀父母之耄, 逮夫三霜甫畢, 馬弔江牌, 身具

三蟲之技, 以之悖出者, 又項背相望. 由是觀之, 所謂富者豈足羨, 謂

貧者豈足悲哉!

—〈윤종심을 위해 써준 글〉

●●

　앞서 재물도 토지도 모두 허깨비 같은 것이라고 해놓고, 좀 더 실감
나는 비유를 더 얹었다. 많은 재물을 지녔어도 그 재물을 자손이 온전
히 누리는 경우란 거의 없다. 형제의 자식을 후사로 세워 그에게라도
줄 수 있다면 그나마 다행이고, 그도 아니면 촌수를 따지기도 힘든 집
안의 먼 후손을 양자로 데려다가 애써 모은 재산을 그에게 다 건넨다.
평소 밥 한 끼를 아껴 바들바들 떨던 수전노들도 예외가 없다. 그도 아
니면 자식에게 오냐오냐 비위를 맞춰가며 갖은 기대를 건다. 하지만 못
난 자식은 부모가 하루빨리 늙어서 재산권을 자신이 행사할 수 있을 때
만 손꼽아 기다리다가, 부모의 삼년상을 마치기도 전에 노름에 빠져 물
려받은 재산을 모두 날려버린다.

　다산은 집안의 가난을 근심해 주눅 들어 있는 제자 윤종심을 위해 이
렇게 다독여주었다.

　"보거라. 그토록 아껴 모은 재물이 손가락 사이로 빠져나가는 시간은
실로 순식간이 아니냐? 그러니 부자를 부러워할 것이 없다. 똑같은 이
유로 가난은 슬퍼할 일만도 아니다. 부자는 안 해도 될 근심을 늘 달고
살지만, 가난한 사람은 애초에 지닌 것이 없으므로 그런 근심이 아예
없다. 있어도 베풀 줄 모르고 써보지도 못한 채 바들바들 떨며 땅만 사
모은 부자나, 아예 무엇을 지녀본 적이 없던 가난뱅이가 결국은 아무런

차이가 없는 셈이지. 오히려 가난한 사람은 재물이 귀한 줄을 알아 아껴 쓰고 서로를 위할 줄 안다. 그러니 너의 가난은 슬퍼할 일이 아니라 다행으로 여겨야 할 일이 아니겠느냐?"

돼지의 즐거움

곱고 아름다운 의복은 번쩍번쩍 빛나고, 겨울에는 갖옷 입고 여름에는 고운 베옷을 입어 평생 군색하지 않게 지낸다면 어떻겠는가? 이는 비취나 공작, 여우와 살쾡이, 담비나 오소리 따위도 모두 이렇게 할 수가 있다. 진수성찬이 온통 향기롭고, 풍부한 고기와 넉넉한 음식을 죽을 때까지 댈 수 있다면 어떻겠는가? 범과 표범, 여우와 늑대, 매나 독수리 따위도 모두 이렇게 할 수가 있다. 붉게 연지분을 바르고 푸르게 눈썹을 그린 미인이 굽이굽이 넓은 방에서 노래하고 춤추는 것을 즐기면서 한세상을 마친다면 어떻겠는가? 모장(毛嬙)과 여희(麗姬) 같은 미인도 물고기가 이를 보면 깊이 들어가 숨는다. 그럴진대 돼지의 즐거움이 금곡(金谷)과 소제(蘇堤)의 놀이만 못하지 않다.

鮮衣美服, 燁然光耀, 冬裘夏絺, 終身不窘, 何如哉. 翡翠孔雀狐貍貒貉之等, 皆足以爲是也. 珍羞妙蔵, 雜然芬芳, 豐牢厚饌, 終身不匱, 何如哉. 虎豹豺狼鷹鸇鵰鶻之屬, 皆足以爲是也. 粉黛紅綠, 曲房回室, 歌舞以畢世, 何如哉. 毛嬙麗姬, 魚見之深入, 則豕之樂, 未嘗有遜於金谷蘇堤之遊冶也.

— 〈윤혜관을 위해서 준 증언(爲尹惠冠贈言)〉

••

어떤 삶을 살기 원하는가? 화려한 비단옷을 입고 산다. 추운 겨울에
는 갖옷을 입고, 더운 여름에는 잠자리 날개 같은 고운 베로 옷을 지어
입는다. 이렇게 살면 흡족할까? 비취새와 공작새도 비단옷을 입고, 여
우와 살쾡이, 담비와 오소리도 모두 갖옷을 입는다. 그게 무슨 대수인
가? 그렇다면 맛난 음식은 어떤가. 끼니마다 산해진미가 밥상에 오르
고, 기름진 고기 요리가 빠지지 않는다. 평생 배고픈 줄 모르고 먹고 싶
은 것은 무엇이나 마음껏 먹을 수 있다면 얼마나 좋을까? 고기를 배불
리 먹는 것은 범이나 표범, 매나 독수리 같은 짐승들이 늘 하는 일이다.
대단할 것이 하나도 없다. 어여쁜 미인의 가무 속에 늘 잔치하며 근심
을 모르고 산다면 어떨까? 그것도 허망하다. 미인의 고운 자태는 얼마
못 가 주름이 지고, 흥겹던 음악과 즐겁던 자리는 자취도 없다. 절세의
미녀도 물고기가 보면 놀라 달아나기 바쁘다. 평생 먹이만 보면 주둥이
를 박아대는 돼지의 삶이 그토록 부러운가? 그 옛날 부자 석숭의 별장
이 있던 금곡에서의 흥겨운 잔치와 소제에서의 즐거운 자리에 지금 무
엇이 남아 있는가?

다산의 제자 교육법

터전을 지켜 문호를 세워라

서울의 세력 있는 집안은 온 친족이 영화를 누리면서 모든 후손이 벼슬길에서 환한 자취를 드러낸다. 이런 사람들은 각자 집안을 이뤄 서로 도와주지 않아도 오히려 확고하게 자립할 수가 있다. 이는 마치 큰 물고기가 바다로 놓여나 저마다 지느러미를 힘차게 흔들며 내닫는 것과 같아서 호연히 서로를 잊더라도 문제가 없다. 하지만 우리 외가 같은 경우는 궁벽하게 바닷가에 살면서 세상에서 배척받아 영예와 복록이 미치지 않다 보니 후손들이 모두 초췌하여 뜻을 펴지 못한지라 종가가 이 지경으로 보잘것없다. 사정이 이 같은데도 대수롭지 않게 그저 보아서 붙들어 지키기를 도모하지 않는다면 어찌 고꾸라져 엎어지지 않을 수 있겠는가?

사람이 어질지 않은 것은 사사로운 뜻이 끼어들기 때문이다. 사람들은 처자를 사사로이 자기의 소유로 여기지 않음이 없다. 이 밖에는 비록 아버지의 형제나 자신의 형제라도 밀쳐내어 외면한다. 이에 풀 한 포기나 나무 한 그루를 심으면서도 속으로 가만히 이렇게 말한다. "이것이 마침내 내 소유가 될까? 아니면 남이 대대로 전하는 것이 될까?" 그리하여 내 것일 것 같으면 지켜 보호하고, 남의 것일 듯하면 시큰둥하게 본다. 벽돌 하나가 터지면 큰 집이 무너지고 마는데, 이를 그대로 놓아둔 채 이렇게 말한다. "저 집은 내 먼 친척들이 사는 곳일 뿐이다." 자갈 하나가 뽑히면 큰 방죽의 물이 다 새건만, 그대로 버려둔 채로 이렇게 말한다. "저것은 그저 내 먼 친척들이 물을 대어 쓰는 곳이다."

종이 한 장을 얻으면 돌아와 아내의 창문을 바르고, 널빤지 하나를 얻으면 돌아와 자식의 책상부터 만든다. 오만 자질구레한 것까지 세세하게 마음을 쓰면서 그 재산을 모아서 그 터전을 두터이 하기만을 바란다. 그러면서도 수풀이 불에 다 타버리면 여우와 토끼가 어찌 살고, 연못이 말라버리면 물고기가 어디에 깃들지는 알지 못한다. 해남의 연동이 엎어지면 온 집안이 어디에 의지하겠는가?

그대들이 진실로 과거에 급제해서 높은 지위에 올라 문호를 키울 수는 없다고 해도, 모름지기 집안의 사이에서 지극히 잗달고 잡스러운 일에 이르기까지 근심스레 살펴서 공적인 일을 앞세우고 사사로운 일을 뒤로 미뤄 장차 무너져가는 아슬아슬한 우리 외가를 붙들어 세운다면, 어찌 어질고 효성스러워 본분을 다하는 사람이 아니겠는가?

京輦勢力之家, 擧族榮曅, 枝枝葉葉, 簪紱赫突. 若是者各自爲家, 不相扶護, 猶之碻然自立, 若巨魚之縱大壑, 各自奮鬐, 浩然相忘焉可也. 若我外家者, 僻處海埳, 爲世所擯. 榮祿不及, 枝枝葉葉, 憔悴不敷. 而宗家之寡弱至此, 若于是又加以恝然越視, 不圖所以扶護之, 則幾何不蹶而顚矣.

人之所以不仁, 以私意間之也. 人莫不私其妻子, 以爲己有. 自此以往, 雖諸父兄弟, 推而外之. 於是播一草壅一木, 必默自商量曰: "是終爲我有乎? 抑爲彼所傳世者乎?" 我則護之, 彼則眈之. 一瓴甋則大厦將崩, 舍之曰: "彼唯我疏屬之所寢興也." 一礫拔則大陂將竭, 舍之

다산의 제자 교육법

曰: "彼唯我疏屬之所灌漑也." 得一張紙, 歸而補妻之牏, 獲一杚木,
歸而造兒之案. 璅璅屑屑, 用心奸細, 冀以聚其財産, 厚其基業, 不知
藪之旣焚, 狐兎焉宅, 池之旣竭, 鯤鮞奚穴. 蓮谷旣顚, 擧族何依?
賢輩苟不能登揚崇顯, 以大門戶, 須從閨閫之間, 極瑣小至猥雜之事,
惕然警省, 先公後私, 以扶我懍懍將顚之外家, 豈非仁孝盡分人耶?

– 〈증혜관겸시회중포숙(贈惠冠兼示檜仲蒲叔)〉

●●

서울의 권문세가는 집안 내부의 도움 없이도 저마다 자립이 가능하
다. 큰물에서 노는 큰 고기는 아무 거칠 것이 없다. 하지만 해남 연동의
윤씨 집안은 벼슬길에서 멀어진 지 오래고, 세상에서도 배척을 받아 후
손이 영락하고 종가는 퇴락했다. 그런데도 일족이 서로 힘을 합치지 않
고 제 처자식만 감싸고돌며 제 집안 간수에만 급급하다면 마침내 온 집
안이 무너져서 불타버린 숲속의 사슴이요 물이 말라버린 연못의 물고
기 짝이 되고 말 것이다.

과거에 급제해서 높은 벼슬에 오르고 문호를 크게 넓히는 것은 당장
에 가능한 일이 아니다. 그렇다고 눈앞의 잔단 이익에 급급해 저 손해
나는 짓은 죽어도 하지 않으려 들고 종족의 일을 남의 일 보듯 한다면
장차 아무 희망이 없다. 선공후사(先公後私)의 마음을 너희에게 간곡하
게 기대한다. 사소한 일조차 외면하지 말고 힘을 합치는 마음가짐이 중
요하다. 이 일이 나와는 무관하다는 생각을 버려야 한다. 내게는 외가
이지만 너희에게는 친가가 아니냐? 인효(仁孝)란 먼 데 가서 찾을 것이
아니다. 제 부모 제 자식에게만 해당하는 말이 아니다. 일족으로까지
확산되어야지. 그래야 되는 집안이다. 그래야 후손으로서 본분을 다했

다고 말할 수가 있다.

　해남 연동은 다산의 외가였다. 하루가 다르게 무너져내리는 가문의 영락을 지켜보다가 집안이기도 한 윤씨 제자들에게 안타까운 마음을 담아 당부를 건넸다.

　　　　　　　　　　　　　　　　　　다산의 제자 교육법

과거 공부가 먼저다

노(魯)나라의 공자와 추(鄒)나라의 맹자는 위태롭고 어지러운 세상을 살면서도 오히려 다시금 사방을 돌아다니면서 벼슬을 하기 위해 애를 썼다. 진실로 입신양명(立身揚名)이 효도의 극치이고, 새나 짐승과는 함께 무리 지어 살 수가 없기 때문이었다. 지금 세상에 벼슬에 나아가는 길은 오직 과거 한 길만 있을 뿐이다. 이 때문에 정암 조광조와 퇴계 이황 같은 여러 선생께서도 모두 과거를 통해 자신을 드러냈으니, 진실로 여기에 말미암지 않고는 끝내 임금을 섬길 방법이 없었던 것이다.

근세에 오랜 집안의 후예로 영락하여 먼 지방에 사는 사람은 영달하여 벼슬길에 나아가려는 뜻은 없고 그저 먹고사는 일에만 힘을 쏟는다. 심지어는 높이 날고 멀리 올라가 숨으려고 우복동(牛腹洞)만 찾고 있다. 한번 그 속에 들어가기만 하면 자손이 그만 노루나 토끼가 되고 마는 줄은 전혀 알지 못한다. 비록 편안히 살면서 농사짓고 우물 파며 자식을 많이 낳아 기른다 한들 무슨 유익함이 있겠는가? 제군은 장차 과거에 응시해서 벼슬하는 데 마음을 두고, 그 밖의 것을 사모하는 마음은 먹지 말아야 한다.

魯之叟鄒之翁, 當危亂之世, 猶復轍環四方, 汲汲欲仕. 誠以立身揚
名, 孝道之極致, 而鳥獸不可與同羣也. 今世仕進之路, 唯有科擧一
蹊. 故靜菴退溪諸先生, 皆以科目拔身, 誠知不由是, 卒無以事君也.
近世故家遺裔, 零落迍邅者, 無意榮進, 唯以治生爲務. 甚則欲高翔遠
引, 唯牛腹洞是索, 殊不知一入此中, 子孫便成麕兔. 雖復安居耕鑿,
生育蕃茂, 顧何益哉? 諸君且以科宦爲心, 毋生外慕.

-⟨다산의 제생을 위한 증언(爲茶山諸生贈言)⟩

●●

과거 공부를 하는 것은 내 한 몸 잘 먹고 잘 살자는 것이 아니라, 이
길이 아니고서는 사회적 존재로서의 자아를 실현할 길이 없기 때문이
다. 임금을 섬겨 나라를 위하고 백성을 위하는 길을 걸어갈 수가 없기
때문이다. 입신양명이야말로 효도의 극치다. 사람이 되어서 새 짐승과
같이 살아갈 수는 없지 않은가?

하지만 사람들은 제 발을 딛고 선 자리를 외면한 채 우복동만을 찾아
헤맨다. 우복동은 상주와 청주, 보은의 접경 지역 어딘가에 있다는 유
토피아다. 당시 조선에는 전쟁의 화를 피할 수 있다는 10승지(勝地) 설
이 널리 퍼져 세금도 없고 국가의 포학한 통치가 미치지 않는 자급자족
의 유토피아를 찾아 가족을 이끌고 떠나는 행렬이 이어지던 상황이었
다. 삶이 팍팍하고 탐관오리의 수탈이 그만큼 가혹했다. 다산은 초당에
서 과거를 공부하면서도 자꾸 먹고사는 일에 매여 공부의 길을 회의하
고 의심하던 제자들에게 과거를 준비하는 일이 선택의 여지가 없는 당
연하고도 유일한 길임을 주지시키려고 이 말을 글로 써주었다.

"우복동 같은 곳은 세상 어디에도 없다. 설령 그런 곳을 찾아 들어간

다산의 제자 교육법

다 해도, 그래서 배 안 곯고 자식 많이 낳고 산다 해도, 그것은 결국 후손을 노루나 토끼로 만드는 일일 뿐이다. 공부 외에 딴생각을 해서는 안 된다. 사람으로 나서 고작 배부른 짐승의 삶에 만족하고 말 것이냐!"

착한 것과 물러터진 것

그저 착하기만 한 것은 좋은 것이 아니다. 일을 쉼 없이 해도 온갖 일이 이뤄지지 않아, 답답하게 막힘을 그러려니 하더라도 남들이 또 업신여겨 마음을 상하게 한다. 비록 처자식에 있어서도 그러하거늘 하물며 보통 사람에 있어서겠는가. 굳세고 씩씩하기에 힘써야 한다.

徒善非善, 優業不斷, 百事不成, 忻然消阻, 人且侮傷. 雖於妻孥亦然, 況於邦人乎? 勉哉剛武. 贈翼.

－〈윤종익을 위한 증언(爲尹鍾翼贈言)〉

● ●

제자 윤종익은 성품이 유순해서 과단성 없이 착하기만 한 사람이었던 모양이다. 부지런히 노력해도 막상 이룬 일이 없어 점점 기운이 빠졌다. 그런 그를 북돋워주려고 다산이 말했다.

"위엄은 없이 그저 착하기만 해서야 어디다 쓰겠니? 사람은 맺고 끊는 것이 분명해야 한다. 보리죽에 물 탄 것처럼 물러 터져서야 남들의 업신여김밖에는 받을 것이 없다. 처자식조차 너를 우습게 본다면 바깥

사람이야 오죽하겠니? 강단을 길러야지. 더 씩씩해져야지. 지금처럼 사
람 좋다는 소리나 들어서는 안 된다."

벌과 나비

다산에는 꿀벌 한 통이 있다. 내가 벌이란 놈을 관찰해보니, 장수도 있고 병졸도 있다. 방을 만들어 양식을 비축해두는데, 염려하고 근심함이 깊고도 멀었다. 모두 함께 부지런히 일을 하니, 여타 다른 꿈틀대는 벌레에 견줄 바가 아니었다. 두보는 〈영안시(詠雁詩)〉에서 이렇게 말했다.

눈 오려 할 때 오랑캐 땅 떠나와
꽃 피기 전에 초나라와 작별하네.
들 까마귀 아무런 생각도 없이
깍깍대며 날마다 시끄럽구나.

내가 나비란 놈을 보니, 나풀나풀 팔랑팔랑 날아다니며 둥지나 비축해둔 양식도 없는 것이 마치 아무 생각 없는 들 까마귀와 같았다. 내가 시를 지어 이를 풍자하려다가 또 생각해보았다. 벌은 비축해둔 것이 있어서 마침내 큰 재앙을 불러들여 창고와 곳간이 남김없이 약탈자에게로 돌아가고 무리는 살육자들에게 반쯤 죽는다. 그러니 어찌 저 나비가 얻는 대로 먹으면서 일정한 거처도 없이 하늘 밑을 소요하고 드넓은 들판을 떠돌며 노닐다가 재앙 없이 마치는 것만 같겠는가?

석숭(石崇)이 종에게 핍박을 당했던 것은 산호가 빌미가 되었고, 허유(許由)가 후세에 맑은 이름을 남겼던 것은 표주박으로 물 마신 덕분이라 하겠다. 공작은 비췻빛의 꽁지를 아끼다가 재앙을 부르고, 사향노루는 향기로운 배꼽을 버려서 재앙을 면한다. 이치에 밝은 자는 선택할 바를 아니, 어찌 벌은 지혜롭고 나비는 어리석다고 말할 수 있겠는가.

> 茶山有蜜蜂一箘. 余觀蜂之爲物, 有將有卒. 造房庤糧, 憂深而慮遠,
> 作齊而事勤, 非諸蜹蛸之比. 杜工部詠雁詩曰: "欲雪違胡地, 先花別
> 楚雲. 野鶬無意緖, 鳴噪日紛紛."
> 余觀蝴蝶爲物, 蘧蘧然詡詡然, 無窠窟糧餉之貯, 若野鶬之無意緖者.
> 欲作詩譏之, 旣又思之, 蜂以積著之, 故終招大殃, 倉廥悉歸於搶掠,
> 族類半損於剮殄, 豈若彼蝴蝶隨得隨食, 無家無室, 逍遙乎太淸之下,
> 浮游乎廣莫之野, 而卒無殃咎者乎?
> 季倫見逼於奴輩者, 珊瑚爲之崇也. 鄅由流淸於後世者, 瓢飮爲之福
> 也. 孔愛翠而招菑, 麝遺香而免禍, 明理者知所擇矣. 豈得云蜂智而蝶
> 愚哉!

- 《다산선생서첩(茶山先生書帖)》

● ●

부지런한 벌을 칭찬한 후 계획 없이 사는 나비와 견주었다. 이 둘을 연결하려고 두보의 시 한 수를 끌어왔다. 시 속에는 늦가을 북방 오랑캐 땅을 떠나와 따뜻한 데서 추운 겨울을 난 뒤 꽃이 피기 전에 다시 북녘으로 돌아가는 기러기와, 한곳에 머물러 날마다 깍깍 울면서 썩은 먹이를 찾아다니는 들 까마귀가 나온다. 계획성 있고 부지런한 것은 벌과 기러기이고, 되는대로 그저 하루하루 살아가는 것은 나비와 들 까마귀다.

당연히 벌과 기러기처럼 살아야 된다고 할 줄 알았는데, 다산은 뜻밖에도 정반대로 말해 예상을 빗겨갔다. 벌은 부지런히 애를 써서 꿀을 모아 겨울 양식을 마련했다. 하지만 이 때문에 장수말벌의 공격을 받아 애써 모은 것을 약탈당하고 떼죽음을 당하기까지 한다. 아무 마련 없이 얻는 대로 먹으며 살아가고, 보금자리조차 따로 마련하지 않는 나비는 아무 근심 없이 천지 사방을 거침없이 자유롭게 날아다닌다.

계륜(季倫)은 석숭(石崇, 249~300)의 자다. 그는 중국 서진(西晉)의 전설적인 부자다. 그 귀한 산호가 창고에 쌓여 있고, 거처 사방 몇십 리를 비단으로 두르는 엄청난 부를 자랑했다. 하지만 그것을 노린 하인들의 책략에 걸려 당대의 권력자에게 모함을 받아 살해당했다. 허유(鄦由)는 요순시절의 은사로 허유(許由)라고도 쓴다. 기산(箕山)에 숨어 살며 물을 떠 마실 그릇조차 없었으므로 손으로 물을 움켜 마셨다. 어떤 사람이 딱하게 보아 바가지 하나를 그에게 주었다. 허유는 바가지로 물을 퍼 마시고 가지에 걸어두었다. 바람이 불면 딸그락거리는 소리가 났다. 허유는 그것조차 번거롭게 여겨 바가지를 버리고 다시 손으로 움켜 마셨다.

결국 부는 재앙을 부르고, 가난은 오히려 맑은 명예를 선사한다. 깃털이 화려한 공작은 그로 인해 사람의 손에 붙잡히고, 사향노루는 제 배꼽을 물어뜯어 재앙을 멀리한다. 지혜를 감추고 부귀를 손에서 내려놓을 때 재앙에서 멀어진다.

거미에게 배운다

거미라는 벌레는 거미줄에 매달려 있다. 어린아이가 잡아서 떨구면, 거미는 숨을 딱 멈추고 거짓으로 죽은 체하며 조금도 움직이지 않는다. 조금만 움직이면 밟혀 죽을 것을 알기 때문이다. 사람 중에 경솔하게 행동하면서 재앙을 두려워하지 않는 자들이 부끄러워해야 할 것이다.

蜘蛛之蟲, 挂于其網. 童子摘而下之, 則蜘蛛屏氣絶息, 佯死而不小
動. 知小動則轢之也. 人之輕動, 而不畏禍者, 其有愧矣.
— 《다산선생서첩》

● ●

거미는 본능적으로 제게 닥친 위기를 알아 죽은 체하며 움직이지 않는다. 미물이지만 얼마나 지혜로운가. 경거망동으로 날뛰면서도 재앙이 코앞에 닥친 줄 모르는 인간은 거미에게서 배워야 한다.

이렇게 다산은 실생활에서 직접 사물을 관찰해서 깨달음으로 이어지는 통로를 연다. 지혜로 위기를 넘기는 거미를 보며 깨달음을 이끌어낸다. 따지고 보면 자연은 우리의 큰 스승이다.

작약의 한살이

다산의 집에다가 내가 작약 1백여 그루를 심어두고, 그 피고 지는 것을 즐겨 살피곤 했다. 바야흐로 새싹이 성난 듯 올라올 때는 기세가 대단해서 금석(金石)이라도 뚫을 것 같다. 흙도 이 때문에 갈라지고 자갈돌조차도 이를 위해 비껴준다. 붉기는 마치 떠오르는 해와 같고, 날카롭기는 창끝과 같다. 당당하여 거침이 없으니, 이는 한림(翰林)과 직각(直閣)에 있던 때라고 하겠다. 이윽고 잎을 펴고 가지를 뻗어 기쁜 듯 이들이들하고 아리땁게 여릿여릿하니, 이것은 옥당(玉堂)과 은대(銀臺)의 시절인 셈이다.

그러다가 꽃망울이 부풀어 가지마다 맺히고 꽃받침이 꽃망울을 감싸면 지나던 개미가 그 진액을 빨아먹는 것을 그만두고 들르던 나비도 그 향기를 맡지 않는다. 멀리서 바라보면 갑작스레 독이 있는 것도 같고, 만져보면 억세서 부서뜨리기가 어렵다. 이것은 직제학과 도승지의 시절이다. 마침내 붉은 꽃을 토해내어 불구슬이 빛을 발하고, 첩첩이 엇갈려 쌓인 잎새는 수놓은 비단 같아 짙은 향기가 방 안까지 쏟아져 들어온다. 불타는 듯 환하고 향기는 몹시 짙어서 1천 사람이 지나가다 그 어여쁨을 부러워하고, 온갖 꽃이 이를 살피며 제 모습을 부끄러워한다. 이것은 작약이 가장 절정을 이루는 때이니, 이는 대제학과 이조 판서의 시절이라 하겠다.

다산의 제자 교육법

이를 지나고부터는 내가 차마 말하지 못하겠다. 쇠락한 형상이 나날이 드러나고 추한 자태가 날로 펼쳐진다. 어깨를 축 늘이고 날개를 움츠린 것은 마치 화살에 맞은 새와 같다. 해진 치마와 찢어진 적삼은 집에서 쫓겨난 여인네 같다. 경포(鏡浦)와 신주(薪洲)에서 앞길이 마침내 막히고 말았으니, 이는 천지의 변함없는 이치인 것이다.

茶山莊余種勺藥百餘本, 樂觀其榮悴焉. 方其萌芽之怒生也, 氣勃勃欲穿金石. 土爲之裂, 砂礫爲之屛辟. 赤若出日, 銳若戈矛, 堂堂乎莫之夭閼, 此翰林直閣時也. 旣而舒其葉, 敷其條, 腴然以悅, 嫩然以沃, 此玉堂銀臺時也. 及其蓓蕾, 結於頭頭, 跗鄂封於顆顆, 行蟲已咂其津瀝, 過蝶不聞其芳澤. 望之則突然有毒, 摸之則悍然難碎. 此直提學都承旨時也. 遂乃丹霞吐英, 火珠放光, 疊葉交堆乎錦繡, 濃香布寫乎房櫳, 赫赫燄燄, 穠穠郁郁, 千人過之而豔羨, 群芳覜之而羞澁, 此勺藥之極, 此大提學吏曹判書時也. 過此以往, 余不忍言. 衰相日著, 醜態日宣. 垂肩戢翅, 若中箭之鳥, 敗裙破衫, 如去家之婦. 鏡浦薪洲, 前路遂窮, 此天地之常理也.

— 《다산선생서첩》

● ●

작약이 싹틀 때, 잎을 펴고 가지를 뻗을 때, 꽃망울이 부풀 때, 꽃이 활짝 피어날 때, 마지막으로 꽃 진 뒤의 다섯 단계를 구분했다. 이것을 다시 한림과 직각 시절, 옥당과 은대 시절, 직제학과 도승지 때, 대제학과 이조 판서 시절, 쫓겨나 귀양살이할 때와 각각 대비시켰다. 하나하나의 비유가 청신하고 절묘하다.

한림과 직각 시절은 예문관 검열의 직책을 말한다. 날카로운 기세는 하늘을 찌르고 자신감이 넘쳐 거칠 것이 없다. 그 기세에 눌려 아무도 부딪치려 들지 않는다. 그러다가 새싹이 터나오고 가지를 뻗어 제자리를 찾아갈 때면 앞서의 날카롭던 기운은 모서리가 깎이고, 될 일과 안될 일을 구분하면서 보석처럼 반짝반짝 빛나는 옥당 은대의 시절이 시작된다. 그러다가 다시 직제학과 도승지에 오르면 갑자기 독기가 서리면서 기세가 등등해진다. 꽃을 피우려고 잔뜩 움츠러들어 서슬이 파랗다. 그러고는 마침내 이조 판서와 대제학의 자리에 올라 그 화려한 꽃을 활짝 피운다. 향기가 진동하고, 길 가던 사람의 시선이 절로 멎는다. 주변의 다른 꽃들이 그 앞에서 부끄러워 숨기 바쁘다. 마침내 절정의 순간에 이른 것이다.

이제는 처참한 몰락의 시간이 기다린다. 시든 꽃잎은 화살 맞은 새 같고, 진 꽃잎은 덕지덕지 말라붙어 해진 치마나 찢어진 적삼 같다. 집에서 쫓겨난 여인네의 형상이 따로 없다. 경포와 신주는 동쪽 끝과 남쪽 끝이다. 더는 나아갈 곳 없는 끝자락이다. 신주는 전남 완도군의 신지도(薪智島)를 말한다. 형님인 정약전이 이곳에서 귀양살이를 했다. 여기서는 벼슬의 정점에서 죄인으로 몰려 먼 변방으로 귀양 와 급전직하 몰락을 맞은 상황을 비유하는 표현으로 썼다.

다산은 작약의 한살이에서 벼슬아치의 한살이를 보았다. 권력은 덧없다. 처음에는 곱고 아름답고 향기롭지만 그 끝은 추레하고 참혹하다. 천년만년 갈 것으로 착각하지 마라. 나는 이렇게 봄마다 작약이 싹터서 마침내 꽃을 피우고 무참하게 시드는 과정을 지켜보며 내 삶의 자세를 가다듬곤 한다.

광통교 풍격

비단으로 수놓은 옷은 저렇듯 곱지만 시인들은 해진 갖옷이나 찢어진 갈옷을 노래한다. 풍성하고 맛난 안주가 저토록 기름져도 시가(詩家)에서는 산야(山野)의 푸성귀를 즐겨 쓴다. 아로새긴 기와나 그림 기둥이 대나무로 세운 누각이나 띠로 얽은 정자만 못하다. 금 안장을 채운 준마도 명아주 지팡이나 절뚝거리는 노새만은 못하다. 사람들은 그렇다고 하면서도 왜 그러한지는 잘 모른다.

무릇 화려하고 아름다운 물건은 모두 인심(人心)이 기뻐하는 바이다. 하지만 도심(道心)이 좋아하는 것은 언제나 한갓지고 담백한 빛깔 속에 있다. 비록 부귀(富貴)의 짙은 향기는 하늘이 실로 이를 무너뜨리지만, 보잘것없는 것은 오히려 없어지지 않는다. 그런 까닭에 기뻐하고 사모하는 것이 저쪽에 있건만, 화가들은 그림을 그릴 때 돌밭의 띳집이나 작은 다리가 있는 교외의 주막을 그리곤 한다. 사람들이 누구나 좋아하는 것이어도 만약 붉은 누각과 비단으로 꾸민 궁전을 그린다면, 5척 동자조차 이를 가리켜 광통교에서 파는 싸구려 그림의 풍격이라 할 것이니, 이것은 어찌 된 까닭인가? 이는 모두 인심과 도심에서 연유한 것이다.

錦衣綉裳, 如彼其鮮也, 詩家用敝裘破褐. 豐殽美膳, 如彼其腴也, 詩
家用山蔬野菽. 雕甍畫棟, 不如竹閣茅亭, 金鞍駿馬, 不如藜杖蹇驢.
人曰其然, 而不知其所由然也. 凡華麗富縟之物, 皆人心之所悅, 而道
心所享, 每在於蕭閑澹素之色. 雖富貴醲薰, 天良陷溺, 而幾希之存,
猶有未泯. 故其欣慕在彼也, 畫師作畫, 爲石田茅屋, 小橋野店. 人莫
不欣然善也, 若作朱樓綵殿, 卽五尺之童, 指之爲廣通橋風格, 斯何故
也? 皆人心道心之故也.

-《다산선생서첩》

●●

　부귀와 안빈낙도의 삶을 대비적으로 그리면서 여기에 인심과 도심이
란 키워드를 흘려 각성을 이끄는 내용이다. 일상의 쉬운 예시를 가지고
공부의 주요 개념을 설명했다. 광통교 풍격이란 말이 재미있다. 서울
종로의 광통교 주변에는 중국에서 들여온 싸구려 장식화를 파는 상점
이 여럿 있었다. 요즘 식으로 말해 졸부들의 인테리어를 위한 가게였다
고나 할까? 채색은 화려해도 그림의 격은 형편없었다. 싸구려 티가 팍
팍 났다.

　다산은 말한다. 사람들 누구나 갖고자 하는 것은 멋진 옷과 맛난 음
식, 화려한 집과 근사한 장신구다. 그런데 참 이상하다. 벽에 걸어둘 그
림에는 굳이 이를 마다하고 그 반대 것만 찾아서 그린다. 그림 속의 사
람은 비단옷 대신 다 해진 옷만 입었고, 맛난 음식은 찾지 않고 산나물
푸성귀만 찾는다. 고래 등 같은 기와집은 거들떠도 안 보고 띠로 얽은
초가집에 눈길을 준다. 황금 안장을 얹은 준마 대신 절뚝거리는 나귀를
타거나 그마저도 없이 지팡이를 짚고 걷겠다고 나선다. 누구나 부귀를

원하면서도 그림 속의 풍경은 돌밭 옆의 초가집이나 나무다리 곁의 주막집이다. 앞쪽의 화려함이 인심(人心)의 영역이라면, 뒤쪽의 소박함은 도심(道心)의 모습이기 때문이다. 근사하게 그려진 부귀의 풍경을 보여주면 어린아이도 싸구려 그림 같다며 고개를 젓는다. 여기서 우리는 인심과 도심, 둘 중에 우리의 정신이 가 닿아야 할 지점이 어디인지를 가늠할 수가 있다.

굼뜨고 어리석은 하인

복암 이기양이 하인 하나를 두었는데 굼뜨고 어리석기 짝이 없었다. 가까운 손님이 혹 이에 대해 얘기하자, 복암이 말했다.

"그만두게나. 이 사람이 다행히 굼뜨고 어리석기 때문에 고개를 숙이고 나를 섬기는 것일세. 만약 그가 남보다 뛰어났다면 이미 제 스스로 장사를 하거나 혹은 달아나 부자가 되어 제멋대로 구는 종이 되었을 테니 내게 낭패가 아니겠는가?"

이는 정리에 통달한 말이다. 낮은 벼슬은 능력 있는 사람을 굽히게 하기에 부족하고 박한 녹봉은 능력 있는 이를 붙잡아두기에 충분치 않다. 하물며 하인이나 하는 천한 일을 쌀겨와 보리 싸라기 같은 거친 음식으로 대접하면서, 뛰어난 사업을 하지 못한다고 나무란다면 또한 잘못이 아니겠는가? 이기양의 말은 마땅히 세 번 되풀이해 음미해볼 만하다.

茯菴李基讓, 畜一僕, 蠢愚已甚. 親賓或以爲言, 茯菴曰:"休休. 此人
幸玆蠢愚, 以故俛首事我. 若其俊爽時, 已自爲商販, 或走爲豪家, 使
氣奴耳, 於我不狼狽乎?"此達情之言也. 卑官不足以屈賢德, 薄祿不
足以縻藝能, 矧以蔌養之賤, 待以康麮之粗, 而責之以賢能之業, 不亦

다산의 제자 교육법

拗乎? 茯翁之言, 宜三復玩味.

－《다산선생서첩》

• •

어리석어 사고만 치는 하인을 두둔한 주인의 이야기다.

"사고를 치는 것은 괴롭지만, 똑똑해서 밖으로 나가 장사해서 돈을 벌어 떵떵거리며 주인 앞에 기세를 부리는 종보다는 낫다. 저 녀석은 제가 부족한 줄 알아서 딴마음 안 먹고 내 집에 붙어서 그나마 내 일을 도와준다. 그마저 없다면 내가 더 딱할 것이 아닌가? 나는 그가 조금 모자라 멍청한 것이 오히려 다행이라고 생각한다."

뭐 이런 말씀이다. 대접은 시원찮게 해주면서 높은 역량을 주문하는 것은 잘못된 욕심이다. 세상 사는 일이 다 만족할 수야 있겠는가? 그러려니 하고 참고 살아야지 별 수가 없다. 아랫사람에게 너그럽게 대해야 함을 일깨워준 이야기다.

기림과 비방

즐거움은 비방의 빌미가 되고, 괴로움은 기림의 근원이 된다. 관유안 (管幼安)은 책상의 무릎 닿은 곳에 구멍이 났고, 정이천(程伊川)은 진흙으로 빚은 것처럼 앉아서 공부했다. 이는 천하의 괴로운 공부였으므로 천하 사람들이 이를 기린다. 진후주(陳後主)의 임춘루(臨春樓)와 결기각(結綺閣), 당명황(唐明皇)의 침향전(沈香宮)과 연창궁(連昌宮)은 천하의 즐거운 일이었기에 천하 사람들이 이를 헐뜯는다. 이후로도 모든 일이 다 그러했다. 안연(顔淵)은 누추한 골목에서 표주박의 물과 대소쿠리의 밥을 먹으며 지냈고, 문천상(文天祥)은 시시(柴市)에서 참혹하게 죽었으나 사람들은 모두 이를 기린다. 부자 석숭의 산호 장식 및 비단 장막과 풍도(馮道)가 평생 재상으로 지냈던 것은 사람들이 모두 헐뜯는다. 기림이란 나를 괴롭게 함을 통해 생겨나고, 헐뜯음은 나를 즐겁게 함으로 말미암아 생겨나는 것이다. 너희는 모름지기 깊이 명심하여 잠시도 잊어서는 안 된다.

樂者毁之醋, 苦者譽之根. 管幼安榻穿當膝, 程伊川坐如泥塑, 是天下
之苦功. 故天下譽之. 陳後主臨春結綺, 唐明皇沈香連昌, 是天下之樂
事. 故天下毁之. 推是以往, 萬事悉然. 顔淵簞瓢陋巷, 天祥塗腦柴市,

人皆譽之. 季倫珊瑚錦帳, 馮道都身相府, 人皆毁之. 譽由苦我生, 毁
由樂我生. 汝等切須銘記, 跬步勿諼.

― 《다산선생서첩》

●●

　전체 글의 주제문은 "즐거움은 비방의 빌미가 되고, 괴로움은 기림
의 뿌리가 된다.(樂者毁之醿, 苦者譽之根.)" 또는 "기림은 나를 괴롭게 함
에 말미암고, 헐뜯음은 나를 즐겁게 함에 기인한다.(譽由苦我生, 毁由樂
我生.)"이다. 세상일에는 두 종류가 있다. 선고후락(先苦後樂)과 선락후
고(先樂後苦)가 그것이다. 지금 즐거워 나중에 괴롭게 되기보다는 지
금 비록 힘들지만 나중에 기쁘게 되는 일을 하는 것이 맞다. 공부는 괴
롭지만 끝내 나를 들어 올려준다. 도박과 오락은 당장에 즐겁지만 결국
나를 망친다.

　후한 사람 관유안은 50여 년간 나무 침상 위에 무릎을 꿇고 앉아 공
부했는데 나중에는 무릎 닿은 곳에 모두 구멍이 뚫렸다는 인물이다. 정
이천은 공부할 때 곁에서 보면 마치 진흙으로 빚은 사람처럼 미동도 없
었다. 이렇게 괴롭고 힘들게 공부한 그들은 후세에 큰 이름을 남겼다.
반면 진후주나 당명황은 침단향목(沈檀香木)으로 얽어 금은 보옥으로
장식한 후 기화요초(奇花瑤草)를 심어 사치를 다한 화려한 궁전을 지었
다. 하지만 백성의 살림은 도탄에 빠지고 나라는 망하고 말아, 만인의
손가락질을 지금까지 받고 있다. 검소했던 안연의 학문과 절의를 지켜
죽은 문천상의 기개는 온 세상이 기려도, 부자 석숭과 재상 풍도의 부
귀는 사람들에게 욕만 먹는다.

　그렇다면 가야 할 길이 분명하지 않은가? 존경받는 삶을 살고 싶은

가? 그렇다면 너 자신을 더욱 괴롭혀라. 손가락질받아 모욕을 당하고
싶은가? 마음 내키는 대로 하고, 저 하고 싶은 대로 하면 된다. 공부는
왜 하는가? 이 분간을 잘 세우기 위해서 한다.

야자열매 구멍 속 개미

숭숭 뚫린 야자열매 구멍 사이로
구물구물 내닫는 개미를 보네.
떠돌이 삶 훌훌 벗어 내던지고는
푸른 산 안에서 누워 쉬겠지.
이 일이 어이해 좋지 않으리
미운 건 조계(曹溪)의 냇물이라네.

窄窄椰子孔
驤驤見犇蟻
脫略謝羈罤
偃息靑山裏
此事豈不好
所惡曹溪水

— 《잡언송철선환(雜言送鐵船選)》

● ●

야자열매에 구멍을 뚫어 단물이 새 나오자 그 맛을 따라 개미떼가 줄
지어 나타난다. 속된 무리가 이익을 따라 우왕좌왕하는 모습과 다를 게
없다. 하지만 너희는 불문(佛門)에 적을 둔 승려인지라 애초부터 그런
것에 초연해서, 이제 고단한 나그네 생활을 청산하고 푸른 산 속 거처
로 돌아가 쉬게 될 테니 나는 그것이 부럽다. 너희에겐 더없이 기쁜 일
이겠지만, 나는 조계(曹溪)의 물이 너희가 있는 산속과 나 있는 속세를
가로막아 서로 넘나들지 못하게 하는 것이 원망스럽다.

흥하는 집안과 망하는 집안

흥하여 일어나는 집안은 형제가 발꿈치를 나란히 한 채 잠들고, 동서 간에도 머리에 얹는 가체(가발)를 함께 빗질하는데, 비좁아서 몸 들일 데 조차 없다. 쇠하여 망해가는 집안은 툭 터진 드넓은 큰 집에 아녀자와 어 린것만 대문을 붙들고 벌벌 떨며 오직 귀신이 들까 무서워한다. 이를 통 해 보면 새 절을 짓는 것이 승려를 도와주는 것만 못하다.

興旺之室, 兄弟交趾而宿, 妯娌聯鬢而櫛, 窄然不能容; 衰冷之屋, 廓 然廣廈, 婦孺持門惝惝然, 唯鬼是怖. 由是觀之, 刱寺不如度僧也.

　　　　　　　　　　　　　　　　　　　　 ─《기중부서간첩(寄中孚書簡帖)》

●●

"잘되는 집안과 망해가는 집안의 차이를 아느냐? 잘되는 집은 형제 간에 우애롭고 동서들 사이에도 틈이 없다. 허물없이 함께 지내며 온 집안이 시끌벅적하다. 망해가는 집안은 덩그러니 대궐 같은 집에 남정 네들은 죄를 입어 귀양 갔거나 죽어 없고, 하인들은 모두 뿔뿔이 흩어 지고, 오직 아녀자와 어린것만 남아 귀신이라도 나올까 봐 두려워 벌벌 떤다. 집 짓는 데 들인 노력은 썰물처럼 빠져나간다. 남는 것은 사람뿐이지. 너희는 걸핏하면 새 절 짓는다고 법석을 떠는데, 그 돈으로 승려를 더 알차게 교육해서 깨달음으로 이끄는 것이 백번 옳다고 생각한다."

성호 선생의 절약법

성호(星湖) 이익(李瀷) 선생은 젊은 시절 몹시 가난했다. 가을에도 겨우 12석(石)만 수확했다. 이를 나눠 열두 달로 갈라놓고, 열흘 뒤에 양식이 떨어지면 즉시 다른 물건을 따로 변통해서 바꿔 팔아 곡식을 얻어 죽을 끓이도록 주었다. 새달 초하루가 되어야 비로소 창고 속의 곡식을 꺼내서 먹게 했다. 중년에는 한 해에 24석을 거두어 매달 2석씩 썼다. 만년에는 60석을 거두어 매달 5석을 썼다. 비록 아무리 군색하더라도 그 달 안에는 절대로 다음 달의 양식에 손대지 않았다. 이것은 훌륭한 방법이다.

> 星湖先生蚤歲貧甚, 秋穫僅十二石. 分之以配十二月, 旬後糧絶, 卽別
> 辦他物, 變賣得粟米, 以給饘粥. 至新月初一, 始出庫中粟食之. 中歲
> 收二十四石, 每月用二石. 晚年收六十石, 每月用五石. 雖窘匱百端,
> 此月之內, 終不犯彼月糧. 此良法也.
>
> —〈윤윤경을 위해 써준 증언(爲尹輪卿贈言)〉

••

성호 이익의 절약법을 소개했다. 성호의 셈법은 이렇다. 없으면 안 쓰

다산의 제자 교육법

고, 있어도 손을 대지 않는다. 1년 소득을 열두 달로 등분한다. 한 달에 먹을 수 있는 양식이 정해진다. 그런데 처음부터 워낙 부족해서 한 달 치 양식은 열흘도 못 가서 동이 난다. 창고에 남은 쌀이 있지만 다음 달이 시작될 때까지 절대로 내달 양식에 손을 대지 않는다. 정 없으면 굶고, 도저히 안 되겠으면 다른 것을 내다 팔아서 양식을 장만했다. 초년에는 열흘이면 한 달 치 양식이 바닥나더니, 중년에는 20일까지 버틸 수 있었고, 만년에는 그런대로 넉넉해졌다. 힘들어도 손대지 않는다. 이 것이 성호식의 경제학원론이었다. 지금 보면 참 딱한 방법이지만, 1년 소출에 조금의 변동이 없는 농경 사회의 셈법은 이럴 수밖에 없었다.

다산이 이를 두고 훌륭한 방법이라고 한 것은 집안 살림에도 계획성이 필요하다는 점을 강조하고 싶어서였다. 계획 없는 소비는 가계의 파산을 부른다. 소득이 워낙 빤한 데다 가뭄이나 흉년 같은 재해까지 닥치면 손 쓸 방법이 없기 때문이었다.

쓸데없는 낭비를 줄이려면

심용담이 말했다.

"엽전 열 꿰미 이상은 마땅히 가볍게 써야 하고, 엽전 1, 2문(文)은 무겁게 지녀 마구 쓰면 안 된다."

이는 지극한 이치가 담긴 말이다. 큰 것을 아끼는 자는 큰 이익을 도모할 수 없고, 작은 것을 가볍게 여기는 자는 쓸데없는 낭비를 줄일 수가 없다. 이 점을 모름지기 깊이 살펴야 한다.

沈龍潭曰: "十串以上, 宜輕用之. 一文二文, 持重勿放." 此至理之言也. 惜大者不能謀大利, 輕小者不能省冗費. 於此須猛察.

－〈윤윤경을 위해 써준 증언〉

• •

심용담은 심규(沈逵, 1771~?)이다. 큰돈을 아끼고 작은 돈에 인색하면 안 된다고 가르칠 줄 알았는데, 그는 정반대로 말했다. 큰돈을 잘 쓸 수 있어야 큰 이득을 얻을 수 있고, 작은 돈을 아껴야 불필요한 낭비를 막을 수가 있다. 티끌 모아 태산임을 명심하되, 필요할 때는 그 태산을 통

다산의 제자 교육법

크게 쓸 수 있어야 큰살림을 이뤄낼 수가 있다. 큰 부자는 푼돈에 벌벌 떤다. 쩨쩨해 보여도 아랑곳 않는다. 그러다가 큰돈을 투자해야 할 시점에는 조금의 망설임이 없다. 가난한 사람은 반대로 한다. 푼돈은 대수롭지 않게 쓰고, 큰돈은 발발 떨며 좀체 손에서 놓지 못한다. 낭비를 줄여야 돈이 모인다. 결단이 필요한 시점에 머뭇대면 재물은 결코 모을 수가 없다.

집안을 일으키는 두 글자

집안을 다스리는 요점으로 새겨두어야 할 두 글자가 있다. 첫째가 근(勤), 즉 부지런함이고, 둘째는 검(儉), 곧 검소함이다. 하늘은 게으르고 나태한 것을 싫어해 반드시 복을 주지 않는다. 하늘은 사치스런 것을 싫어해 반드시 복을 내리지 않는다. 유익한 일은 일각도 멈추지 말고, 쓸데없는 꾸밈은 터럭 하나라도 꾀하지 말아야 한다.

> 治家之要有二字銘, 一曰勤二曰儉. 天厭懶怠, 必不予福. 天厭奢泰,
> 必不降祐. 有益之事, 一刻無停, 無益之飾, 一毫無營.
>
> －〈윤윤경을 위해 써준 증언〉

●●

근검의 정신만 있으면 집안을 다스릴 수 있다. 부족해도 넉넉하려면 부지런하고 검소해라. 집안을 망치려면 그 방법이 간단하다. 게으르고 나태하며, 게다가 사치에 힘쓰면 된다. 가난한 것을 근심하지 말고 부지런하지 않은 것을 부끄러워해라. 없어도 계획성 있게 단계를 밟아 하나하나 갖춰나가면 나도 모르는 사이에 부족한 것이 채워져서 주리고 헐벗는 일이 없게 된다. 작은 것을 아끼고, 필요한 것은 스스로 마련하며, 가정에서 안팎의 역할을 잘 구분해서 차근차근 서두르지 말고 갖춰 나가면 된다. 성호 이익이 그랬던 것처럼 옛말하고 살게 된다.

공부 식량

가래 끓는 소리가 목구멍까지 차서, 눈빛이 천장만 쳐다보게 될 때 돌이켜 평생 한 가지 말할 만한 사업조차 없고, 죽은 뒤에는 온갖 처량하고 괴로운 일들뿐임을 생각하다가, 몸이 차게 식기도 전에 이름이 이미 스러져버리는 자는 대체 어떠한 사람이란 말인가? 배우는 사람은 문 앞의 몇 이랑 밭을 살펴 학교에 보내기 위한 공부 식량으로 삼아야 한다. 소박한 끼니조차 없는 것은 괜찮다.

> 及其痰響在喉, 眼光着椽, 撫念平生無一可道籌計, 身後有萬凄酸, 身
> 未冷而名已泯者, 顧其人爲何如人哉. 學者視門前數頃田, 爲庠舍之
> 學粮, 無素餐斯可也.
>
> －〈해남 천경문을 위해 써준 증언(爲海南千敬文贈言)〉

● ●

사람들은 입의 욕망과 몸뚱이의 탐욕만을 전부로 알아 그에 대한 집착을 끝내 놓지 않는다. 한 뙈기의 땅이라도 더 갖겠다고 간척을 하고 화전을 일군다. 이웃의 농부는 모두 내 물건을 노리는 도적처럼 보이고, 지나는 거지가 해코지라도 할까 봐 전전긍긍한다. 공부는 제 일이 아니고 입과 몸뚱이의 욕망만을 섬기기 바쁘다.

그렇게 밥벌레의 삶을 살다가 가래가 끓어 목숨이 가빠지고, 퀭한 눈빛은 초점을 잃고 천장을 맴돈다. 무엇을 위해 살았나 생각해보면 먹고 사느라 아등바등한 일밖에 떠오르는 게 없다. 여기에 자신이 죽은 뒤 자식들 사이에 벌어질 재산 다툼이나, 남겨두고 가는 이런저런 근심까지 보태고 나면 그토록 바빴던 일생이 참으로 허망하기 짝이 없다. 그리하여 숨이 떨어져 땅에 묻히자마자 세상에는 아무도 그의 존재에 대해 아는 이가 없다.

묻는다. 그대는 이 같은 삶을 살고 싶은 겐가. 그렇지 않다면 문전옥답 중 일부는 떼어 자식들 공부시키는 마련으로 남겨두는 것이 옳다. 가난해 배 주리는 것은 그다지 큰 문제가 아니다. 밥벌레로 살며 돼지의 즐거움을 누리려면 그렇게 해도 괜찮다.

대장부의 통쾌한 경계

성실한 뜻과 바른 마음으로 그 몸을 닦고, 집에 들어와서는 부모님께 효도하고 나가서는 형제간에 우애롭게 지내며 그 덕을 이룬다. 그러고도 남는 힘으로는 구경(九經)과 사자(四子)의 온축을 찾아 음미하고, 구류(九流)와 백가(百家)의 물결 위로 넘놀아, 예악과 형정(刑政)이 가슴 속에 환하고, 경륜(經綸)과 나라를 위한 방책이 눈앞에 빼곡히 늘어선다. 때를 얻으면 임금을 보필하고 백성에게 혜택을 드리우며, 때를 얻지 못하면 숨어 살면서 제 하고 싶은 말을 한다. 기쁘고도 시원스럽게 서사(書史)의 사이를 소요하는 것, 이것이야말로 대장부의 통쾌한 경계이다. 그래서 공자께서는 "배우면 복록이 그 속에 있고, 밭 갈면 굶주림이 그 가운데 있다."고 하셨다. 지금 진흙과 모래를 손톱으로 파고 가시나무에다 살을 찔려가면서, 농부를 도적처럼 여기고 떠돌아다니는 거지를 범이나 이리처럼 두려워한다. 부지런히 애를 쓰면서 그 입과 몸뚱이의 욕망만을 섬긴다.

誠意正心, 以修其身. 入孝出悌, 以成其德. 以其餘力, 探玩乎九經四
子之蘊. 泛濫乎九流百家之波, 禮樂刑政, 粲然於胸次. 經綸籌策, 森
列於眼前. 得時則致君而澤民, 不得時隱居而放言, 愉愉然恢恢然, 逍

遙乎書史之間, 此大丈夫之快境也. 故孔子曰:"學也祿在其中, 畊也
餒在其中." 今夫鑽指爪於泥沙, 觸肥膚於茨棘, 備田夫如盜賊, 畏流
丐如虎狼. 孶孶勤勤, 以事其口體之慾.

-〈해남 천경문을 위해 써준 증언〉

● ●

어찌 살아야 할까? 비록 잠시 부치어 사는 삶이라 해도 성의정심(誠
意正心)과 입효출제(入孝出悌)의 기본을 잊어서는 안 된다. 성현의 경전
을 깊이 음미하고, 제자백가를 널리 섭렵한다. 예악형정의 온갖 제도가
내 가슴 속에 깃들고, 세상을 읽는 경륜의 안목이 그 사이에 활짝 열린
다. 세상이 나를 알아주면 나가서 모두에게 보탬이 되고, 세상이 나를
몰라주면 원망하지 않고 글로 남긴다. 아무 걸림이 없고 군더더기가 없
다. 이것이야말로 대장부가 누릴 수 있는 가장 통쾌한 경계가 아니겠는
가?

어리석은 나그네

사람이 천지 사이를 살아가는 것은 문득 먼 길을 가는 나그네가 여관 가운데서 지내면서 꼼꼼하게 갖추어진 집을 구하는 것과 같아서, 그 어리석음을 비웃지 않을 사람이 없다. 돌아보건대 아등바등 애를 써서 오직 입고 먹는 것만을 위해 애쓴다면 또한 슬프지 않겠는가?

人生天地間, 忽如遠行客處旅寓之中. 謀細墾之齋, 未有不笑其愚者也. 顧乃營營錄錄, 唯衣食是謀, 不亦悲乎.

— 〈해남 천경문을 위해 써준 증언〉

● ●

나그네가 길 가다 들른 여관방에서 온갖 것을 찾아대면 남의 비웃음을 산다. 사람이 한세상을 사는 일은 여관방에 잠시 묵었다 가는 나그네 신세와 다를 게 없다. 잠시 묵는 나그네가 집을 치장하고 창고를 채우려 든다면 웃지 않을 사람이 없다. 이 평범한 진리를 저만 모른다. 천년만년 갈 것 같고 영원히 내 것일 줄로만 여긴다. 좋은 옷 맛난 음식에 모든 것을 걸고 남의 것을 빼앗는다. 이 얼마나 어리석은 일인가?

다산의 제자 교육법

게으름의 재앙

가경(嘉慶) 기사년(1809)에 큰 기근이 들어 그 이듬해 봄에는 굶어 죽은 자가 길을 가득 메웠다. 이를 본 사람들은 하늘이 어질지 않다고 의심했다. 나중에 살펴보니 모두 게으른 자들이었다. 아! 게으름이 악이 됨이 한결같이 이에 이른단 말인가. 덕에 부지런한 사람은 말할 것 없고, 일에 부지런한 자도 오히려 하늘 뜻을 어기고 사람에게 재앙이 되기에 충분하니 게으를 수 있겠는가?

> 嘉慶己巳, 歲大饑, 厥明年春, 莩者塞路. 觀者疑天之不仁. 旣而察之,
> 蓋皆惰者也. 嗟乎! 惰之爲惡, 一至是哉. 勤於德者尙矣, 勤於業者猶
> 足以違天殃人, 其可惰哉.
>
> ー〈다산옹서이황상증언(茶山翁書貽黃裳贈言)〉

● ●

1809년의 기근은 참혹했다. 이듬해 봄에는 굶어 죽는 사람이 속출해 길에 시체가 즐비했다. 어찌 이토록 참혹한 재앙을 내릴 수 있느냐고 사람들은 하늘을 원망했다. 나중에 하나하나 살펴보니 그렇게 죽은 사람은 모두 게으른 자들이었다. 평소 부지런한 사람들은 그 혹독한 시련 속에서도 대부분 살아남았다. '어떻게 되겠지.' 하는 마음과 '별일 있겠어?' 하는 타성이 작은 역경 앞에서 그들을 죽음으로 내몰았다. 덕을 닦고 학업에 힘쓰는 사람도 뜻을 세워 부지런히 하지 않으면 하늘의 뜻을 어기고 사람에게 재앙을 안겨준다. 게으름은 역경을 자초한다. 부지런함은 나를 든든히 지켜주는 호신부다.

까닭 없이 복을 받는 사람

까닭 없이 복을 받는 사람을 보면 반드시 그 사람의 우애가 남보다 특별하였다. 세상에는 가짜 효자도 있다. 비록 그 고장에서 차례로 칭찬한다고 해도 깊이 믿을 만한 것이 못 된다. 다만 우애로운 사람이라야 참된 효자가 됨이 분명하다. 형제가 이웃에 살면서 동쪽 집에서는 밥 짓는 연기가 올라오는데 서쪽 집에서는 우물이 어는 자가 있다. 아!

看無故受福人, 必其人友愛, 與人特別. 世有僞孝, 雖鄕黨交譽, 未足
深許. 唯友愛者, 明其爲眞孝也. 兄弟比鄰, 東家烟起, 西家井凍者有
之矣. 噫!

－〈다산옹서이황상증언〉

●●

형제간의 우애를 강조한 글이다. 황상(黃裳)에게는 역시 아전이었던 아우 황경이 있었다. 그의 호는 양포(襄圃)다. 그 또한 형님을 따라 다산에게서 공부를 했다. 다산의 둘째 아들 정학유(丁學游)가 황상을 위해 써준 〈고시삼십운증황치원(古詩三十韻贈黃巵園)〉이란 장시가 남아 있다. 그 시의 서문에서 정학유는 황상이 강진 시절 가장 먼저 다산에게 배운 제자였지만 아버지의 병구완으로 오래 고생하였고, 그 뒤로는 집이 가난하고 동생은 어려서 공부를 중도에 그만두고 아전 노릇을 하며 가장으로 생계를 꾸려간 사정을 적고 있다. 그러면서도 황상은 틈틈이 스승을 찾아와 공부를 이어갔다. 그러니까 이 글은 다산이 아직 유배에서 풀려나기 전, 황상이 아전 노릇을 하던 와중에 생활에 치어 자주 오지 못하는 제자 황상을 떠올리며 그의 마음을 다잡게 하기 위해 써준 글인 셈이다.

"산석아! 세상에는 진짜 효자가 있고 가짜 효자도 있다. 효자문이 섰다고 다 효자는 아니지. 진짜와 가짜를 구별하는 법을 알려주마. 우애가 있는지 없는지를 살펴보면 된다. 형제간에 우애가 없는 효자는 가짜 효자다. 세상이 효자라 칭찬하고 떠들어도 동기간에 아끼고 나누는 마음이 없다면 그는 불효자다. 제집에는 밥 짓는 연기가 올라오는데 건너편 아우의 집에 우물이 언다면 어찌 형제라 하겠느냐? 그 밥을 먹는 부모가 음식이 목에 넘어가겠느냐? 너는 아버님이 세상을 뜨고 안 계시니 아우를 잘 돌봐야 한다. 우애와 사랑으로 사이좋게 지내야 한다. 그것이 진짜 효도니라."

다산의 제자 교육법

쉽게 벗을 버리는 것은 오랑캐의 습속

원양(原壤)이 광탕(狂蕩)하여 예의에 어긋났어도 공자께서는 끊어버리지는 않으셨다. 옛 벗이라 하여 원양을 버리지 않은 것이니, 아들을 경계한 가르침에 자세하게 나온다. 남쪽 지방 사람은 사소한 원망만 있어도 가볍게 옛 벗을 버린다. 이것은 오랑캐의 풍습이다. 절대로 경계해야 한다.

原壤狂蕩悖禮, 孔子猶不絶之. 爲故舊不棄原, 有周以戒子之訓也. 南
方之人, 有睚眥之怨, 輕棄故舊, 此蠻貊之俗也. 切須戒之.
 —〈다산옹서이황상증언〉

● ●

《논어(論語)》〈헌문(憲問)〉에서 공자가 격식을 차릴 줄 모르는 원양을 나무란 일을 적으면서 남쪽 사람들이 기질이 강해 조금만 뜻에 어긋나면 옛 벗을 원수 보듯 하는 태도를 나무랐다.

"사람을 가볍게 버려서는 안 된다. 한번 수틀렸다고 다시 안 볼 것처럼 굴고, 조금 마음에 안 맞는다고 죽일 듯 달려드는 것은 오랑캐나 하는 짓이다. 품어 안고 더 기회를 주어야지. 내가 가만히 보니 너희 남쪽 사람들은 기질이 불같아서 작은 일에 그만 발끈해 큰일을 그르치고 마는 경우가 많더구나. 너는 그래서는 안 된다. 사람이 품이 넓어야 한다. 명심하거라."

괴로움은 즐거움의 뿌리

즐거움은 괴로움에서 나오니 괴로움은 즐거움의 뿌리다. 괴로움은 즐거움에서 생겨나기에 즐거움은 괴로움의 씨앗이다. 괴로움과 즐거움이 생기는 것은 동정(動靜)과 음양(陰陽)이 서로 뿌리가 되는 것과 같다. 통달한 사람은 그 연유를 알아 기대고 엎드림을 살피고 성하고 쇠함을 헤아려 내 마음이 상황에 반응하는 것을 늘 일반적인 정리와 반대가 되게끔 한다. 그래서 두 가지가 그 방향을 나누고 기세를 줄이게 만든다. 마치 값이 싸면 비싸게 사들이고, 비싸면 싸게 내다 파는 한나라 때 경수창(耿壽昌)의 상평법(常平法)처럼 해서 늘 일정하게 한다. 이것이 고락에 대처하는 방법이다.

내가 처음 성안에 있을 때 늘 갑갑해서 움츠려 있었다. 그러다가 다산에 살고부터 안개와 노을에 잠기고 꽃과 나무를 감상하자 마음이 툭 터져서 귀양살이의 근심을 잊게 되었다. 이는 즐거움이 괴로움에서 나온 것이다. 이윽고 도강병마우후 이중협 군이 황량한 숲과 깊은 골짜기 가운데로 나를 찾아왔다. 돌아가고 나서도 편지를 보내지 않는 날이 없었다. 또 이따금 조수를 따라 조각배를 타고 오거나 필마에 올라앉아 봄날을 즐기곤 했다. 자주 찾아와 오지 않은 달이 없었다. 이렇게 지낸 것이 이제 세 해나 된다.

임기를 채워 교체되게 되었으므로 그를 위해 술자리를 열어서 작별을 고하였다. 이제부터는 내가 비록 종이와 먹이 있더라도 장차 누구와 함께 주고받을 것이며, 다시금 말울음을 힝힝대며 골짜기로 들어올 사람이 있을 것인가? 이 생각을 하면 구슬퍼진다. 이것은 또 괴로움이 즐거움에서 생긴 셈이다. 하지만 괴로움은 즐거움의 뿌리다. 나로 하여금 살아서 열수를 넘어갈 수 있게 한다면 이군은 벼슬길에서 노닐다가 또한 때때로 휴식하면서 다시금 나를 남자주(藍子洲)와 벽계의 사이로 찾아와, 산에서 나는 나물과 물에서 나는 생선회로 기쁘게 술상을 마주할 것이다. 이는 또 즐거움이 괴로움에서 생겨난 것이다. 그러니 나의 벗은 근심하지 말라.

설령 우리 두 사람으로 하여금 말고삐를 나란히 하여 지난날 바라던 것과 같이 지내게 한다면, 으레 그러려니 하며 지내다가 바로 싫증이 나서 귀찮게 될 터이니, 또한 그것이 즐거운 줄도 알지 못하게 될 것이다. 거센 여울과 잔잔한 물결이 섞일 때 물은 무늬를 이룬다. 느린 각성(角聲)과 급촉한 우성(羽聲)이 어우러져야 음악은 가락을 이루게 된다. 나의 벗은 근심하지 말게나. 이군이 작별의 말을 구하는지라 그를 위해 절구시 10수를 지어 그 일에 대해 서술하고, 그 책머리에다 이렇게 쓴다. 계유년(1813) 6월.

樂生於苦, 苦者樂之根也. 苦生於樂, 樂者苦之種也. 苦樂相生, 如動靜陰陽, 互爲其根. 達者知其然, 察倚伏算乘除, 使吾心之所以應於境者, 恒與衆情相反然. 故二者得分其趣而殺其勢, 若耿壽昌常平之法. 賤則貴糴, 貴則賤糶, 得常平然. 此處苦樂之法也.

余始在城中, 常邑邑不伸. 及栖茶山, 挹煙霞, 玩花木, 則浩然忘其遷謫之愁. 此樂生於苦也. 旣而道康兵馬虞候李君重協, 訪我於荒林幽

다산의 제자 교육법

澗之中. 旣歸, 致書牘無虛日. 又或扁舟駕潮, 匹馬嬉春, 數臨顧無虛月. 如是者今且三年.

及瓜而代, 爲之設酒以告別. 自玆以往, 余雖有楮墨, 將誰與贈答, 而復有鳴驪入谷者乎? 念之悵然, 是又苦生於樂也. 然苦者樂之根, 使余得生踵洌水, 而李君宦游. 亦以時休息. 再訪我於藍洲蘗溪之間, 山殽水膾, 歡然對餐, 是又樂生於苦也. 吾友其無戚焉.

藉使吾二人者, 騈轡周旋, 如疇昔之所希覬, 則是順然以流, 厭然以怠, 亦不知所以爲樂矣. 悍灘平漵相間, 水以之成文, 慢角急羽相錯, 樂以之成章. 吾友其無感焉. 李君求別語, 爲作十絶句, 以敍其事, 書其卷耑如此. 癸酉六月.

- 〈우후 이중협과 헤어지며 준 시첩 서문(贈別李重協虞候詩帖序)〉

●●

한 3년을 하루가 멀다 하고 왕래하던 이중협이 하루는 풀 죽은 목소리로 말했다.

"임기가 차서 곧 서울로 올라갑니다."

한동안 말이 없던 다산이 그를 위해 붓을 들었다.

괴로운 시간이 있었기에 즐거움이 배가 된다. 마찬가지로 오늘의 괴로움은 뒷날 즐거움의 바탕이 된다. 사람이 즐겁기만 하거나 괴롭기만 하다면 즐거울 것도 괴로울 것도 없을 터. 사람은 누구나 즐거움과 괴로움의 사이에서 아슬아슬 긴장과 균형을 잡아가며 산다. 이중협은 어쩌다 불쑥 내 다산초당을 찾은 뒤로 나날이 편지를 보내거나 다달이 놀러 와서 지난 3년간 다정한 벗으로 지냈다. 이제 그가 나를 떠난다. 그와의 작별은 생각만 해도 슬프다. 그와의 다정한 시간이 없었다면 오늘의 이 괴로움은 없었을 테니, 지난 즐거움의 값으로 치르는 괴로움인 셈이다. 마찬가지로 그가 훗날 나를 찾아와 두릉에서 만나 술상을 마주한다면 그 기쁨을 어이 말로 다하랴. 이 또한 오늘의 괴로움이 선사한 즐거움이 될 것이다.

길게 말했지만 다산의 말뜻은 이렇다.

"자네 있어 즐거웠고, 떠난다니 서운하네. 늘 이리 지낸다면 각별히 즐거운 줄 모르고 그러려니 했겠지? 당장에 헤어짐이 아쉽기는 해도 훗날 내가 귀양에서 풀린 뒤 자네가 불쑥 나를 찾아와준다면 그 기쁨이 배로 될 걸세. 그러니 그간의 즐거움으로 오늘의 슬픔을 맞가름하세나. 일렁임 없이 내 자네를 보내려네. 잘 가게나."

끝에 보탠 한마디가 인상적이다. "거센 여울과 잔잔한 물결이 섞일 때 물은 무늬를 이룬다. 느린 각성과 급촉한 우성이 어우러져야 음악은 가락을 이루게 된다." 그렇다. 사람은 기쁨과 슬픔, 즐거움과 괴로움의 씨줄과 날줄로 인생이란 피륙을 완성해간다. 어느 하나만 가질 수는 없고, 그래서도 안 된다. 이 같은 말에서 상실의 허전함이 더 크게 다가온다.

내가 그를 벗으로 삼는 이유

이군은 그 마음으로 하여금 경계에 처하게 함에 그 방법을 아직 얻지 못하였음을 알 수가 있다. 나라의 풍속이 무(武)를 낮게 보고, 게다가 우후(虞侯)는 낮은 관리이다. 하지만 사람이 품제를 따져서 구분하는 것은 마음에 달려 있다. 마음이 곧고 바른 사람은 그 등급이 높고, 마음이 비루하고 간사한 자는 그 등급이 낮다. 이 때문에 반고(班固)는 고금에 우뚝한 사람이었지만 황제가 그를 꼭 높은 지위에 두지는 않았고, 필부가 그 아래 자리에서 엎드리지도 않았다. 이것이 내가 이군을 이끌어 벗으로 삼으면서 그가 비척대며 벼슬길에서 꽉 막혀 있어도 이를 병통으로 여기지 않는 이유이다. 그 만남이 어찌 즐겁지 않고, 그 작별이 어찌 괴롭지 않겠는가?

> 與李君之所以使其心處乎境者, 有未得其道, 又可知也. 國俗抑武, 而虞侯卑官也. 然人之所以甄別品第, 在乎心. 心貞正者, 其級高, 心鄙詐者, 其級庫. 故班固古今人表, 皇帝未必據上層, 匹夫未必伏下位. 此余之所以援之爲友, 而不以其踳踳淹滯, 病之者也. 其聚也, 安得不樂, 其別也, 安得不苦乎. 云云.
>
> —〈이우후에게 주는 증언(與李虞侯贈言)〉

••

　작별의 자리에서 이중협이 과도한 슬픔의 감정을 드러내자 다산이
그를 달래며 한 말이다.

　"여보게! 무관(武官)이 괄시받는 나라에서 자네의 벼슬은 그마저도
낮은 우후일세. 하지만 사람대접은 지위나 문무(文武)에 달린 것이 아
니라 품은 마음에 달린 것일세. 곧고 바른 사람이라야지, 비루하고 간
사하다면 높은 지위에 있더라도 경멸과 멸시를 한 몸에 받게 되는 법이
라네. 내 지위가 낮은 것을 탄식하기보다 내 마음이 곧고 바르지 못함
을 부끄러워해야지. 반고를 보게. 임금이 알아주지 않았고 아랫사람이
공경하지도 않았지. 하지만 그의 이름은 만고에 우뚝하지 않은가? 나는
자네가 그런 사람이라고 생각하네. 우리의 만남은 즐거웠고, 우리의 작
별은 몹시도 슬프군. 하지만 작별의 도리야 그래서는 안 되지. 어서 마
음을 추스르게. 훗날 재회의 기쁨이 무색해지지 않도록 말일세."

　얼마나 다정스런 말인가?

　　　　　　　　　　　　　　　　　　　　　　　　다산의 제자 교육법

무엇을 먹고 살려는가

홍성삼(洪聖三)은 우뚝이 높은 뜻이 있었다. 서울에서 셋방살이 4~5년에 아무리 애를 써도 취할 수 없을 줄을 알아, 제멋대로 산수 사이를 노닐었다. 제천에서 한 언덕을 얻어 옥호산장이라 하였다. 장차 몸을 이끌고 가서 잡목을 베고 묵정밭에 불을 놓을 만하였으므로 이곳에 처자도 없이 은거하려 한다. 마침 내게 들러 산수와 바위 골짜기의 빼어난 풍광을 얘기하기에 내가 말하였다. "먹을 것이 있은 뒤라야 바위 옆 거처와 시냇가 집에서 사는 즐거움이 있는 법이라네. 벼슬 없는 선비 노릇 수십 년에 좀으로 죽고 반딧불이로 말라붙은 것만도 이미 슬퍼할 만한데, 여기에 더해 거북이 배와 매미의 창자를 가지고 장차 무엇에 기대어 살겠는가?" 성삼이 말했다. "젊을 때는 많은 것이 오히려 근심이지요." 내가 불쌍히 여기면서도 그를 장하게 여겨 시 한 수를 지어서 주었다.

의림지 서편 물가 옥호대가 있으니	義林西畔玉壺臺
얘기로는 넓은 물가 신선이 온다 하네.	說是洪崖羽化來
푸른 절벽 붉은 샘에 애오라지 배가 불러	翠壁紅泉聊自飽
물로 갈고 불로 김매 재물을 구하잖네.	水畊火耨不求財

안개 강물 그림 속에 왕경(王卿)의 뜻 드러나니   煙江圖見王卿志
반곡(盤谷)의 노랫가락 이원(李愿)이 돌아오리.   盤谷歌令李愿回
살펴보매 오랜 집안 온통 모두 영락하여   眼看故家零落盡
무수한 준재가 묵정밭에 숨는구나.   俊才無數隱蒿萊

洪聖三卓犖有志, 僦居京華四五年, 度無以力取, 恣游山水間. 於堤川
得一丘, 曰玉壺山莊. 將挈能劚木焚菑, 斯無妻子隱焉. 適余言泉石巖
壑之勝, 余曰: "有食而後, 有巖居川觀之樂. 儒酸數十載, 蠹死螢乾,
旣可悲, 兼之以龜腹蟬腸, 將何賴?" 聖三曰: "少也多能憂也." 余憐
而壯之, 爲贈一詩.
義林西畔玉壺臺, 說是洪厓羽花來. 翠壁紅泉聊自飽, 水畊火耨不求
財. 煙江圖見王卿志, 盤谷歌令李愿回. 眼看故家零落盡, 俊才無數隱
蒿萊.

　　－〈옥호산장으로 돌아가는 홍일인을 전송하는 시와 서문(送洪逸人歸玉壺山莊詩幷序)〉

●●

　뜻만 컸지 지난 4~5년간의 셋방살이는 아무 소득 없이 끝이 났다. 홍
성삼은 전국을 떠돌다가 제천의 의림지 서편에 옥호산장이란 은거지
를 마련해 홀로 은거의 삶을 시작하러 떠난다. 그는 명망 있는 집안의
후예였던 듯하나 이제 툴툴 털고 충청도의 궁벽한 산골로 떠난다. 무얼
먹고 살려 하느냐는 다산의 염려에 그는 아직 나이가 젊은데 무슨 걱
정이냐고 씩씩하게 대답한다. 뜻 높고 재주 있는 젊은이가 현실에 발을
붙이지 못하고 제 발로 은거의 삶을 찾아 떠나는 모습을 그저 바라보는
것은 늘 마음이 짠하다. 시 한 수를 붙여서 그를 위로하고 세상을 안타

까워했다. 끝 구절의 "살펴보매 오랜 집안 온통 모두 영락하여, 무수한 준재가 묵정밭에 숨는구나."란 말이 길게 여운으로 끌린다.

2장

산거 생활과 이상 주거

다산은 어디서고 원포를 경영하고 거처를 가꾸는 일을 열심히 했다. 서울 명례방의 작은 집에서도 그랬고, 강진 동문 밖 주막집 시절에는 채소를 가꿀 작은 땅이라도 얻었으면 하는 바람을 늘 가졌다. 제자와의 대화에서도 가장 많이 등장하는 것이 바로 이 원포 경영에 관한 내용이다. 그와 함께 산거 생활의 일상을 어떻게 가꿔나갈지에 대한 생각도 그의 주요 관심사였다. 어떻게 살아야 사람의 삶에 향기가 날까? 기본적인 경제생활을 유지하면서 문화의 품위를 지닐 수 있는 생활은 구체적으로 어떤 모습인가? 여기에는 선비와 승려의 신분에 따른 차이도 고려된다. 특용작물을 재배하고, 국화와 연꽃을 사랑하며, 알맞은 역할 분담으로 노동의 효율성을 극대화한다. 선비의 공부방은 어때야 할까? 마당은 어떻게 꾸미며, 집 둘레는 어떻게 관리해야 하나? 다산의 처방은 오늘날 슬로 라이프나 웰빙의 측면에서 보더라도 귀를 기울일 만한 내용이 많다.

산속 거처

매화가 처음 피어나면 꽃다운 떨기는 요염하고 아리따운 데다 향기롭기까지 하다. 천하의 뭇 꽃이 이보다 더한 것이 없을 정도다. 얼마 안 있어 떨어진 꽃잎이 땅에 가득하면 나무 전체가 시들해 볼썽사납다. 살구꽃과 배꽃이 잇달아 피어나고, 복사꽃이 갑작스레 붉은 꽃망울을 터뜨리면 요염하기 짝이 없다. 하지만 시들면 또한 늙은 기생이 장사치에게 시집가는 것 같다. 산속 거처가 아무 일이 없다 보니 온갖 꽃이 피었다 시드는 것을 살피면서도 세상의 판세를 깨닫기에 충분하다.

> 梅花首放, 芳蕤夭嬌馥郁, 天下羣芳, 無以逾乎是者. 俄而落英滿地,
> 全樹衰弊. 杏花梨花, 相續相代, 緋桃驀地紅綻, 妖艷絶倫. 及其衰也,
> 亦如老妓嫁商人爾. 山居無事, 觀百花盛衰, 足了世局.
>
> —《초의수초(卝衣手鈔)》

● ●

매화가 피면 천지가 환해진다. 기품과 향기에서 그 이상의 꽃이 없다. 그런데 오래가지 못한다. 진창에 꽃잎이 지고 나면 아직 새잎이 채 돋지 않아 검고 추레하며 잔가지 많은 나무는 영 볼품이 없다. 이번엔 제 차례라며 살구꽃이 피더니 배꽃도 덩달아 핀다. 복사꽃까지 피어나면 형형색색 꽃 잔치가 흥성하다. 하지만 잠시뿐, 그것도 바로 진다.

봄꽃의 영화는 열흘을 못 넘긴다. 시든 꽃의 딱한 모습은 다 늙어 찾는 손님 하나 없는 퇴기가 생활 때문에 젊은 시절에는 반눈에도 안 차하던 장사치의 소실로 들어앉는 몰골과 다를 게 없다. 꽃이 피어 곱더니, 금세 져서 딱하다. 사람이 한세상 살다 가는 일이 봄꽃과 진배없다. 향기를 뽐내고 순결을 자랑하고 요염함을 내세워도 잠깐 만에 스러진다. 한때의 득의는 누구에게나 있는 법. 으스댈 것이 없다. 다 늙어 장사치의 소실로 들어가는 늙은 기생의 꿈은 뭘까?

무덤 앞의 장난

도연명(陶淵明)의 〈감피백하(感彼柏下)〉 시를 보면 평소에 혜원(惠遠)의 현론(玄論)을 들었던 것을 알겠다. 소동파가 〈적벽부〉에서 물아부진(物我不盡), 즉 사물과 내가 다함이 없다고 한 말에서도 당시에 승려 참료와 늘 해맑은 대화를 나눈 것을 확인할 수 있다. 매번 봄바람이 불어와 초목에 싹이 트고 나비가 갑자기 방초에 가득해지면, 스님 몇 사람과 함께 술병을 들고서 옛 무덤 사이를 노닌다. 무덤들이 연이어 울멍줄멍 돋아난 것을 보다가 술 한 잔을 따라주며 말한다.

"무덤에 묻힌 이여! 능히 이 술을 마실 수 있겠는가? 그대가 예전 세상에 있을 적에 송곳과 칼끝 같은 이끗을 다투며 티끌과 찰나의 재물을 모으느라 눈썹을 치켜뜨고 눈을 부라리며 수고로이 애쓰면서 오직 이것을 굳게 움켜쥐려고만 했겠지? 또한 비슷한 부류를 사모하고 짝을 찾아, 육정은 불타고 음욕은 솟구쳐 따스하고 나긋나긋한 곳만 찾고, 부드럽고 따뜻한 집에서 지내느라 천지간에 달리 무슨 일이 있는지조차 몰랐겠지? 또한 가세를 빙자하여 오만스레 행동하고 남을 우습게 알며 불쌍한 사람 앞에 으르렁거려 스스로를 높이지는 않았던가? 그대가 세상을 떠날 적에 손에 동전 한 닢이라도 지녀 갔던가? 이제 그대 부부가 한데 묻혔으니 능

히 평소처럼 즐겁기는 한가? 내 이제 그대를 이처럼 곤경에 빠뜨려도 그
대가 능히 큰 소리로 나를 꾸짖을 수 있겠는가?"

이같이 수작하다 돌아오노라면 해는 뉘엿뉘엿 서산에 걸려 있곤 했다.

陶元亮感彼柏下之詩, 知平日得聞惠遠玄論. 蘇和仲物我無盡之賦,
驗當時常與參寥雅話. 每春風始動, 草木萌芽, 胡蝶忽然滿芳草. 與法
侶數人, 携酒游於古塚之間. 見蓬科馬鬣, 纍纍叢叢, 試酌一酹, 澆之
曰:"冥漠君能飲此酒無. 君昔在世, 亦嘗爭錐刀之利, 聚塵刹之貨. 撑
眉努目, 役役勞勞, 唯握固是力否. 亦嘗慕類索儷, 肉情火熱, 淫慾水
涌, 暱暱於溫柔之鄕, 額額於軟煖之窠. 不知天地間, 更有何事否. 亦
嘗憑其家勢, 傲物輕人. 咆哮鴬獨, 以自尊否. 不知君去時, 能手持一
文錢否. 今君夫婦合窆, 能歡樂如平昔否. 我今困君如此, 君能叱我一
聲否."如是酬酢而還, 日冉冉掛西峯矣.

— 〈초의 의순에게 주는 말(爲草衣僧意洵贈言)〉

●●

봄나들이의 광경을 포착했다. 새봄이 왔다. 들판에 새싹이 돋고 초록
이 넘친다. 어디에 숨어 있었던가 싶은 나비 떼가 일제히 나타나 봄날
의 축제를 시작한다. 이때 나는 평소 왕래하던 승려 몇과 더불어 술병
을 차고서 옛 무덤 사이로 봄 마중을 나온다.

옛날 진(晉)나라 도연명은 〈여러 사람과 주씨 집안 묘의 잣나무 아래
서 노닐다(諸人同遊周家墓柏下)〉란 시에서 "저 잣나무 아래 묻힌 사람
생각하노니, 그를 위해 어이해 즐기잖으랴.(感彼柏下人, 安得不爲歡.)"라
고 했다. 덧없이 스러질 인생, 저 무덤 속의 주인공도 한때는 대단한 권

다산의 제자 교육법

세로 한 시대를 떵떵거렸을 텐데, 지금은 흙이 되어 저렇게 누워 있다. 그러니 살아 있을 때 인생을 기뻐하며 즐기는 것이 옳지 않겠는가? 도연명의 이 시를 보면 나는 그가 저 혜원선사의 현론(玄論)을 익히 들어 알고 있었음을 짐작할 수 있다. 또 소동파는 〈적벽부〉에서 덧없는 인생을 탄식하며 슬픔에 잠기는 객에게 달관의 논리를 펼쳐 우주와 함께하는 인생의 유현한 깊이를 말했었다. 그의 이 같은 논의도 결국은 당대 참료 스님과의 대화를 통해 얻어진 것일 터이다.

오늘 이 봄날의 한갓진 나들이에서 나는 스님네와 함께 옛일을 음미하며 옛사람을 흉내 내본다.

"여보게, 주인공! 내 말이 들리는가? 그대도 살았을 땐 대단했겠지? 세상이 온통 내 발아래 있고 눈앞에 보이는 것 없어 기고만장했을 걸세. 그대 이 봄날 내가 따라주는 술 한 잔 받으소. 지나고 나면 다 흙으로 돌아가는 것을 그땐 왜 그랬을까 모르겠네그려. 평생에 살아 못되게 굴고 나쁘게 한 일, 되돌아보면 허망하고 덧없는 것을. 천년만년 갈 줄 알았던 부귀영화도 이렇게 한줌 흙이 되고 말았네그려. 죽을 때 한 닢도 못 가져갈 재물 때문에 아등바등 남을 못살게 굴고, 더 갖고 다 갖자고 으르렁거리던 일들, 이제 와 생각하면 어떠한가? 그토록 곱던 아내와 나란히 누웠으니 행복한가? 내가 그대를 한 잔 술로 이토록 모욕해도 아무 말 못 하는 그 심정은 또 어떠한가?"

춥고 긴 겨울이 지나고 마침내 새봄을 맞을 때면 나는 스님 몇을 동무 삼아 무덤 사이를 오가며 이 무덤에 술 한 잔 부어주고 저 무덤에 희떠운 말 한마디 건네곤 한다. 앞으로 살아갈 내 인생을 생각하며 지녀야 할 마음가짐을 한 번씩 다잡아보곤 했다. 나도 한때는 잘나가던 시절이 있었다. 하지만 이제 이 낯선 남녘땅에 내려와 세상에 잊힌 이름이 되었으니, 무덤 속의 주인공이나 그에게 술잔을 따르는 나나 사실 다를 것이 하나 없다. 그래도 그렇게 한나절을 보내고 돌아오면 마음에 응어리졌던 것이 조금은 풀리고, 품었던 원망이 어느 결에 녹곤 했던 것이다.

이날의 봄나들이에 초의(草衣)도 동행했을 법하다. 다산 정약용이 초의에게 건네는 말이 들리는 것만 같다.

"이제 내가 이렇게 무덤 사이를 오가며 술을 따라주고 실없는 소리나 하는 것이 네게는 이상하게 보이겠지? 사실은 나 들고 너 들으라고 하는 얘기다. 조금 더 내려놓고 하나 더 덜어내어 마지막에는 다 비우고 가는 것이 인생이 아니더냐. 우리는 그렇게 살자. 맑고 깨끗이 살다가 가자."

4월의 느낌

4월에 죽순과 차와 완두와 앵두가 새로 나고. 초록이 그늘진 귀퉁이에선 꾀꼬리 소리가 자주 들린다. 날씨는 잠깐 개었다가 잠깐 비가 오거나, 춥지도 따뜻하지도 않다. 늙은이는 고아하지도 않고 속된 것도 아닌데, 반쯤은 취하고 반쯤은 깨어 있다. 이러한 때는 마치 학의 등에 올라타고 날았다가 내려앉는 것만 같다.

四月新笋新茶新宛豆新含桃, 綠陰一片, 黃鳥數聲, 乍晴乍雨, 不寒不暖. 老夫非雅非俗, 半醉半醒. 爾時如從鶴背飛下.

－〈해남 천경문을 위해 써준 증언〉

● ●

4월 초여름 무렵의 정경이다. 대숲에선 죽순이 한나절이 다르게 쑥쑥 올라온다. 죽순을 잘라 데쳐서 이것으로 장아찌도 만들고 무침도 해 먹는다. 입맛이 대번에 돌아온다. 햇차의 소식도 있다. 일창일기(一槍一旗)의 뾰족한 작설(雀舌)이 차 시절이 돌아왔음을 일깨워준다. 저걸 따서 솥에 덖어 떡차로 만들어내서 차맷돌에 갈아서 마실 생각을 하니 벌써부터 혀뿌리에 침이 고인다. 완두는 파릇한 잎이 앞다퉈 올라오고, 앵두도 꽃을 달았다. 머잖아 빨간 앵두가 소반에 올라올 생각을 하니 군침이 먼저 돈다.

대지는 이제 왕성한 생명력을 뽐내며 한창 바쁘다. 초록 그늘 한구석에서는 황금빛 꾀꼬리가 이리저리 왔다갔다 실타래를 감으면서 짝짓기 노래가 한창이다. 날씨는 개지도 흐리지도 않아 비가 오나 싶어 보면 해가 쨍 나고, 잠깐 만에 다시 보슬비를 뿌린다. 여우가 시집가는 날 같다. 춥지도 덥지도 않은 날씨 속에 아까부터 노인은 흥에 겨워 술잔을 홀짝이고 있다. 술에 아주 취한 것도 아니고 말짱한 것도 아닌 얼큰한 상태다. 거동이 특별히 우아하지도 않지만, 그렇다고 속된 것은 더더구나 아니다.

4월의 느낌은 늘 이렇다. 그런 것도 없고 그렇지 않은 것도 없다. 이것도 아니고 저것이랄 수도 없다. 알큰달큰 달떠서 엉덩이를 들썩이게 만든다. 다산은 이 기분을 마치 학의 등에 올라타서 저 높은 하늘을 빙 선회한 뒤 땅 위로 사뿐 내려앉는 느낌이라고 표현했다. 절묘한 포착이다.

4월의 냇가

4월 상순에 버썩 마른 명아주 지팡이를 들고 냇가로 나가 물가에 우두커니 서서 논물 소리를 듣는다. 어린모의 싹이 물 위로 빼꼼 솟았는데 여린 초록빛이 쪽 고르지 않다. 산들바람이 한 차례 지나가면 물결의 파문이 비단 무늬 같다. 하늘과 땅 사이에 일단의 생기로운 뜻이 온통 여기에 담겨 있다. 아껴 희롱하며 마음으로 기뻐하다 보면 어느새 석양이 나무에 걸린 줄도 깨닫지 못한다. 이 가운데 얼마간의 즐거운 일은 답답한 마음을 풀어주기에 충분하다.

四月上旬, 携枯藜出谿, 水上佇立, 聽田水聲. 稚秧出水, 輭綠未匀. 細風一過, 波紋邃繝. 天壤間一端生意, 都在這裏. 愛玩情悅, 不覺夕陽已挂樹矣. 此中多少樂事, 足以消遣.

-《초의수초》

● ●

4월의 초여름 햇살은 눈이 부시다. 지팡이를 짚고 냇가로 향한다. 물가에 그대로 서서 논물 흐르는 소리를 듣는다. 모심기를 막 끝낸 뒤라 어린 싹이 물 위로 고개를 약간 내밀었고, 아직 연둣빛이거나 조금 초록의 기운이 돌거나 해서 빛깔이 저마다 조금씩 다르다. 산들바람이 한 차례 그 위를 쓸고 지나면 파르르 물결이 인다. 바람은 새싹을 톡 치고, 새싹의 흔들림은 논물 위로 전달되어 도미노로 쓰러지는 물무늬. 내 안에 그 무늬가 물밀 듯 밀려든다. 혼자 보기가 참 아깝다. 한 번 더, 한 번만 더 하다가 문득 고개를 드니 석양볕이 어느새 나무에 걸렸다. 하루가 이렇듯 벅차다. 심심한 줄 모르겠다.

못가 정자

주위재(朱葦齋)의 시에 이렇게 말했다.

맑은 못에 기와의 그늘이 져서 　　　　　　　　清池蔭屋瓦
방어 잉어 노닒을 가만히 본다. 　　　　　　　　靜見魴鯉行

　매번 못가 정자에서 저물녘에 한가로이 난간에 엎드려 있노라면 물속
이 텅 비고 환해 하나의 별세계이다. 노니는 물고기는 모여 즐겁게 장난
을 치다가 갑자기 서로 등을 돌리고, 어느새 다시 모인다. 그 천태만상은
이루 다 묘사할 수가 없다. 모두 다 자연스런 이해관계가 그 사이에 끼어
들어 있다.

> 朱葦齋詩: "淸池蔭屋瓦, 靜見魴鯉行." 每池亭日斜, 閑俯伏檻, 水中
> 虛明, 別一世界. 游鱗相聚, 樂然相戱, 忽若相背, 倏然相集. 千態萬
> 象, 不可俱述. 都是自然利害, 參在其間.
>
> 　　　　　　　　　　　　　　　　　　　　　　－《초의수초》

●●

이 시는 원래 송나라 때 홍매(洪邁)가 지은 《야처유고(野處類藁)》권
상에 수록된 〈기제숙부지정(寄題叔父池亭)〉이란 시의 3, 4구다. '청지(淸
池)'는 원시에 '방당(方塘)'이라 했고, '정(靜)'은 '정(淨)'이라야 맞다. 주
위재는 누구인지 잘 모르겠다. 홍매의 원시를 주위재가 조금 고쳐서 인
용했던 것일까? 다산이 보았던 원출전은 이제 와 확인이 어렵다.

정자 난간에 엎드려 연못을 내려다본다. 해도 뉘엿해진 시간, 빗긴 햇
살이 스민 물속은 텅 비고도 환해서 그 투명한 자락이 하나의 별세계를
펼쳐 보인다. 물고기들은 즐겁게 모여 장난치다가 무엇에 삐쳤는지 갑
자기 싸늘하게 등을 돌린다. 왜 싸우나 싶어 보면 금세 휙 돌아서서 다
시 장난을 친다. 물속에도 저들끼리 통하는 대화의 문법이 있다. 기쁘
고 속상한 일이 따로 있는 게 분명하다. 나는 녀석들의 물속 사정을 탐
지하느라 바빠, 날이 어둑해질 때까지 시간을 잊은 채 난간에 기대 있
곤 한다. 누가 나처럼 하늘 위 난간에 걸터앉아 인간들이 지지고 볶고
다투다 웃고 우는 그 광경을 지켜본다면 꼭 내 마음과 같을까? 아! 개
운하다.

다산의 제자 교육법

천하의 해맑은 일

보슬비가 막 지나가면 채소밭 푸성귀의 흙먼지가 말끔하게 씻겨나가고, 살지고 부드러워 아낄 만하다. 이때 갑자기 귀한 손님이 찾아오면 기쁘게 붙잡아 머물게 하고, 밭 일꾼을 시켜 조금 따와서 손님 찬으로 함께 내온다. 이것이 천하의 해맑은 일이다. 다산 노초가 쓴다.

小雨新過, 畦蔬塵垢盡滌, 肥軟可愛. 忽有佳賓戾止, 欣然執留, 令畦
丁小摘以共賓膳, 此天下之淸事也. 茶山老樵書.

　　　　　　　　　　　　　　　　　　　　　　－〈다산옹서이황상증언〉

●●

보슬비가 채마밭 푸성귀에 묻은 흙먼지를 말끔히 씻어내자 파릇한 빛깔이 이들이들 곱다. 보기만 해도 입맛이 돈다. 때마침 귀한 손님이 불쑥 나를 찾아오면 얼른 맞아 자리에 앉히고 그 채소를 조금 따와 겉절이 무침으로 내온다. 거친 밥에 막걸리 몇 잔, 여기에 성성한 채소 반찬이 곁들여질 수 있다면 이야말로 청사(淸事), 즉 해맑은 일이 아니겠는가? 꼭 지글지글 고기를 구워야 손님 대접이 아니다.

연꽃 심기와 벼농사

연꽃을 심는 것은 감상하는 데 지나지 않으나 벼를 심는 것은 먹거리를 제공해줄 수가 있다. 그 쓰임새의 허실이 서로 현격하다. 하지만 논을 넓혀 연을 심는 못을 만드는 사람은 그 집안이 반드시 번창하고, 연 심은 못을 돋워 논으로 만드는 사람은 그 집안이 어김없이 쇠미해진다. 이는 무엇 때문일까? 이를 통해 큰 형세가 쇠하고 일어나는 것이 인품의 빼어나고 잔약함과 연계되어 있음을 알 수 있다. 소소한 송곳이나 칼끝 같은 이해쯤은 깊이 따질 만한 것이 못 된다.

種蓮不過借玩賞, 種稻可以給餽餉. 其用之虛實相懸也. 然廓稻田以
爲蓮沼者, 其家必昌, 夷蓮沼以爲稻田者, 其家必衰. 斯何故也. 是知
大勢衰旺, 繫乎人品之俊孱, 小小錐刀之利害, 未足深爭也.

－〈다산옹서이황상증언〉

••

다산다운 말씀이다. 일반적 예상을 빗겨 말했다.

"산석아! 너는 논을 넓혀 연 심는 못을 만드는 사람이 되도록 해라.

다산의 제자 교육법

연 심은 못을 논으로 만드는 사람이 되지는 말거라. 연 밭을 헐어 논으로 일구면 거둘 곡식이야 늘어나겠지만, 잗단 이익에 매이는 사이에 삶의 정취는 사라지고 만다. 그렇게 되면 안 되지. 아등바등 먹고사는 데 목숨을 걸면 늘 그 사이에서 허덕이며 살고, 조금 부족해도 삶의 여유를 가꿔야 인품이 깊어지고 삶의 질이 올라간다. 절대 작은 이익에 목숨 걸지 말고 생활 속에 정서와 무늬를 깃들이도록 해라."

작은 이익과 삶의 정취를 맞바꾸지 말라는 충고는 참으로 귀한 말씀이다. 여유를 돌보지 않으면 넉넉해지려다 도리어 황폐해지는 폐단을 낳는다.

국화 애호의 변

예전 죽란(竹欄)에 있을 적에 내 성품이 국화를 몹시 아꼈다. 해마다 국화 화분 수십 개를 길러, 여름에는 잎새를 보고 가을에는 꽃을 감상했다. 낮에는 자태를 음미하고 밤에는 그림자를 살폈다.

무실선생(務實先生)이란 이가 지나다가 들러 비난하며 말했다.

"심하구려, 그대의 화려함이! 그대는 어찌하여 국화를 기르는가? 복사꽃과 오얏꽃, 매화와 살구꽃 등은 모두 꽃과 열매가 함께 갖추어져 있네. 내가 이 때문에 이것을 심지. 열매가 없는 꽃은 군자가 마땅히 심을 것이 못 된다네."

내가 말했다.

"그대는 하나만 알고 둘은 모르는군요. 형체와 정신이 묘하게 합쳐져서 사람이 됩니다. 굳이 형체만 기른다면 정신이 굶주리게 되지요. 열매가 있는 것은 입과 몸뚱이를 길러주고, 열매가 없는 것은 마음과 뜻을 즐겁게 해줍니다. 어느 것 하나 사람을 길러주지 않음이 없습니다. 그래서 맹자는 이렇게 말합니다. '마음을 기르는 자는 대인이 되고, 몸을 기르는 자는 소인이 된다.'구요. 어찌 반드시 입술에 넣어 목구멍으로 넘겨야만 실용이라고 할 수 있겠습니까? 그대의 생각에 따라 장차 농부만을 성인으

다산의 제자 교육법

로 여긴다면, 무릇 시를 외우고 독서하는 것은 모두 실지가 없는 일일 터이니, 어찌 할 수 있겠습니까? 불가의 말에도 색즉시공이요 공즉시색이라고 했습니다. 비록 이단이기는 해도 지극한 이치가 담긴 말입니다. 또 어찌 이른바 실이란 것이 허가 아니며, 허란 것이 실이 아닌 줄을 알겠습니까? 공자께서는 '군자는 의리로 깨우치고, 소인은 이익으로 깨우친다.'고 했습니다. 주자(朱子)가 육자정(陸子靜)과 더불어 아호(鵝湖)의 연석(宴席)에서 이 뜻을 강론할 때, 사방에 앉았던 이들이 이를 위해 눈물을 흘렸던 것은 무엇 때문입니까? 대부분의 사람은 모두 허(虛)를 실(實)이라고 생각하고, 이(利)를 의(義)라고 여겼는데 실로 명쾌하게 분별해내자 총명한 사람들이 모두 울었던 것입니다."

이날 뜨락의 국화가 처음으로 피어난 것이 있었다.

昔在竹欄, 顧性愛菊. 歲治菊數十盆, 夏而觀其葉, 秋而觀其葩, 晝而觀其姿, 夜而觀其影. 有務實先生, 過而難之曰:"甚矣! 子之華也. 子奚爲是菊也? 桃李梅杏之等, 皆華實兼備. 吾是以業種. 凡無實之花, 君子不宜種也."余曰:"公知其一, 未知其二. 形神妙合, 乃成爲人, 形固須養, 神其可餒. 有實者, 以養其口體, 其無實者, 以娛其心志, 無非所以養人者. 抑孟子有言曰:'養其大體者爲大人, 養其小體者爲小人.'豈必入於脣, 踰於咽而後, 迺謂之實用耶. 充子之道, 將唯農夫爲聖人. 凡誦詩讀書者, 皆無實之業也. 惡乎可哉. 浮屠氏之言曰:'色則是空, 空則是色.'雖異道乎, 至理之言也. 又安知其所謂實者非虛, 而虛者非實乎? 子曰:'君子喩於義, 小人喩於利.'朱子與陸子靜, 講斯義於鵝湖之席, 四坐爲之流淚, 何以故? 滔滔者, 皆視虛爲實, 喩利爲義. 苟辨之淸快, 凡聰睿者皆泣也."

是日庭下菊花, 始有蓓蕾者.

●●

이 글은 무실선생이란 가공인물과의 토론을 통해 다산 자신이 국화를 사랑하는 이유에 대해 설명한 내용이다. 가공의 사람을 끌어들여 문제를 제기하게 한 후 그에 답하는 방식으로 자신의 주장을 펼치는 형식을 '답객난(答客難)'이라고 한다. 바로 이 글이 이 방식을 썼다.

죽란은 다산이 서울서 벼슬길에 몸담고 있을 당시 살았던 명례방(明禮坊) 집이다. 지금의 명동이다. 워낙 좁은 집이어서 다산은 마당에 화분을 늘어놓고 화초를 심어 길렀다. 다산이 쓴 〈죽란화목기(竹欄花木記)〉란 글이 문집에 따로 실려 있다. 이 글에 따르면 다산은 그 좁은 마당에 왜석류(倭石榴) 네 그루, 능장류(棱杖榴) 두 그루, 화석류(花石榴) 한 그루, 매화 두 그루, 치자나무 두 그루, 산다(山茶) 한 그루, 금잔은대화(金盞銀臺花), 즉 수선화 네 그루, 파초 한 그루, 벽오동(碧梧桐)은 한 그루, 만향(蔓香) 한 그루를 길렀다. 국화 사랑은 특별히 유난해서 모두 열여덟 개의 화분에 나누어 심었고, 이 밖에 부용(芙蓉)이 한 그루 더 있었다.

다산은 사람들이 들락거릴 때 꽃을 다치게 할까 봐 화단의 동북쪽을 가로질러 대나무로 난간을 만들었다. 그러고는 그 시끄럽고 복잡한 도심 속 정원에서 꽃이 피고 달이 뜰 때마다 가까운 벗들을 초대해서 술을 마시고 시를 지으며 꽃향기에 취하곤 했다. 이 당시의 모임을 다산은 죽란시사(竹欄詩社)라고 불렀다.

또 다산은 〈국영시서(菊影詩序)〉란 글에서 가을밤 빈 벽 앞에 국화 화

다산의 제자 교육법

분을 세워놓고 등불을 멀고 가깝게 비춰가며 벽 위에 어리는 국화 그림자를 감상하는 몽환적인 모임 자리를 설명한 글을 따로 남기기도 했다.

이제 위 글을 읽어보자. 다산은 국화를 감상하는 네 가지 포인트를 꼽았다. 여름철에는 싱그러운 잎을 감상하고, 가을이 되면 다른 식물이 시들어갈 때 오히려 꽃을 피우는 그 매운 향기를 아꼈다. 낮에는 국화의 자태를, 밤에는 국화의 그림자를 사랑했다. 그는 밤낮도 계절도 없이, 꽃이 피면 피는 대로, 꽃이 없으면 잎만으로도 국화를 사랑한 사람이었다.

지나가던 무실선생이 다산의 화단을 보고 시비를 걸었다. 무실선생은 글자 그대로 실질에 힘을 쏟는 선생이니, 꾸밈 아닌 실질을 숭상하는 지식인이다. 그는 아마 죽란 시절 다산의 집에 드나들던 사람 중 하나였을 것이다.

"여보게! 나는 이해할 수가 없구려. 복사꽃과 오얏꽃, 매화와 살구꽃은 꽃도 예쁘지만 뒤이어 탐스런 열매가 달리질 않는가? 국화는 어떤가? 열매가 없질 않은가? 군자가 어찌 꽃만 피우고 열매가 없는 것을 사랑한단 말인가? 모름지기 실질에 더 힘을 쏟아야 하지 않겠나?"

다산이 대답한다.

"답답한 말씀이로군요. 선생의 실용은 꽃만으로는 안 되고 반드시 열매가 있어야 한다는 논리입니까? 그것은 너무도 단순합니다. 사람은 무엇으로 삽니까? 정신과 육체가 결합되어 이루어진 존재가 아닙니까? 선생의 논리는 입에 들어가는 것만 실용이고 눈으로 보는 것은 무용이라고 양단으로 가르는 논법입니다그려. 국화는 비록 열매가 없지만 사람의 정신을 기쁘게 해서 뜻을 길러주지 않습니까? 오상고절(傲霜孤節)은 어찌해서 나온 말이며, 도연명이 국화를 아껴 길렀던 뜻은 어디에 있었습니까? 몸뚱이를 길러주는 것만 실용이라 한다면 공부는 왜 하며 시는 왜 짓습니까? 책을 읽으면 밥이 나옵니까, 시를 지어서 쌀이 나옵니까? 그렇다면 우리가 모두 책을 집어던지고 논밭으로 달려가 농부가 되어야만 실용입니까? 입을 기르는 것만 실용이 아니라 정신을 기르는 것도 실용이지요. 색즉시공, 공즉시색이란 불가의 가르침도 있지 않습니까? 애초에 그릇이 다른 게지요. 그리 단순하게 갈라 말할 일이 못 됩니다. 옛날 송나라 때 주자가 신주(信州) 땅 아호사(鵝湖寺)에서 육상산(陸象山)을 만나 사흘 간 서로의 학문을 두고 논쟁할 때를 생각해보시지요. 주자가 이익과 의리의 엇갈림에 대해 명쾌하게 갈라 논설하자 이를 듣던 이들이 눈물을 흘리며 공감했습니다. 이는 다른 것이 아닙니다. 자신들이 혼동해서 미처 깨닫지 못했던 분별이 주자의 변설을 통해 통쾌하게 풀렸기 때문입니다. 선생의 무실(務實)에 대한 논법은 언뜻 보면 타당하여 맞는 말로 들리지만, 따져서 살펴보면 수많은 폐단의 시작점이 될까 걱정됩니다. 폭력이 될 수 있단 말이지요."

다산은 초당 앞뜰에 심어둔 국화가 첫 꽃망울을 터뜨린 것을 기뻐하며 보다가 문득 서울 시절 어떤 이와 국화를 두고 벌였던 논쟁의 한 자락을 떠올렸던 것이다. 그래서 꽃과 열매의 비유를 들어 우리가 추구해야 할 가치가 반드시 손에 잡히고 입에 넣을 수 있는 실용만이 다가 아님을 말했다.

어이 견디랴

장맛비가 주룩주룩 내린 것이 오늘로 며칠째다. 흉년으로 궁핍한 시절이어서 농부들은 밥 먹기조차 어렵고 나쁜 병마저 번져서 열에 일고여덟이 죽었다. 가난하다 보니 도롱이마저 없어 온종일 황토의 돌피 속에서 비를 맞는다. 저물녘이 되어 툭툭 털고 돌아와서는 아내가 내온 다 식은 보리밥을 억지로 먹는다. 흙방에는 불도 때지 못한 채 다 떨어진 자리를 깔고서 잔다. 날마다 이와 같으니 피와 살을 지닌 인생이 어찌 견딜 수가 있겠는가? 나라에서 거두는 세금이 모두 이 사람들의 손에서 나온다. 그런데 이 사람이 이와 같은 형편이고 보니 하늘 또한 어질지 않은 존재이다. 어찌 때에 맞게 개고 때에 맞춰 비를 내려주지 않는단 말인가. 계절의 차례가 순서에 맞게 되면 이 농사짓는 백성으로 하여금 조금이나마 생기가 돌게 할 수 있지 않겠는가? 마음으로 빌고 또 빈다.

長雨淋漓, 今幾日矣. 凶年窮節, 農人難食. 沴疾染行, 十死七八. 貧無蓑蕢, 鎮日冒濕於黃壤稊之中. 向昏戰掉而歸, 强喫饁婦之冷俊麥飯. 不烟土室, 藉蔽薦而宿之. 逐日如是, 血肉人生, 其可堪乎? 王家正供, 皆出於此人之手, 而此人如此, 天亦不仁者矣. 何不時晴時雨,順適時令, 俾此襁褓之民, 小得活潑乎. 心祝心祝. (右祈晴.)

－《귤림문원(橘林文苑)》

●●

　장마철인데 흉년에 역병까지 돌아서 도처에 죽어나가는 사람들이 넘쳐났다. 다산은 이 같은 참상을 지켜보다가 어서 날이 개어서 여러 일이 정상을 되찾게 되기를 바라는 마음에서 이 글을 썼다.

　글 끝에 '기청(祈晴)', 즉 날이 개기를 기원하는 글이라고 덧붙여놓았다. 유난히 장마가 길어지자 농사일이 뒤죽박죽이 되고, 흉년의 뒤끝이라 먹거리 마련도 수월치가 않다. 여기에 더해 역병까지 돌아 굶고 병들어 열에 일고여덟이 죽어나가는 형편이다. 그나마 산목숨은 도롱이도 없이 진창에서 쏟아지는 비를 맞으며 김을 맨다. 저녁 무렵 빗물을 털고 돌아오면 기다리는 것은 찬 보리밥 덩이 하나뿐이다. 온기 하나 없는 찬 흙바닥에 이부자리도 없이 맨땅에서 널브러져 잔다. 멀쩡히 건강한 사람도 생병이 날 참인데 먹는 것도 없이 어찌 이런 생활을 더 버텨낼 수 있겠는가? 나라를 유지하는 세금이 모두 이 백성에게서 나온다. 이들의 삶이 이러한데 하늘은 어찌 이다지도 무심할 수가 있는가? 이제라도 때에 맞게 날이 개어 백성의 참혹한 삶에 한 줄기 생기를 불어넣어 줄 수 있다면 얼마나 기쁜 일이겠는가?

　다산은 백성의 참혹한 삶을 지켜보다가 깊은 연민을 담아 날이 어서 개기를 바라는 글을 이렇게 따로 남겼다.

　　　　　　　　　　　　　다산의 제자 교육법

응답 없는 광경

비바람에 문을 닫아거니 아무도 찾아와 두드리는 이가 없다. 《수경주(水經注)》를 가져다 몇 차례 뒤적거려보다가 백화주(百花酒) 한 잔을 따라 마시니 마음이 흐뭇한 것이 아주 좋았다. 수놓은 장니(障泥) 위에 올라앉은 벼슬아치가 머리에는 기름 모자를 쓰고, 어린 하인 아이는 장화를 신고 길에서 분주한 것을 보면 한가롭고 바쁘기가 전혀 다르다. 인생이란 흰 망아지가 문틈 새로 지나가는 것과 같은데, 어이하여 홀로 괴롭기가 저와 같단 말인가? 추위가 갑작스레 들이닥쳐 냇물이 모두 꽁꽁 얼었다. 문을 닫아걸고 화로를 끼고 앉아, 앞마을 사는 과부가 집에 불 땔 나뭇가지 하나조차 없어서 밤새도록 춥다고 우는 어린 것을 끌어안고 탄식하는 것을 떠올리다가, 생각을 돌이켜 길가의 거지가 입은 옷이 제 몸조차 가리지 못하는데, 깃들어 자려 해도 받아줄 집이 없고, 하늘을 향해 외쳐보지만 아무 응답이 없는 광경을 떠올리니, 이를 위해 측은한 맘이 들어 기쁘지가 않았다.

風雨杜門, 無人剝啄. 取水經注, 繙閱數回, 酌百花酒一琖, 怡然自適.
視繡障泥上馱着官人, 頭戴油罩, 兒胥穿水鞋子, 奔走道路者, 閒忙迥

別也. 人生如白駒過隙. 何乃自苦如彼. 寒事猝甚, 澗溪皆凍, 閉戶擁
爐, 想前村媵婦, 家無一枝, 歎終夜抱孩啼寒, 轉念路傍流丐, 衣不蔽
骸, 投宿無門, 呼天無事, 爲之惻然不樂.

－《귤림문원》

●●

비바람 몰아치던 어느 오후의 소묘다. 꽉 닫아건 문은 종일토록 두드
리는 사람 하나 없다. 밖에 나갈 수가 없다면 책으로라도 천하를 유람
해야지 싶어 북위(北魏) 때 역도원(酈道元)이 지은 지리서인 《수경주》
를 꺼내 천하 대강 남북 각처를 머릿속에서 여기도 가보고 저기도 가보
고 했다. 하도 다니다 보니 조금 피곤해서 백화주 한 잔을 따라서 홀짝
홀짝 마셨다. 좀 전의 쓸쓸하고 우울하던 기분이 맑게 개어 좋아진다.
　그러다가 문득 생각이 건너뛰었다. 장니는 말안장 양쪽으로 늘어뜨
려 말발굽에서 튀어 오르는 진흙을 막는 장치다. 신분 높은 관인은 안
장 위에 수를 놓은 고급스런 장니를 드리우고, 머리에는 기름 먹인 모
자를 써서 길에서 비를 만나거나 진창을 지나더라도 옷이 더럽혀지거
나 비에 젖을 일이 없다. 하지만 그의 말고삐를 쥐고 가는 어린 하인은
장화를 신고 질퍽거리는 길 위에서 이리 뛰고 저리 뛰며 분주하다. 옷
은 진흙이 튀어 온통 엉망이 되었다. 나리님은 날이 아무리 궂어도 태
연히 한가롭고, 하인은 비를 홀딱 맞고 진흙탕에 옷을 더럽혀가며 애를
써도 알아주는 이가 하나도 없다. 너무 불공평하지 않은가?
　여기서 다산의 생각은 다시 한 번 더 건너뛰었다. 이번엔 겨울이다.
갑작스레 한파가 닥쳐 앞 시내가 꽁꽁 얼어붙었다. 쓸쓸한 산속 집에
서 문을 닫아걸고 화로를 끼고 앉아 춥다 소리를 연신 하다가, 문득 앞

다산의 제자 교육법

마을의 과부 생각을 했다. 그녀는 이 추위에 땔감으로 쓸 나뭇가지 하나도 없어 밤새 춥다고 우는 어린 자식을 끌어안고 탄식하고 있을 것이다. 그녀에 비하면 내 처지는 너무나 안락하지 않은가? 생각은 한 번 더 미끄러져, 길가의 거지가 변변한 입성도 없이 잠잘 곳도 없어서 하늘에 대고 살려달라고 외치는 정경을 떠올렸다. 그에 견준다면 과부의 처지는 한결 낫다. 나는 그 거지에 견주면 너무도 안락해서 부끄러워 고개를 들 수가 없을 정도다.

이렇게 두 차례의 생각 속에 앞서 《수경주》를 읽고 백화주 한 잔을 마시고는 기분이 흐뭇해졌던 기억은 그만 무색해지고 송곳방석 위에 앉은 것처럼 마음이 불안하고 불편해졌다. 똑같은 목숨을 받고 태어났는데 잠깐 살다 가는 인생의 처지가 저마다 이렇듯이 다르다. 좀 전까지 나는 처량한 유배지에서 세상에 잊힌 채 살아가는 처량한 존재였다. 하지만 다시 나보다 못한 이들에게 생각이 미치자 갑자기 지금 내가 누리고 있는 것이 큰 복임을 알아, 나만 못한 이들에 대한 깊은 연민으로 지금의 이 자리가 감사하고 불편하고 안타까웠다.

세상의 도리

큰 거룻배는 산만 하고 큰 배는 구름 같은데 긴 바람을 타고서 강 위를 간다. 잔치 자리의 음악과 노랫소리가 천 리마다 한 차례씩 멈추니 지극히 통쾌하다. 잠깐 만에 바람과 구름이 사방에서 몰려들고 번개와 우레가 일어나면 뱃사공은 산 사람의 낯빛이 아니다. 서로 더불어 정신없이 소리쳐 부르면서 이무기의 입속에 잡아먹히는 것을 면하기만 기도한다. 이때 물가 언덕 곁의 고깃배를 돌아보면, 바야흐로 갈대와 버드나무 사이에 기대 막걸리를 마시다 지쳐 배 밑창에 취해 눕는다. 지어미는 그물코를 매고 어린 아들이 짧은 피리를 부는 것을 보는 것도 즐겁다. 세상의 도리가 어찌 그렇지 않겠는가? 한 차례 깨달을 만하다.

大艑如山, 大航如雲. 乘長風而江行. 燕坐歡歌, 千里一息, 至快也. 俄焉風雲四合, 電雷如布, 舟師无人色, 相與顚頓號呼, 以祈免於蛟龍之吻. 回顧岸傍漁艇, 方且依徊葦柳之間, 濁酒自勞, 醉臥艙底, 看孀結網, 稚子吹短笛, 亦自適也. 世道何莫不然. 可以一悟也.

-《초의수초》

다산의 제자 교육법

산만 하고 구름장같이 큰 배에 올라타 큰 바람을 받으며 강 위를 달린다. 배 위에서는 풍악 소리가 낭자하고 기생들의 노랫가락이 허공으로 퍼져나간다. 인간 세상의 장쾌한 맛이 이에서 더하겠는가? 그러다 갑자기 사방에서 비구름이 몰려오고 매서운 바람이 휘몰아친다. 천둥번개가 섞어 치자 좀 전 느긋하게 여유롭던 뱃사공의 얼굴에 핏기가 싹 가신다. 잔치에 흥겹던 사람들은 흔들리는 배 위에 나동그라지며 나 살려라 하고 소리친다. 술상이 엎어지고 잠깐 만에 술자리는 아수라장으로 변했다. 이대로 물에 떨어지면 물 속 이무기가 입을 딱 벌리고 기다리다가 한 입에 나를 꿀꺽 삼켜버릴 것만 같다.

　　이때 문득 저 멀리 물가 언덕을 돌아보니 작은 고깃배가 안전한 물가 갈대밭 버들가지 사이에 얌전하게 묶여 있다. 어부는 막걸리에 까무룩 취해서 배 밑창으로 내려가 코를 불며 잠을 잔다. 아내는 뱃전에 앉아 그물코를 꿰매고, 어린 아들은 젓대를 불며 제 신명에 겹다. 좀 전 시원한 바람을 맞으며 큰 배로 강 물살을 가를 때는 저 작은 고깃배가 안중에도 들어오지 않았는데, 이제 강 한복판 무서운 풍파 속에 뒤흔들리다 보니 물가에 매인 작은 고깃배의 안온함이 부럽기 짝이 없다. 그대의 꿈은 무엇인가? 어떤 삶을 원하는가?

맑고도 고상하게

무릇 먹고살기를 꾀하는 일은 모두 낮고 더럽다. 다만 원포(園圃)에서 초목을 기르는 한 가지 일만큼은 지극히 맑고 고상하다. 비록 다시금 호미 들고 삿갓을 써도 더욱 귀함을 느낀다. 한번 저자 문에 나와서 닭을 묶고 베를 걸어놓고, 살지고 수척한 것을 평하고 올이 거칠고 고운 것을 따진다면 큰일은 어느새 다 끝나버린다.

凡謀食之事, 皆鄙俚. 唯園圃毓草木一事極清高. 雖復戴耡荷笠, 益覺是貴. 一出市門, 撞雞揭布, 評其肥瘠, 議其麤細, 已大事去矣.

−〈다산옹서이황상증언〉

●●

풀이하면 이렇다.

"산석아! 내 말을 잘 듣거라. 목구멍에 풀칠하기 위해 하는 일은 모두 낮고 더러운 법이다. 힘들어도 참아야 하고 수틀려도 견뎌야 한다. 하지만 집 주변에 과수원과 채마밭을 마련해 과일나무와 채소를 가꾸는 일만큼은 맑고도 고상하다. 호미 들고 삿갓을 쓴 채 비지땀을 흘려도 그보다 귀한 일은 없다. 그런데 말이다. 저자로 나가 집에서 기른 닭을 묶고 애써 짠 베를 걸어둔 채 닭이 살쪘다고 하고 베가 올이 곱다며 호객하는 순간 앞서의 맑고 고상한 운치는 간데없이 되고 만다. 먹고살기 위해 장사할 생각 말고 원포를 경영해서 자급자족의 해맑은 삶을 가꾸도록 해라. 공연히 딴 데 기웃거리지 말고 먼 데 보지 말아야지. 음식은 입만 속이면 된다. 옷은 몸만 가리면 된다."

주림을 잊게 하는 즐거움

사람들은 늘 조정에서 쓰임을 얻지 못하면 산림에 머문다고 말한다. 멀리서 산림을 바라보면 자못 깃들일 만한 운치가 있다. 이 때문에 시인은 "샘물이 졸졸 흘러가니, 배고파도 즐길 만하네.(泌之洋洋, 可以樂飢.)"라고 노래했다. 굶주림이야 즐길 만한 명목이 아니니, 즐거워서 배고픔조차 잊는다는 의미이다. 그렇다면 무엇을 가지고 잊을까? 집에 들어가면 화훼와 도서의 즐거움이 있고, 문을 나서면 골짜기와 시내와 바위의 아름다움이 있다. 그중에서도 가장 마음을 둘 만한 것은 밭 갈고 씨 뿌리는 일이다. 이미 조정과 저자가 아닐진대 명리의 다툼이야 풀어버려야지, 다시 무엇을 영위한단 말인가?

산의 흙은 기름지든 척박하든 벼와 보리가 잘 자란다. 일상적인 농사 외에도 뽕나무를 심고 대나무를 기르며, 채소를 가꾸고 과실에 거름을 준다. 친한 벗이 갑자기 이르면 집에 잘 익은 술동이가 있으니, 푸른 채소를 데치고 붉은 열매를 따서 한 소반의 안주상을 차리기에 충분하다. 산수를 평론하고 고금을 얘기하되, 세상 정리의 두텁고 각박함이나 관리의 다스림이 훌륭하고 나쁜지에 대해서는 말하지 않는다. 술 한 잔에 시 한 수씩 읊조리다가 석양 무렵 산길에 취한 이를 부축해 송별한다. 돌아와 대나무

다산의 제자 교육법

상에 누워서는 《초사(楚辭)》를 몇 차례 가락에 얹어 외운다. 인하여 혼자 취해 자다가 일어나서는 다시금 집안일을 정리한다. 이것이야말로 이른 바 자신의 몸을 건강하게 건사할 수 있는 사람이라 하겠다.

> 人必曰不得於朝則山林也. 望山林, 頗有可寓之趣也. 是故風人曰:
> "泌之洋洋, 可以樂飢." 飢非可樂之名, 而樂而忘飢之義也. 何以忘?
> 而入室有花卉圖書之娛, 出門有林壑泉石之美, 最可留念者, 耕稼之
> 業, 旣非朝市, 則解爭名利, 復何營爲乎? 山土饒瘠, 膏沃禾麥. 常農
> 之外, 種桑蒔竹, 養蔬培果. 親朋忽至, 家有甕熟, 瀹靑摘紅, 足餙一
> 盤之肴. 評山論水, 道古談今, 勿言世情厚薄, 官治臧否, 一杯一哦,
> 夕陽山路, 扶醉送別. 歸臥竹床, 曼誦楚辭數遍, 仍自醉眠而起, 仍復
> 整理家務, 此所謂能康濟自家身者也.
>
> ─《귤림문원》

●●

인용한 시는 《시경(詩經)》의 〈형문(衡門)〉이란 작품이다. 시는 이렇다. "형문의 아래여도 노닐며 쉴 수 있고, 샘물이 졸졸 흘러가니 배고파도 즐길 만하네.(衡門之下, 可以棲遲. 泌之洋洋, 可以樂飢.)" 누추한 집에 살아도 삶의 여유를 잃지 않고, 졸졸 흐르는 샘물로도 굶주림을 참아 즐길 수가 있다. 그러니 조정에 있을 때는 나라와 백성을 위해 직분을 다하고, 자리에서 내려오면 미련을 두지 않고 산림에 머문다. 산림의 삶이야 고단한 것이지만, 그래도 꽃 기르고 책 읽으며, 시내와 바위를 구경하는 즐거움이 있지 않은가? 그뿐인가. 밭 갈고 씨 뿌리며 농사를 지어 갑작스런 손님이 와도 직접 기른 채소와 담근 술로 자리를 봐

서 속세를 떠난 운치 있는 대화로 거나하게 취할 수도 있다. 저녁에는
《초사》를 소리 높여 낭랑하게 읽으면서 기운을 돋우고, 마음에 그늘진
것이 풀리면 다시 집안일을 정리한다. 이것이 곧 산림의 삶이다.

집 안에서 취해 쓴다

《안씨가훈(顏氏家訓)》에 말했다.

"일용에 쓰는 온갖 물건 중 채소와 과일, 닭과 돼지 등은 모두 집 안에서 취해 쓸 수 있다. 다만 집에는 소금밭이 없다."

이 말이 몹시 훌륭하다. 경솔하게 상자 속의 돈을 꺼내서 저자로 달려가는 자는 죽을 때까지 집안을 일으킬 수가 없다.

顏氏家訓曰: "日用百物蔬果雞豚之等, 皆取給於室中. 但家無鹽井."
此言極好. 輕拔篋中錢走市者, 畢世不得起家也.

−〈윤윤경을 위해 써준 증언〉

● ●

《안씨가훈》은 북제(北齊) 때 사람 안지추(顏之推)가 지은 책이다. 자손에게 주는 훈계를 담았다. 안지추가 말한 뜻은 이렇다. 소금이야 염전이 없으니 집에서 마련하려 해도 그럴 방법이 없다. 하지만 채소와 과일, 닭고기와 돼지고기 같은 기본적인 먹거리는 모두 내 집에서 나는 것으로 충당해 쓴다. 이 말은 어쩔 수 없는 것을 빼고는 모두 자급자족한다는 뜻이다. 필요한 물건이 생길 때마다 돈을 꺼내 저자에서 사오기로 한다면 결코 집안의 살림을 일으킬 방법이 없다.

부족하면 시스템을 갖출 생각을 해야지, 덮어놓고 시장으로 달려가서는 안 된다. 꼭 필요한 마련은 갖추고, 소금처럼 어쩔 수 없는 것만 산다. 상자 속의 돈은 웬만한 일에는 손대지 않는다. 부득이하고 어쩔 수 없을 때만 열어야 한다. 그래야 모인다. 그래야 쌓인다.

방과 마당 꾸미기

땅은 모름지기 산이 둘러 있고 물이 감돌아 흐르는 곳을 가려, 남북의 방향을 바로 하여 초가집 너덧 칸을 짓는다. 흙손질은 아주 평평하게 해야 하니, 분지(粉紙)를 써서 겉면에다 이를 발라 담묵(淡墨)으로 그린 산수도를 붙인다. 북쪽 벽은 조금 시원스럽게 해서 서가 두 틀을 앉히고, 고금의 서적 5~6천 권을 보관한다. 법서(法書)와 명화(名畵)는 갖추지 않은 것이 없다. 좋은 거문고 한 장과 바둑판 하나, 박산향로(博山香爐) 하나와 주나라 때의 술그릇과 한나라 때의 솥을 각각 하나씩, 그리고 그 밖에 골동의 기물(奇物) 몇 개를 놓아둔다. 내실에는 매합(梅閤)을 하나 두고, 뜨락 가운데에는 목가산(木假山)을 한 틀 앉혀두는데, 기이하고 빼어난 멧부리가 삐쭉삐쭉 솟고 구불구불 이어진 모양으로 만든다. 거기에다 기이한 화초를 섞어 심는다. 가운데는 작은 못을 파서 연꽃을 심고 잉어를 기른다.

擇地須山回水抱, 正子午之鍼, 搆草屋四五間. 枂鏝要極平, 用粉紙, 傅之外面. 貼淡墨山水圖. 北壁稍寬, 安書架二坐, 藏古今書五六千卷, 法書名畵, 無所不具. 畜名琴一張, 碁一枰, 博山爐一, 周彝漢鼎

各一, 及佗古董奇物數枚. 曲房置梅閤一. 庭中安木假一坐. 奇峰秀
彎, 作嶇崒, 蜿蜒之狀, 雜植奇花怪草, 於中鑿小池, 植芙渠, 養游鯉.

- 《야새첩(埜僿帖)》

● ●

산으로 둘러싸인 분지 안에 집 앞쪽으로 물이 감돌아 흐르는 곳에 남
향으로 초가집 서너 칸을 짓는다. 흙손질을 반듯하게 한 뒤 분지를 깨
끗하게 바른다. 흰 벽에는 담묵산수를 붙여놓고, 북쪽 벽에는 서가 두
개를 앉혀 각종 서적 5~6천 권을 구비해둔다. 법서와 명화, 명금(名琴)
과 바둑판, 박산향로와 주나라 때 청동기, 한나라 때 솥, 그 밖에 여러
골동품을 구해 소품으로 놓아둔다. 내실에는 매합을 꾸며 분매를 감상
할 수 있는 공간을 만들고, 뜨락에는 괴목의 뿌리 등으로 목가산을 한
틀 만들어 빈틈에 기화이초를 심어두고 즐긴다. 마당 가운데 못을 파서
연을 심고 물고기를 기르는 것도 은자의 거처에 빠져서는 안 될 요소
다. 자못 호화롭다.

다산의 제자 교육법

벗과 나누는 삶의 운치

사방 수십 리에 고사(高士)와 운승(韻僧) 대여섯 사람과 맺어 벗으로 삼고, 매번 꽃 필 때면 서로 초대하여 운자를 내어 시를 짓는다. 술과 안주는 미리 갖추어두어 번거롭게 폐를 끼치지 않는다. 앞 시내에 물결이 깊은 곳에 상앗대 하나를 작은 거룻배에 매달고 대여섯 사람을 태운다. 매번 봄물이 막 불어날 때에 함께 배를 띄워 물결을 따라 오르내린다. 여울 위에 이르면 오구를 설치해 고기를 잡고 이를 버들가지에 꿰어 달빛을 안고 걸어서 돌아온다. 집사람이 일에 밝아 저녁밥을 먹으면서 실컷 즐긴다.

四方數十里, 結高士韻僧五六人爲友, 每花時相招, 出韻賦詩. 有酒殽
預具, 不煩叮囑. 前溪演漾深者, 一篙繫小刀, 受五六人. 每春水初肥,
與之同泛, 沿洄上下. 至灘上設汕取魚, 串之柳梢, 乘月步歸. 室人曉
事, 夕食盡歡.

−《야새첩》

● ●

뜻 높은 선비나 시 잘 짓는 운승 대여섯 사람과 멀지 않은 거리에서 서로 왕래하며 지낸다. 꽃이 피면 서로 초대해 운자를 내어 시를 지으며 풍류를 즐긴다. 술자리의 술과 안주는 미리 갖추어두어 초대받은 벗을 번거롭게 하지 않는다. 흥이 나면 앞 시내에 배를 흘려 띄우고, 함께 뱃놀이를 나간다. 강물을 따라 오르내리며 흥취껏 논다. 여울에는 통발을 설치해 물고기를 잡고, 잡은 물고기는 버들가지에 아가미를 꿰어 달빛 속에 돌아온다. 집에서 기다리던 아내는 미진한 흥취를 마저 즐기라고 잡아온 물고기로 매운탕을 끓여 다시 술상을 봐서 내온다. 저녁밥과 술을 실컷 마시고 즐긴다.

다산은 적막한 유배지의 생활에서도 산 너머 백련사의 아암 혜장이나 대둔사의 초의, 그리고 용혈(龍穴) 너머에 별장이 있던 윤서유, 윤시유 등 멀지 않은 곳에 마음을 나눌 만한 벗과 제자들을 두고서 이들과 가깝게 왕래하며 위 글에서 말한 삶을 실천에 옮겼다.

복을 오래 누리는 방법

예전 동평왕(東平王) 창(蒼)은 "선을 행하는 것이 가장 즐겁다."고 했다. 만약 이러한 가운데서 선행을 쌓지 않는다면 덕이 또한 어찌 기쁘겠는가? 거처함에 공손히 하고 일처리를 공경하게 하며, 효성과 우애, 친족간의 화목, 남을 돕는 등 효우목인임휼(孝友睦姻任恤)의 여섯 가지 행실을 빠뜨림 없게 한다. 길흉의 큰 예법은 사방에서 취하여 법으로 삼는다. 궁한 벗과 가난한 친족은 내게 힘입어 도움을 받도록 한다. 혹 한 해 농사가 크게 흉년이 들면 능히 힘을 내어 두루 구휼한다. 내가 살아 있을 때나 내가 죽은 뒤에나 살펴보매 어려운 기색이 없다. 겸손하게 낮추어 스스로를 기르며 윗사람을 능멸하는 뜻이 없다. 근검으로 도를 지켜 자손이 우러르게 한다. 이와 같이 한다면 오래도록 그 복을 보존할 수가 있다. 다산 초부는 쓴다.

昔東平王蒼曰: "爲善寂樂." 若于此中, 不積善行, 德亦何足愉也. 居處恭執事敬, 孝友睦姻任恤之行, 靡有欠闕. 吉凶大禮, 四方取以爲法. 窮交冷族, 賴有沾漑. 或歲事大饑, 能出力周振, 於我乎餾. 於我乎殣. 察之無難色, 謙謙自牧, 無陵轢上人之意. 勤儉守道, 以爲子孫瞻. 如是則可以久保其福也. 茶山樵夫書.

-《야새첩》

● ●

동평왕은 한나라 광무제(光武帝)의 아들이다. 형인 명제(明帝)를 도와 예악제도 정비를 주관했다. 번번이 자신의 봉지(封地)로 돌아가려 했지만 명제가 붙들고 놓아주지 않았다. 글에 인용된 선을 행함이 가장 즐겁다는 말은 명제가 집에 있을 때 무엇이 가장 즐거우냐고 묻자 그때 했다는 대답이다.

소박하지만 훌륭한 거처에서 온 가족은 역할을 나눠 원포를 경영해 살림을 돕고, 이웃의 멋진 벗들은 이따금 찾아와 시주(詩酒)를 즐기며 무료한 일상에 활기를 불어넣는다. 독서와 서화 감상, 물고기를 기르고 꽃나무를 보살피며, 계절 과일을 즐기면서 한 해를 보낸다. 이 속에서 무슨 생각을 하며 살까? 선행을 하며 이웃 어른을 공경하고 크고 작은 집안일과 길흉의 예법을 이치에 맞게 행하고, 가난한 친구와 힘든 친족을 도와준다. 흉년이 들면 힘껏 재물을 내어 구휼한다. 베푸는 삶 속에 옹색함이 없다. 그래도 겸손하게 스스로를 낮추며 근검으로 도를 간직해 자손들이 이를 지켜보며 절로 그 덕성을 몸에 배게 한다. 이것이 은자가 복을 오래 보존하는 방법이다.

다산의 제자 교육법

달빛

탁언공(卓彦恭)이 달빛 아래 동정호를 지나는데 고기잡이배가 그 곁에서 노를 젓고 있었다. 고기를 잡았느냐고 묻자 그가 대답했다. "고기는 못 낚고 시만 낚았다오." 그러더니 뱃전을 두드리며 이렇게 노래했다.

여든 살 푸른 물결 한 사람의 늙은이	八十滄浪一老翁
갈대꽃 강물 위에 푸른 안개 자욱하다.	蘆花江水碧烟空
세간의 이런저런 좋고 나쁜 일들일랑	世間多少乘除事
이 좋은 밤 달 밝은데 낚시 통이나 챙기리.	良夜月明理釣筒

그 성명을 물었지만 웃기만 하고 대답하지 않았다.

卓彦恭過洞庭月下, 有漁舟棹其傍. 問有魚否, 答曰: "無魚有詩." 乃
扣枻歌曰: "八十滄浪一老翁, 蘆花江水碧烟空. 世間多少乘除事, 良
夜月明理釣筒." 聞其姓名, 笑而不答.

－〈해남 천경문을 위해 써준 증언〉

글의 출전을 검색해보니 명말 장대(張岱, 1597~1676)가 쓴 《쾌원도고(快園道古)》란 책 속에 나오는 글이다. '퇴은(退隱)'의 항목 중 하나다. 탁언공이 달밤에 배를 띄운 채 동정호를 지나는데, 그 밤에 고깃배 한 척이 옆을 지나친다.

"영감, 그래 고기는 좀 잡으셨소?"

뱃전의 늙은 어부가 심드렁하게 툭 받는다.

"고기는 한 마리도 못 낚고 시만 낚았소그려."

그러고는 청하지도 않았는데 뱃전을 두드리며 달빛이 일러준 그 시 한 수를 낭랑하게 노래한다. 시가 일러주는 사연은 이렇다.

"내 나이 여든이오. 창랑의 물결 속에 평생을 보냈소. 푸른 물결 위에 배 띄우고 갈대꽃 우거진 강가를 쏘다녔지. 달밤 푸른 안개가 자욱할 때 호수 위에 배를 띄우면 세상 사람들이 손익을 따지면서 목숨을 걸며 아웅대는 일들이 참말이지 하찮기 그지없구려. 이 좋은 밤, 고기를 낚고 못 낚고가 무슨 대수요. 그저 낚시 통을 챙겨 자욱한 안개에 푸른 달빛 사이를 떠다니면 그뿐이지."

정신이 번쩍 든 탁언공이 자세를 바로 하고 노인에게 이름을 묻는다. 그는 혼자 빙그레 웃고 아무 대답을 않은 채 푸른 달빛 속으로 미끄러져 내려간다. 그는 이 짧은 대화의 장면을 재구성해서 하나의 영상으로 보여준다. 노인의 시 한 수가 그를 정화시키고 독자의 마음을 맑게 씻어준다. 다산은 왜 이 대목을 천경문에게 적어주었을까? 자연 속에서 욕심 없이 건너가는 삶의 천진한 기쁨을 막상 그 속에 있는 이들은 잘 알지 못한다.

여울 소리

강가 황량한 성 잔나비와 새 울음 구슬픈데	江上荒城猿鳥悲
강 너머는 어디던가 굴원의 사당일세.	隔江便是屈原祠
일천하고 오백 년 사이의 일들일랑	一千五百年間事
다만 여울 소리만이 그 옛날과 비슷하네.	只有灘聲似舊時

　　　　　　　　　　　　　　　 -〈해남 천경문을 위해 써준 증언〉

●●

　남송 때 육유가 쓴 〈초성(楚城)〉이란 작품이다. 다산은 학시(學詩)의
과정에서 육유의 시를 대단히 높게 평가했다. 그의 온유돈후한 시격을
몹시 좋아했다. 제자 황상은 스승의 가르침에 따라 육유의 그 많은 시
를 통째로 베껴 쓰기까지 했을 정도다. 그런데 이 시는 조금 가라앉았
다. 유현(幽玄)한 분위기다.

　석양의 남쪽 땅 초나라 물가에는 끽끽 우는 원숭이 울음소리가 슬프
다. 새 울음도 덩달아 애조를 띠었다. 왜 그런가 생각해보니 바로 그 강
건너편에 자리한 굴원의 사당 때문이다. 더구나 당시 굴원이 초췌한 행
색으로 강가를 배회하다가 충언이 받아들여지지 않는 현실에 절망해서

돌을 안고 뛰어들어 생을 하직했다는 상수(湘水)의 그 강물이 아닌가. 그러니까 잔나비와 새들의 울음소리가 슬프게 들리는 것은 그 이유가 충분하다.

그로부터 벌써 1천 년하고도 5백 년의 세월이 더 지났다. 모든 것이 다 변했지만 저 흘러가는 여울물의 흐느끼는 소리는 지금도 그대로다. 새도 목이 메고 원숭이도 슬프고, 여울물도 신음을 낸다. 이것은 변치 않는 정신의 힘이 아닌가? 지금 눈앞의 삶이 비록 고달프고 고단해도 1천 5백 년이 지나도 변치 않는 그 정신의 힘이 있어서 세상이 지탱되어온 것이 아닌가?

강남 땅

진작에 금릉에선 신나게 놀았더니　　　　　　曾作金陵爛熳遊
북으로 와 진토에선 갖옷 입은 신세 됐네.　　北歸塵土變衣裘
연잎 마름 소리 속에 외론 배에 비 내릴 제　芰荷聲裏孤舟雨
누워서 강남 땅 으뜸가는 곳에 들리.　　　　臥入江南第一洲

－〈해남 천경문을 위해 써준 증언〉

• •

이 시는 북송 장뢰(張耒, 1054~1114)의 〈금릉을 그리며(懷金陵)〉 세 수
중 제3수다. 금릉은 남경의 옛 이름이다. 예전 불우하던 시절, 금릉 땅
에 들러 모처럼 유쾌한 시간을 가졌다. 그 뒤 북쪽으로 올라와 과거에
급제하고 신분이 높아져서 이제는 갖옷을 입고 거들먹거릴 수 있게 되
었다. 하지만 나는 지금의 이 생활이 하나도 기쁘지 않다. 내 마음 속에
는 금릉 땅 불우했던 시절 외롭게 배 위에서 듣던 그 빗소리가 늘 떠돈
다. 물가를 지날 때 연과 마름의 잎 위로 후드득 떨어지던 그 밤의 그
빗소리. 현실의 삶이 답답하고 안타까울수록 나는 가만히 자리에 누워
눈을 감고, 강남 땅 으뜸가는 고장에서 한밤중에 쓸쓸함을 곱씹으며 혼

자 듣던 그 밤 빗소리를 생각한다.

다산은 이 시를 옮겨 적을 때, 오히려 지금에 안도하며 예전 서울 시절 아우성처럼 복닥대던 그때를 떠올렸을 것이다.

물과 구름

난간 밖은 긴 시내요 시내 밖은 산이라   軒外長溪溪外山
발을 걷자 물과 구름 그 사이에 아득하다.   捲簾空曠水雲間
높은 집서 물어본들 무슨 보탬 있으리오   高齋有問人何益
맑은 밤엔 편히 자고 대낮에는 한가롭네.   淸夜安眠白晝閒

-〈해남 천경문을 위해 써준 증언〉

● ●

송나라 무명씨의 시다. 난간에 앉아 밖을 내다보니 긴 시내가 흘러간
다. 시내 건너편엔 무엇이 있나 하고 눈길을 계속 주자 이번엔 산 하나
가 막아선다. 좀 더 자세히 보려고 드리워진 발을 걷는다. 있기는 뭐가
있나? 강물과 구름 사이로 드넓게 펼쳐진 허공뿐이다. 3구의 '고재(高
齋)', 즉 높은 집은 임금의 자리다. 임금께서 내게 이곳에서의 삶이 대체
무엇이 좋으냐고 물어본다 해도 정작 나와는 아무 상관이 없다는 뜻이
다. 아니, 그보다 대체 딱히 말할 게 없다. 굳이 물으신다면, "밤중에는
꿈 없이 잠자고, 낮에는 특별히 하는 일 없이 한가하게 지냅니다."라고
대답할밖에.

이상 살핀 네 수는 모두 티끌세상을 벗어나 은자의 삶을 예찬하고 있는 송대 시인의 시 중에서 가려 뽑았다. 다산은 지금 이곳에서의 삶을 조금도 불행하게 여기지 않고 오히려 깊이 다행스럽게 생각한다는 말이 하고 싶었을 것이다.

원포 가꾸기

가난한 선비가 생계를 염려해 생업에 종사하는 것은 형세이다. 하지만 밭 가는 일은 힘이 많이 들고, 장사 일을 하면 명예가 어그러진다. 다만 손수 원포에서 진귀한 과실과 좋은 채소를 가꾸는 일은 비록 왕융(王戎)이 오얏 열매의 씨앗에 구멍을 내고, 소운경(蘇雲卿)이 참외를 판 일과 같이 하더라도 나쁠 것이 없다. 모름지기 이름난 꽃과 기이한 대나무로 꼼꼼히 꾸미는 것도 지혜로운 꾀이다.

> 貧士慮營産業, 勢也. 然耕作力倦, 商販名敗, 唯手治園圃, 種珍果芳
> 蔬, 雖王戎鑽李, 雲卿粥瓜, 無傷也. 須有名花奇竹, 以文其纖嗇, 亦
> 知謀也.

-〈윤혜관을 위해서 준 증언〉

● ●

왕융이 오얏 열매의 씨앗에 구멍을 뚫었다는 것은 진(晉)나라 때 죽림칠현(竹林七賢) 중의 한 사람인 왕융이 자기 집에서 나는 오얏 열매를 팔면서 남들이 그 종자를 못 받게 하려고 씨에 송곳으로 구멍을 낸다음에 팔았다는 고사다. 또 소운경의 이야기는 남송 때 세상이 어지럽게 되자 소운경은 세상을 피해 숨어 살았는데, 그는 농사를 지으면서도 틈만 나면 온종일 문을 닫고 눕거나 무릎을 꿇고 지냈다. 젊은 시절의 벗 장준(張浚)이 재상이 되어 그를 부르자 마침내 어디론가 떠나버려 종적을 알 수 없었다고 한다. 직접 기른 참외를 내다 팔아 생계를 꾸려 나간 것은 소평(邵平)인데, 글 속에서 두 인물의 이야기가 뒤섞여 있다.

봄맞이 준비

매번 봄비가 갓 개면 작은 가래와 긴 보습을 들고서 자갈밭을 갈아 잡
초를 김맨다. 도랑과 두둑을 정돈해 종류별로 구분해서 뿌리고 심는다.
돌아와서는 짧은 시 수십 편을 범석호(范石湖)가 남긴 시운을 본떠서 짓
는다. 또 형상(荊桑)과 노상(魯桑)을 심되 모름지기 수천 그루에 이르게
한다. 따로 누엣간 세 칸을 짓고 누에 채반을 일곱 층으로 만들어두고 아
내로 하여금 부지런히 이를 기르게 한다. 이렇게 몇 년간 실행하면 쌀과
소금과 장이 마련되어서 마땅히 남편을 번거롭게 하지 않을 수가 있다.

每春雨初霽, 持小鍤長鑱, 劚磽磧, 鋤蒿萊. 整溝畛, 別種類, 播之蒔
之. 歸爲小詩數十篇, 倣石湖遺韻, 復種荊桑魯桑, 須至數千株, 別搆
蠶室三間, 爲箔七層, 令室妻勤養之. 行之數年, 米鹽醢醯之具, 當不
煩夫子也.

－〈윤혜관을 위해서 준 증언〉

●●

범석호는 송나라 때 시인 범성대(范成大)를 말한다. 그의 시집에 전원

의 삶이 주는 기쁨을 노래한 상심락사(賞心樂事) 시 연작이 실려 있다. 원포와 누엣간을 잘 경영하면 가계의 재정이 튼튼해져서 식구들이 굶는 일이 없어지고, 남자는 공부에 더 몰두할 수가 있다. 봄이 왔다. 부지런히 김을 매고, 박토를 개간해서 뿌리고 심어 정성껏 가꾸자.

가난한 선비가 알아두어야 할 일

　조정에서 벼슬하는 사람을 사(士)라 하고, 들에서 밭 가는 사람을 농(農)이라 한다. 귀족의 후예로 먼 지방에 유락(流落)하면 몇 대 이후에는 벼슬이 마침내 끊기고 만다. 오로지 농사일로 노인을 봉양하고 어린것들을 기를 수밖에 없다. 하지만 농사란 것은 천하에 이익이 얼마 안 되는 일이다. 게다가 근세에는 토지에 대한 세금이 날로 무거워져서 넓은 땅에 농사를 지을수록 더욱 어그러지게 만들므로 모름지기 원포(園圃)로 보충해야만 겨우 견딜 수가 있다.

　진귀한 과실을 심는 것을 원(園)이라 하고, 좋은 채소를 심는 것을 포(圃)라고 한다. 단지 집에서 먹으려고만 하는 것이 아니라 장차 내다 팔아서 돈으로 만들려는 것이다. 큰 고을과 도회지 곁에 진귀한 과일나무 열 그루면 1년에 엽전 50꿰미를 얻을 수가 있고, 좋은 채소 몇 두둑이면 1년에 20꿰미를 거둘 수가 있다. 만약 뽕나무를 40~50그루 심어 누에를 대여섯 칸 기른다면 또한 30꿰미의 물건이 된다. 매년 이렇게 100꿰미를 얻는다면 주림과 추위를 구하기에 충분하다. 이는 가난한 선비가 마땅히 알아두어야 할 바다.

仕於朝者謂之士, 耕於野者謂之農. 貴族遺裔, 流落遐遠, 數世以後, 簪組遂絶, 唯有農事, 足以養老慈幼. 然農者天下之拙利也. 兼之近世田役日重, 廣作彌令凋敗. 須補之以園圃, 庶幾焉. 樹之珍果謂之園, 藝之佳蔬謂之圃. 不唯家食是圖, 將粥之爲貨. 通邑大都之側, 珍果十株, 歲可得五十串. 佳蔬數畦, 歲可收二十串. 若兼種桑四五十株, 養蠶五六間, 亦三十串之物也. 得每年百串, 足以救飢寒, 此貧士所宜知也.

– 〈또 윤혜관을 위해서 준 증언(又爲尹惠冠贈言)〉

●●

선비는 입신하여 벼슬을 하고, 농부는 땅을 갈아 농사를 짓는다. 아무리 귀족의 후예라 해도 몇 대 계속 벼슬이 끊기면 농부의 삶을 살아갈 수밖에 없다. 하지만 단순한 농사만으로는 가정의 경제를 꾸려갈 방법이 없다. 넓은 땅에 많은 농사를 지을수록 세금을 내고 나면 손에 쥘 수 있는 것이 얼마 안 된다. 그러니 농사를 짓되 원포(園圃)의 경영에 힘을 쏟지 않으면 안 된다. 과실을 심는 원(園)은 과수원이다. 채소를 심는 포(圃)는 채마밭이다. 원포에서 나는 것들은 집에서 먹고 밖에 내다 판다. 근교에서 과실나무 열 그루를 기르면 50꿰미의 소득이 생기고, 채소 몇 두둑을 잘 가꾸면 20꿰미를 얻는다. 이때 1꿰미는 동전 백 닢을 꿰어 묶은 단위이니 화폐 가치로 1냥에 해당한다. 여기에 뽕나무 40~50그루를 심어 누에를 치면 다시 30꿰미의 이익이 난다. 이렇게 1년에 100꿰미, 즉 100냥의 소득을 더 마련한다면 가족이 주리고 추위에 떨 일이 없어진다. 그저 열심히 산다고 되는 것이 아니다. 요령이 있어야 한다. 가난할수록 이 점을 잘 알아 기억해두지 않으면 안 된다.

다산의 제자 교육법

생활은 어려웠고 공부는 힘들었다. 공부를 놓자니 과거 보는 길이 막히겠고, 공부만 하자니 집안 경제를 책임져야 하는 어깨가 한없이 무거웠다. 정말 공부만 하면 과거에도 급제하고, 지금보다 훨씬 멋진 삶이 열릴 수 있을까? 자꾸 의구심을 갖고 멈칫대는 제자에게 다산은 명쾌하고 단호하게 일러준다.

"잘 먹고 잘 사는 것을 인생의 목표로 삼는다면 그것은 짐승과 다를 게 없다. 굶고 살 수는 없으니 원포 경영을 통해 기본적 생계의 문제를 해결해라. 그 방법은 그다지 어려울 것도 없다. 생계는 안 돌보고 공부만 하겠다는 것은 무모하고 무책임하다. 그렇지만 생계를 위해 공부를 놓겠다는 것은 배부른 돼지가 되겠다는 것과 같다. 너를 구원해줄 것은 오직 독서뿐이다. 책을 읽겠느냐? 짐승의 길을 가겠느냐?"

해맑은 운치

그러므로 생계를 꾸리는 꾀로는 원포와 목축만 한 것이 없다. 또 방죽이나 못을 파서 물고기를 기른다. 문 앞의 가장 좋은 비옥한 밭을 10여 두둑으로 구획을 갈라 아주 반듯하고 쪽 고르게 한 뒤 사계절의 채소를 차례로 심어서 집의 먹거리로 대야 한다. 집 뒤편의 빈 땅에는 진귀한 과일나무와 기이한 맛난 것을 많이 심는다. 가운데 작은 정자를 세워 겉으로는 해맑은 운치를 보이고, 아울러 도둑을 지키는 구실도 한다. 자기가 먹고도 남으면 매번 비온 뒤에 바랜 잎은 솎아내고 그중 먼저 익은 것을 따다가 저자에 내다 판다. 혹 특별히 크고 탐스런 것이 있거든 따로 편지를 써서 친한 벗이나 이웃의 노인에게 보내 진귀한 것을 나누는 것, 이것이야말로 두터운 뜻이다.

故治生之術, 莫如園圃畜牧. 及鑿爲陂池渟沼, 以養魚鰤. 門前一等肥田, 區爲十餘畦, 須極方正平均, 挨次種四時蔬菜, 以供家食. 屋後閒地, 多植珍果奇味. 中起小亭, 外張淸韻, 兼以守盜. 已食之有餘, 每雨後摘其褪葉, 取其先熟, 赴城市粥之. 或有肥碩超等者, 別作尺牘, 以遺親朋隣老, 以分珍異, 斯厚意也.

—〈윤윤경을 위해 써준 증언〉

먹고살 마련은 안 하던 일을 팔을 걷어붙여 하는 데 있지 않다. 게다가 해서는 안 될 고리대금까지 손을 댄다면 집안을 망치려고 작정한 것과 같다. 내가 다른 자리에서도 누누이 얘기했다만, 원포의 경영만 제대로 해도 굶주림을 면할 수 있다. 누에만 잘 쳐도 의복을 갖출 수가 있게 된다. 연못이나 방죽을 만들어 물고기를 기르는 것은 어떠냐? 저대로 놓아두어도 금세 씨가 굵어져서 요긴한 먹거리를 제공해줄 수가 있다. 사계절 채소를 때에 맞게 기르고, 집 뒤편에 빈 땅이 있거든 과수원을 꾸미도록 해라. 중간에 원두막을 지어 휴식의 장소로 쓰고, 도둑을 막는 감시소로도 활용할 수가 있다. 먹고도 남은 것은 시장에 내다 팔아 경제에 보탬이 된다. 비록 그렇게 하더라도 아주 크게 열린 열매가 있으면 운치 있는 편지와 함께 가까운 벗이나 이웃 노인에게 선물로 보낸다면 네가 돈독이 올라서 장사나 하는 사람이라는 비방을 막을 수 있을 게다.

특용작물 재배

또 흙을 손질해서 여러 약초를 심되, 제니(薺苨)와 자려(茈莫)·산서여 (山薯蕷) 따위를 적당하게 구역을 나눠 심는다. 다만 인삼은 특별히 많이 심어야 한다. 방법을 지켜서 기르면 비록 여러 이랑을 심어도 문제 되지 않는다. 보리를 심는 것은 천하에 가장 계산이 나오지 않는 일이다. 나라의 입장에서 본다면 이를 권할 수 있지만, 필부가 편히 살 수 있는 방법으로는 할 만한 것이 못 된다. 이 때문에 《예기(禮記)》〈월령편(月令篇)〉에서 이를 권하였지만 권한 것은 이익이 없기 때문이다. 동백 열매로 기름을 짜면 부인네들의 머리카락에 윤기를 더해준다. 치자는 약재로도 넣고 염료로도 쓰여서 비록 많다 해도 팔지 못할 염려가 없다. 만약 저자 가까이에 사는 사람이라면 복숭아·오얏·매실·살구·능금 등은 모두 재화가 될 수 있는 것들이다. 보리밭에 이 같은 것을 심는다면 그 이익이 열 배는 된다. 마땅히 자세히 살펴야 한다.

又治壤種諸藥艸, 如薺苨茈莫山薯蕷之屬, 隨宜區種, 而唯人蔘特多, 案方遵法, 雖至數頃不嫌也. 種麥天下之拙算也, 在王政則勸之可也. 在匹夫康濟之術, 不可爲也. 故月令勸之, 勸之爲無所利也. 山茶取

油, 治婦人髮膻, 厹子入藥染彩, 雖多不患不售. 若近城市者, 則桃李
梅杏林禽之等, 皆可爲貨也. 取麥田種如是等, 其利十倍, 宜詳計之.

― 〈윤윤경을 위해 써준 증언〉

●●

약초 재배는 훌륭한 수입원이 된다. 모싯대나 자초, 산마 같은 것은
약재로도 좋고 먹거리로도 훌륭하다. 인삼은 많이 심어도 괜찮다. 특별
히 어려울 것이 없다. 이미 알려진 방법에 따라 지켜야 할 것만 잘 지키
면 큰 이익을 가져다줄 것이다. 보리농사는 하지 말거라. 공연히 고생
만 하고 거두는 이익은 거의 없다. 농한기에 놀리는 땅에 곡식을 심어
소출을 거둔다는 취지야 훌륭해도, 애만 쓰고 남는 것이 거의 없다. 효
율성이 너무 떨어진다는 얘기다. 차라리 동백기름을 짜고, 치자 열매를
거두며, 각종 과수를 심어 열매를 시장에 내다 팔면 보리농사의 10배쯤
되는 이득을 거둘 수 있다.

하던 대로 하면 변화가 없다. 남들처럼 하면 나아질 수가 없다. 그렇
다고 해서는 안 될 짓을 하면 패가망신의 지름길일 뿐이다. 대안이 없
으면 몰라도, 이처럼 훌륭한 대안이 있는데도 안 할 것이냐? 연못에 어
린 물고기를 풀어놓고, 집 뒤 빈 땅에 과실수를 심으며, 텃밭은 채마밭
으로 일궈라. 그때그때 계절에 따라 나는 소출을 그저 무심히 여기지
말고 요령 있게 가꿔라. 동백기름을 짜고, 치자 열매를 받으며, 인삼을
기르고, 유실수를 길러라. 작은 것이 모여서 크게 된다. 하나하나는 별
것이 아니지만 이것들이 모이면 가계에 큰 힘이 된다. 온 가족이 합심
해서 부지런히 애를 써서 배곯지 않고 헐벗지 않게 된다면 이보다 더
좋을 일이 있겠느냐?

2장 산거 생활과 이상 주거

무엇을 심을까

동산을 개간해서 무를 두 이랑 심고, 배추를 두 이랑 심는다. 상추 세 이랑과 쑥갓 한 이랑, 토란 서너 이랑, 파와 마늘, 아욱과 부추, 가지와 매운 가지 등도 어느 것 하나 빠뜨려서는 안 된다.

> 墾園種萊菔二畦, 菘二畦, 裙子萵苣三畦, 茼蒿一畦, 蹲鴟三四畦, 蔥
> 蒜葵韭落蘇辣茄之屬, 不宜闕一也.
>
> —〈해남 천경문을 위해 써준 증언〉

••

다산은 원포의 경영에 유독 집착했다. 무, 배추, 상추, 쑥갓, 토란, 파, 마늘, 아욱, 부추, 가지 등 갖은 종류의 채소를 길러야 한다고 주문했다. 작물에 따라 길러야 할 땅의 면적까지 특정해서 일러주었다. 채소 중 낙소(落蘇)는 가지의 별칭이다. 날가(辣茄) 역시 가지인데 낙소와 종류가 다른지는 잘 모르겠다. 또 준치(蹲鴟)는 올빼미가 웅크린 것 같다 하여 붙여진 토란의 별칭이다. 이렇게 기른 채소는 우선 집에서 먹고, 남는 것은 시장에 내다 팔아 가계에 큰 보탬을 얻을 수가 있다.

원포와 잠실 경영

또 비옥한 밭 수십 이랑이 앞쪽에 있다. 늙은 종은 충성을 다해 부지런히 밭 갈고 씨 뿌리며, 때에 맞춰 김매고 수확한다. 어느새 겨울이 오면 쌀을 가지고 와서 바친다. 동산 가운데는 온갖 과실이 다 갖추어져 있고, 말린 매실이 떨어지지 않는다. 뽕나무를 3백 그루 심어 그 잎이 이들이들하다. 안채 곁에는 따로 잠실 일곱 칸을 지어 매 칸마다 일곱 층씩을 설치하여 잠박을 앉힌다. 중간에는 십자로 작은 길을 내어 다닐 수 있게 한다. 매번 누에치는 달이 되면 집사람은 한 달 동안 머리도 빗지 못한 채 누에를 친다. 모름지기 비율에 따라 고치를 헤아려 실의 크고 작음이 차이 나지 않게 해야 한다. 들보 위에는 고리를 달아 고치실이 위로는 고리 구멍에 이르고 아래로는 물레에 이르게 하되, 그 간격을 얻어서 바람이 말려주어 상하지 않게 한다.

復有沃田數十頃在前, 有老奴忠勤畊播, 以時耘穫, 不知及冬, 以米來獻. 園中百果咸備, 乾藤不絕. 有桑三百株, 其葉沃若, 於內屋之傍, 別搆蠶室七間. 各設七層, 以安簿苗. 中出十字小街, 令可通行. 每當蠶月, 室人一月不梳纅之. 須計繭有率, 令絲大小不差. 梁上著鐶, 令絲上至鐶孔. 下而至紡車, 得以其間. 風乾不壞也.

-《야새첩》

●●

집 앞에는 비옥한 논밭이 있다. 나이 든 종은 농사일을 부지런히 해서 가을이 지나면 추수한 곡식을 곳간에 들인다. 동산에는 과수원이 있어 철마다 거두는 과일이 다르다. 매실은 잘 말려서 여름철 음료용으로도 쓰고 약재로도 활용한다. 뽕나무는 잠실에서 누에를 치기 위해 반드시 필요하다. 누에치기하는 시절이 오면 여자들은 눈코 뜰 새 없이 바빠진다. 그래서 좋은 고치를 거둔다. 들보 위에 매다는 고리의 높이와 길이, 간격까지 잘 맞춰서 다른 집보다 알찬 성과를 거두어야 한다.

3장

학문을 해야 하는 까닭

제자들에게 학문을 해야 하는 까닭을 설명한 가르침을 모았다. 마음이 여리고 체격이 작은 제자에게는 북돋워 분발시키는 내용으로, 공부에 회의를 느끼는 제자에게는 학문을 멀리했을 때 돌아오는 결과를 들려주며 마음을 다잡게 했다. 학문은 하고 싶어서 하는 것이 아니라 하지 않을 수 없어서 하는 것이다. 소인과 군자의 구분은 어디서 생기는가? 학문의 본질을 어디서 찾나? 학문의 뜻에 방해가 되는 일들의 목록, 좋은 글을 쓰고 싶을 때 갖춰야 할 자세 등을 들려주며, 해이해질 때마다 제자들을 다그치고 타이르며 각성케 했다.

몸은 작아도 뜻은 크게

안영(晏嬰)과 전문(田文)은 모두 몸집이 왜소하고 비루하여 보잘것없었다. 하지만 혹 직간으로 임금을 바로잡고 혹 기절을 숭상하여 세상에 이름났다. 당나라 때 배도(裵度)와 우리나라의 이원익(李元翼, 1547~1634)은 모두 체격이 보잘것없었어도 이름난 신하와 훌륭한 재상이 되기에 손색이 없었다.

어째서 그런가? 몸이 집이라면 정신은 주인과 같다. 주인이 진실로 어질다면 비록 문설주에 이마를 부딪치는 작은 집에 살더라도 오히려 남들이 공경하여 아끼게 되고, 주인이 진실로 용렬하다면 비록 고대광실 너른 집에 산다 해도 사람들이 천히 여겨 업신여기는 바가 된다. 이는 이치가 그러한 것이다.

아, 너 신동(信東)은 부모의 늦은 기운을 받아 체질이 가녀려 나이가 열다섯이 지났는데도 여전히 어린아이와 같다. 비록 그렇지만 정신과 마음이 네 몸의 주인인 것만큼은 마땅히 고대의 거인 교여(僑如)나 무패(無霸)와 다르지 않다. 네가 스스로를 작다 여기지 않고 뜻을 세워 힘을 쏟아 대인과 호걸이 되기를 기약한다면 하늘은 네 체격이 작다 하여 네가 덕을 이루는 것을 막지는 않을 것이다. 신체가 털썩 크고 기상이 대단한 사람은 비록 작은 지혜와 잔단 꾀만 있어도 사람들이 오히려 이를 우러러 권모와 책략의 꾀가 있다고 여긴다. 만약 체구가 가녀린 사람이라면 비록 평범한 말을 해도 사람들은 반드시 작은 지혜와 잔단 꾀라고 시끄럽게 떠들면서 간사하다고 지목하고 소인이라고 이름 붙일 것이다.

그런 까닭에 타고난 것이 이와 같은 사람은 마땅히 열 배 더 힘을 쏟아 늘 충후하고 바탕을 실답게 하며 도타우면서도 성실하게 힘쓴 뒤라야 겨우 보통 사람의 대열에 낄 수 있을 것이다. 너는 죽을 때까지 명심해서 말 한 마디 행동 하나에도 감히 스스로 작음을 가지고 경박하게 구는 일이 없도록 해라. 그래서 내가 네게 순암이라는 호를 준다.

가경 무인년(1818) 중추에 다수(茶叟)가 쓰다.

晏嬰田文, 皆矮陋不揚, 而或直諫以匡君, 或尙氣以名世. 唐之裵度,
吾東之李完平, 皆身軀羸弱, 不害其爲名臣碩輔.

何爲其然也? 身猶室也, 神猶主人也. 主人苟賢, 雖處打頭之屋, 猶之
爲人所敬愛. 主人苟庸, 雖處之以高臺廣廈, 猶之爲人所賤侮. 理則然
也.

咨汝信東受父母之晚氣, 體質纖小, 年及成童, 如幼稺然. 雖然神心之
主汝體者, 因當與僑如無霸, 無以異矣. 汝其自視無小, 立志用力, 期
爲大人豪桀, 天因不以汝體小, 而沮汝之成德也. 身體碩大, 氣象雄偉
者, 雖有小智細謀, 人猶仰之爲權數牢籠之術. 若軀殼纖小者, 雖尋常
言談, 人必躁之爲小智細謀, 目之曰奸詐, 題之曰小人.

故凡稟得如此者, 宜十倍用力, 每以忠厚質實, 敦朴純愨爲務然後, 僅
能備數於平人之列. 汝其終身銘念, 一言一動, 無敢澆薄以自小. 吾故
錫汝之號曰淳菴.

다산의 제자 교육법

嘉慶戊寅, 中秋 茶叟.

─〈순암호설(淳菴號說)〉

••

윤종진(尹鍾軫, 1803~1879)은 자가 금계(琴季)로 호는 순암(淳菴), 아명은 신동(信東) 또는 원례(元禮)였다. 다산초당의 주인인 윤단(尹慱, 1744~1821)의 손자다. 윤단의 장남 윤규노(尹奎魯, 1769~1837)의 막내로 넷째 아들이다. 윤종진은 당시 열여섯 살로 초당 강학의 말석에 끼어 앉아 형들과 함께 글공부를 시작해 다산 정약용의 사랑을 듬뿍 받았다. 늦둥이로 태어난 윤종진은 체격이 왜소한 데다 마음마저 여렸다. 다산은 그를 위해 순암(淳菴)이란 호를 지어주었다. '순(淳)'은 도탑다, 순박하다는 뜻이다. 다산은 매사에 자신감이 부족하면서도 지기는 싫어하는 윤종진에게 춘추전국시대의 안영과 전문, 당나라 때의 배도, 조선의 이원익 등 외모나 체격은 보잘 것 없었지만 성실한 노력으로 재상의 지위에 올라 나라를 위해 큰일을 해냈던 작은 거인들을 손꼽으며 격려했다.

"너는 행여 주눅 들지 말고 남보다 열 배 더 노력해야 한다. 거기에 천근의 무게를 더 깃들여야지. '순(淳)'이란 한 글자를 잊지 말거라. 도탑고 두텁게 한결같아야 한다. 사람이 진국이란 소리를 들어야지 경박하단 말을 들어서야 쓰겠니? 너와 같은 조건에서도 큰 뜻을 세워 우뚝한 자취를 남긴 선인들을 마음에 새겨두거라. 남이 너를 우러르게 해야지 얕잡아보게 해서는 안 된다. 힘쓰고 또 힘써야 한다. 평생 기억해두렴. 알겠느냐?"

스승에게 생각지 않은 선물을 받은 윤종진은 그 가르침을 마음에 깊이 새겼다. 분발의 기운이 안에서부터 솟아났다.

낮춰야 올라간다

스스로 낮추는 사람은 남이 그를 올려주고, 스스로 높이는 사람은 남이
그를 끌어내린다. 이 말은 마땅히 죽을 때까지 외우도록 해라. 내가 일찍
이 이익에 밝은 사람을 본 적이 있다. 그는 토지 세금의 많고 적음을 따지
는 이치와 물의 혜택을 나누고 온전히 하는 구분을 논함에 있어 털끝까지
나누고 실낱같이 분석하여 정밀한 의리가 입신의 경지에 들었다. 이는 공
자께서 말씀하신 하달(下達)의 사람이다. 상달(上達)의 사람은 의리에 밝
고 하달의 사람은 이익에 밝다. 이것은 양극단이다.

自下者人上之, 自上者人下之. 此語當終身誦之. 吾嘗見聖於利者. 其
論田租贏欠之理, 水澤分專之別, 毫分縷析, 精義入神. 此孔子所謂下
達者也. 上達者聖於義, 下達者聖於利, 此兩極也.

―〈다산옹서이황상증언〉

●●

하달과 상달의 두 부류로 사람을 나눴다.

"스스로 낮추면 남이 나를 올리고, 스스로 높이면 남이 나를 끌어내

다산의 제자 교육법

린다. 산석아! 너는 어떤 사람이 되려느냐? 낮추겠느냐, 높이겠느냐? 너는 내 이 말을 죽을 때까지 명심하거라. 너는 아전이니 세금 거두는 셈법과 이익을 나누는 분배가 어김없이 정확해야겠지. 하지만 그런 것만 중요한 것이 아니다. 공자께서도 말씀하셨다. 상달의 사람은 의리에 밝고, 하달의 사람은 이익에 환하다고. 너는 이익에 밝은 사람이냐, 아니면 의리에 밝은 사람이냐? 나를 낮추는 겸손과 이익을 멀리하고 의리를 중시하는 태도를 지녀야 한다. 그까짓 재물의 이익은 아무것도 아니다. 세금 많이 거두고 계산 잘하는 것을 능력으로 알아 그 재간을 맘껏 휘두르면 결국 그 칭찬하던 입들이 너를 그 자리에서 끌어내리려 들 것이다. 이익이냐 손해냐를 가늠하기 전에 옳은지 그른지를 따지는 것이 먼저다. 한 번 더 말해주마. 낮출수록 올라가고, 올릴수록 낮아진다. 잊으면 안 된다."

하지 않을 수 없어서 한다

학문은 우리가 하지 않을 수 없는 일이다. 옛사람은 1등의 의리(義理)라고 말했지만, 나는 이 말에 문제가 있다고 생각한다. 마땅히 유일무이(唯一無二)한 의리라고 바로잡아야 한다. 대개 사물에는 법칙이 있게 마련이다. 사람이 되어 배움에 뜻을 두지 않는다면 그 법칙을 따르지 않겠다는 말이다. 그러므로 금수(禽獸)에 가깝다고 말하는 것이다.

> 學問是吾人所不得不爲之事. 古人謂第一等義理, 余謂此言有病, 當
> 正之曰唯一無二底義理. 蓋有物有則, 人而不志於學, 是不循其則也.
> 故曰近於禽獸爾.
>
> —〈반산 정수칠을 위해 써준 증언. 자는 내칙이고 장흥 사람이다
>
> (爲盤山丁修七贈言. 字乃則, 長興人)〉

●●

"선생님! 공부를 왜 해야 합니까? 일러주십시오."

늦깎이 제자 정수칠의 물음에 다산은 잠시 침묵하다 이렇게 말한다.

"공부란 하고 싶어서 하는 것이 아니라 하지 않을 수 없어서 하는 것

다산의 제자 교육법

일세. 공부를 가장 우선해야 할 일로 꼽은 옛사람의 말에 나는 동의하지 않네. 이렇게 말해서는 약하지. 공부는 우선해야 할 그 무엇이 아니라 달리 선택의 여지가 없는 유일무이한 것이라네. 사람이라면 하지 않을 수 없고 반드시 해야만 하는 것이지. 공부하지 않는다면 짐승의 삶을 살겠다는 것과 같은 말인 걸세. 공부를 왜 해야 하냐고? 묻고 따질 것도 없네, 그냥 하게."

가짜 도학과 진짜 사대부

세상에는 가장 선을 가로막고 도에 어긋나게 만드는 화두가 있다. 그것은 "가짜 도학이 진짜 사대부만 못하다."는 말이다. 내 생각은 이렇다. 오늘날 이른바 사대부란 옛날의 군자에 해당한다. 지위를 가지고 말하더라도 도학이 아니고는 군자란 이름이나 사대부란 이름을 얻지 못하거늘 어찌 도학과 더불어 적대시하여 말할 수가 있겠는가?

世間有一等沮善敗道底話頭, 曰假道學不如眞士大夫. 余謂今之所謂士大夫, 卽古之所謂君子. 以位言, 非道學不得名君子, 不得名士大夫. 豈可與道學敵對爲說耶.

－〈반산 정수칠을 위해 써준 증언. 자는 내칙이고 장흥 사람이다〉

●●

"하지만 공부했다는 사람을 보면 공부 따로 행실 따로인 경우가 많습니다. 입으로만 하는 공부가 무슨 소용이 있을까요?"

"좋은 질문일세. 가짜 도학자가 진짜 사대부만 못하다는 말이 있지. 가짜 도학은 입만 살아 실천이 따르지 않는 도학자를 비웃는 말일세.

진짜 사대부란 공부가 부족해도 선을 실천하고 도를 향해가는 선비를 두고 하는 말이겠지. 입으로 외는 가짜 공부 말고 행동으로 실천하는 진짜 공부를 하라는 뜻으로 한 말일 걸세. 하지만 내 생각은 다르다네. 이 말에는 어폐가 있어 보이는군. 오늘날의 사대부를 옛날에는 군자라는 이름으로 불렀지. 군자든 사대부든 도학은 기본으로 갖추어야 할 공부였던 셈이지. 도학과 사대부는 따로 떼어 말할 수 있는 개념이 아니라네. 도학에 어찌 진짜 가짜가 있으며, 사대부에 어이 진짜 가짜가 있단 말인가? 도학과 사대부가 따로 놀고, 진짜와 가짜의 수식어가 붙게 되면서 세상에는 바른 도리가 사라지고 선량함이 제 경로를 벗어나게 된 것일세. 이런 구분 자체를 입에 담아서는 안 된다고 보네."

비방을 두려워 말라

─

위학(僞學)이란 이름을 피하려 들었다면 정자(程子)와 주자도 그 도를 세우지 못했을 것이다. 명예를 구한다는 비방을 두려워했다면 백이(伯夷)와 숙제(叔齊)는 그 절개를 이루지 못했을 터이다. 강직하다는 명성을 얻으려 한다는 혐의를 멀리하려 했다면 급암(汲黯)과 주운(朱雲)도 나아가 바른말로 간언하지 못했을 것이다. 심지어 부모에게 효도하고 관직에 청렴한 것을 두고도 경박한 무리는 모두 명예를 구하려는 것이라고 의심을 한다. 장차 이 같은 무리를 위해 악(惡)을 따르란 말인가?

> 避僞學之名, 程朱不得立其道. 畏徼名之謗, 夷齊不得成其節. 遠沽直
> 之嫌, 黯雲不得進其諍. 甚至孝於親廉於官, 輕薄之徒, 皆疑其要名,
> 將爲此輩從惡耶?
>
> 　　　　　─〈반산 정수칠을 위해 써준 증언. 자는 내칙이고 장흥 사람이다〉

●●

"제가 공부를 좀 하려고 하면 가까운 사람들이 자꾸 뭐라고 떠들며 말이 많습니다. 바른 행실을 실천하려 해도 주변에서 지켜보는 눈길이 겁나 자꾸 움츠러듭니다. 어찌해야 할까요?"

"세상의 색안경이 무서우면 아무 일도 못하는 법이지. 튀지 않고 무난한 것만 찾으면 그럭저럭 사는 인생에 그치고 만다네. 정자와 주자가 가짜라는 소리를 두려워해 눈치만 보고 있었더라면 심학(心學)의 새로운 지평은 결코 열리지 않았을 것일세. 백이와 숙제가 무왕(武王)의 말고삐를 잡고 앞을 가로막아 나섰을 때 이름 한번 날려보려고 저러는구나 하는 삐딱한 시선을 염두에 두었더라면 수양산에서 고사리 캐먹다 굶어 죽는 일은 없었을 것이야. 최고의 권력 앞에서도 굽히지 않고 임금에게 바른말로 간쟁하던 한나라 때 급암과 주운 같은 강직한 신하에게 세속의 이러쿵저러쿵하는 뒷소리가 들리기나 했겠는가? 사람들은 말이 너무 많네. 남의 선행을 보고도 색안경부터 쓰고, 진심에서 나온 효행과 청렴도 곧이곧대로 안 보고 속셈이 있는 행동으로 넘겨짚곤 하지. 온 세상이 이렇고 보니 좋은 일 하기도 무서운 것이 사실일세. 옳은 일인 줄 알면서도 눈치 보느라 뒤로 빼곤 하지. 하지만 말일세. 이 경박한 세상에서 저 가벼운 무리의 입길이 무섭다 해서 바른길을 버려 악한 길을 따른다면 그것이 과연 옳은가? 그러고도 마음이 편하겠는가?"

학자 하나 없는 집안

한집안이 대대로 수십 집 모여 살면 그 고장에서는 선망받는 씨족이 된다. 이 가운데 단 한 사람의 학자도 없다면 크게 수치스럽다. 그런데도 얼굴을 뻗대고 고개를 치켜든 채 마을을 누비고 다니니 몹시 부끄러운 일이다. 젊은 후생들이 본받을 바가 없어 점차 다들 제멋대로 굴며 망령되고 어리석어서 토호(土豪)나 향간(鄕奸)이 되고 만다.

> 宗族世居數十餘家, 爲望族於一鄕. 其中無一學者, 便是大羞恥. 抗顔
> 擧頭, 橫行里閭, 皆愧甚矣. 少年後生, 無所矜式, 漸皆狂悖妄愚, 爲
> 土豪鄕奸而已.
>
> ─〈반산 정수칠을 위해 써준 증언. 자는 내칙이고 장흥 사람이다〉

●●

당시 정수칠의 집안은 장흥 반산에 집성촌을 이뤄 살고 있었다. 이른바 망족(望族), 즉 선망받는 씨족으로 행세깨나 했던 듯하다. 다산이 말한다.

"여보게! 한 고장에서 명망 있는 집안으로 행세하면서 한 사람의 학자조차 없다면 그야말로 부끄러운 노릇이 아니겠는가? 조상의 이름을 파먹고 살면서도 그에 맞갖은 덕행과 학문을 갖추지 못했다면 얼굴을 들 수가 없는 법이지. 그런데도 부끄러운 줄 모르고 고개를 빳빳이 쳐들고 거들먹거려 행세나 하려 들면 젊은이들이 그걸 먼저 배워서 나중엔 못 하는 짓이 없게 되네. 시골에서 토호 노릇이나 하고 살려는가? 향간이란 비방을 듣고 싶은 겐가? 그렇다면 그리 하게. 그렇지 않다면 공부를 해야겠지."

군자의 지위

어려서부터 진사(進士)가 되려 해도 머리가 다 희도록 얻지 못하는 사람이 있고, 관례(冠禮)를 치르면서 향교의 직임을 갖고자 해도 죽을 때까지 얻지 못하는 사람도 있다. 학문에 있어서는 오늘 뜻을 세우면 몇 달 뒤면 문득 칭찬이 있게 된다. 진실로 힘을 쏟아 그만두지 않으면 마침내는 덕을 이룬 군자가 된다. 어찌 능히 진사나 향교의 직임에 견주겠는가?

> 髫齔望進士, 白首且有不得者. 甫冠圖校任, 旣纁且有不得者. 至於
> 學, 今日立志, 後數月便已有稱. 苟勉之不已, 終爲成德之君子, 豈進
> 士校任所能比哉.
>
> —〈반산 정수칠을 위해 써준 증언. 자는 내칙이고 장흥 사람이다〉

●●

"과거 공부가 너무 어렵습니다. 반드시 이룬다는 보장도 없고요."

"그건 욕심이 앞서기 때문일 테지. 과거에 급제해 진사가 되거나 향교에서 직임을 맡는 위치에 오르고자 해도 마음먹은 대로 되는 것은 아니네. 하지만 공부에 뜻을 두어 몰입하면 몇 달만 지나도 사람들이 칭

다산의 제자 교육법

찬하지. 계속 공부를 멈추지 않아 덕 높은 군자가 된다면 까짓 진사나 향교의 직임 따위는 안 해도 그만일세. 평생 애를 써도 이루지 못할 허 망한 꿈에 인생을 걸지 말고, 실천해서 몇 달 안에 성과를 낼 수 있는 신실하고 도타운 공부에 인생을 걸게나. 과거 급제는 실력만이 아니라 운이 따라도 될까 말까 한 것이지만, 학문에 몰두하는 것은 내 의지와 내 성실로 채워 완성해갈 수가 있네. 가깝고 쉬운 것은 안 하면서 멀고 어려운 것만 찾으려 기웃대니 인생이 늘 쭉정이뿐 거둘 알곡이 없게 되 는 것일세."

과거 공부의 폐해

간척을 위해 제방을 쌓는 자를 못 보았는가? 아무개는 수백 금을 허비하고 아무개는 수천 금을 낭비했지만, 모두 집안을 말아먹고 가산을 탕진해 남의 웃음거리가 되었다. 남들도 그 전철(前轍)을 밟으려 들지 않는다. 하지만 과거를 공부하는 선비는 낭패하여 아무 이룬 것 없는 사람이 헤아릴 수 없이 많은데도 사람들은 오히려 어려서부터 익혀 흰머리가 어지러울 때까지 계속한다. 이 또한 지혜가 부족해서일까?

> 獨不見防堰者乎? 某甲費數百金, 某乙費數千金, 皆敗家蕩産, 爲人
> 所嗤. 則人亦莫之蹈其轍矣. 科擧之儒, 其狼狽無成者, 且萬萬計, 人
> 猶童習而白紛, 其亦少智者與?
> 　　　　　　　　　　　－〈반산 정수칠을 위해 써준 증언. 자는 내칙이고 장흥 사람이다〉

● ●

"그래도 과거에 급제해야 집안의 명예를 이어갈 수 있지요. 선비로 어찌 과거를 포기하겠습니까?"

"내 이곳에 와서 보니 해안 지역에서 부를 축적하는 방법으로 간척

　　　　　　　　　　　다산의 제자 교육법

사업이 성행하더군. 성공만 하면 없던 땅이 생겨 큰 부자가 될 수 있지만, 성공의 길은 멀고 실패의 확률은 높았네. 남의 노동력을 사서 흙짐을 나르고 돌을 쌓아 땅을 메우니, 들여야 할 비용이 어마어마하지 않겠는가? 도중에 포기하거나 남 좋은 일만 시키고 정작 자신은 패가망신하는 경우를 허다히 보았네. 하지만 나는 되지도 않을 과거에 인생을 거는 것을 이 간척 사업에 뛰어드는 것보다 더 어리석은 일로 생각하네. 안 될 것이 뻔한데도 공부는 안 하면서 과거장에 들락거리느라 인생을 탕진하는 이가 좀 많은가? 공부는 안 늘고 주름살과 흰머리만 느니, 이 아니 안타까운가? 그 시간과 그 노력이라면 제 인생과 가족을 위해 투자하는 것이 맞는다고 보네."

다산의 이 말은 당시 과거제도가 정상적 인재 선발 기능을 잃어버린 지 오래였으므로 안타까워 한 말이었을 게다.

수식어가 필요 없는 공부

옛날에는 《중용(中庸)》에서 그랬듯이 '가르침'이라 하고 〈학기(學記)〉에서 말하듯 '배움'이라고만 했다. 이 길밖에 다른 길이 없었으므로 별도로 표제에 더할 필요가 없었기 때문이다. 송나라 이래로는 이학(理學)이라 하여 '이(理)' 한 글자를 덧붙였으나 위엄과 무게가 없다. 하지만 세속에서 이학이라고 지칭하니 마땅히 이를 따라 일컫는 것이다.

> 古者曰敎(如中庸所云), 曰學(如學記所云), 以斯道之外, 更無他道,
> 故不必別加標題也. 自宋以來, 名曰理學, 加一理字, 便不威重. 然俗
> 人指爲理學, 且當因以稱之.
> — 〈반산 정수칠을 위해 써준 증언. 자는 내칙이고 장흥 사람이다〉

● ●

"어째서 유학의 가르침을 이학이라 합니까? 학문이 이치를 깊이 파고드는 것은 당연한 게 아닌가요?"

다산이 대답한다.

"예전에는 '교(敎)'라 하고 '학(學)'이라 하면 으레 유학의 가르침과 공부를 뜻했네. 공부는 그 공부뿐이고, 다른 공부는 없었던 셈이지. 송나라 때 이르러 학문의 갈래가 워낙 많아지고 불학(佛學)이 성행하면서 이것과 저것을 나누고 분별하기 위해 이학이란 말이 등장한 걸세. 난 이 표현이 왠지 가벼워 도무지 무게감이 느껴지질 않네. 하지만 어쩌겠는가? 온 세상이 이학이라 하니 편의상 그를 따르는 것뿐이지. 우리가 따라야 할 공부는 이것저것이 아니라 유일무이한 단 한 가지뿐일세. 배움과 가르침의 길이 명명백백하니 굳이 수식어를 보탤 필요가 없겠지."

공자의 도는 효제에 있다

공자의 도는 효제(孝悌)일 뿐이다. 이것으로 덕을 이루면 이를 인(仁)이라 하고, 헤아려 인을 구하니 이를 일러 서(恕)라고 한다. 공자의 도는 이와 같을 뿐이다. 효(孝)에 바탕을 두면 임금을 섬길 수가 있고, 효에서 미루어 나아가니 어린이에게 자애로울 수 있다. 제(悌)에 바탕을 두면 어른을 섬길 수가 있다. 공자의 도는 천하 사람으로 하여금 한 사람 한 사람이 모두 효성스럽고 공손하게 만드는 데 있다. 때문에 사람마다 친한 이를 친하게 대하고 어른을 어른으로 대접한다면 천하가 태평하게 된다고 말씀하신 것이다.

孔子之道, 孝弟而已. 以此成德, 斯謂之仁, 忖以求仁, 斯謂之恕. 孔子之道, 如斯而已. 資於孝, 可以事君, 推於孝, 可以慈幼. 資於弟, 可以事長. 孔子之道, 使天下之人, 一一皆孝弟. 故曰人人親其親長其長, 而天下平.

-〈반산 정수칠을 위해 써준 증언. 자는 내칙이고 장흥 사람이다〉

••

"공자의 가르침을 한마디로 요약할 수 있을는지요?"

"효제(孝悌)일세. 여기서 어짊과 용서가 나오지. 효제를 바탕 삼아 인(仁)과 서(恕)로 확장하면 위로는 임금을 섬기고 아래로 그 자애가 어린 이에게까지 미칠 수가 있네. 공자의 가르침은 다른 것이 아닐세. 친한 이에게 친하게 대하고 어른을 어른으로 대접하는 것일 뿐이라네. 모두가 제자리를 찾아 그것으로 천하가 태평스럽게 되는 것이 바로 공자의 가르침일세. 먼 데 있지 않고 깊은 데 있지 않다네."

수기치인과 이기사칠

공자의 도는 수기치인(修己治人)일 뿐이다. 오늘날 공부한다는 자들이 아침저녁으로 강독하며 힘쓰는 것은 온통 이기사칠(理氣四七)의 논변과 하도낙서(河圖洛書)의 숫자와 태극원회(太極元會)의 학설뿐이다. 나는 잘 모르겠다. 이 몇 가지가 수기(修己)에 해당하는가? 아니면 치인(治人)에 해당하는가? 잠시 한쪽으로 놓아두기로 하자.

> 孔子之道, 修己治人而已. 今之爲學者, 朝夕講劘, 只是理氣四七之
> 辨, 河圖洛書之數, 太極元會之說而已. 不知此數者, 於修己當乎? 於
> 治人當乎? 且置一邊.
> 　　　　　　　－〈반산 정수칠을 위해 써준 증언. 자는 내칙이고 장흥 사람이다〉

●●

"한 가지 더 말한다면 수기치인(修己治人)이라 할 수 있겠지. 제 몸을 닦고 그 힘으로 남을 바르게 하는 것이라네. 제가 바르지 않고서야 어찌 남에게 뭐라 할 수 있겠나? 공자의 가르침은 자신을 바르게 세우는 공부를 벗어난 적이 없네. 그런데 오늘날 이학을 공부한다는 자들은 입

다산의 제자 교육법

만 열면 사단칠정(四端七情)을 말하고, 이기일원(理氣一元)이니 이기이원(理氣二元)이니로 다투며, 하도낙서(河圖洛書)의 숫자 놀음이나 하고, 태극원회(太極元會)의 운세(運勢)를 따지는 것을 제 학문의 자랑으로 내세우곤 하니 참으로 딱하고 한심한 일이 아니겠는가? 그것이 제 몸을 닦는 것과 관련이 있는가? 남을 바른 도리로 이끄는 것에 해당하는 일인가? 말이 고상할수록 사람은 얄팍해지니 공부의 보람이 어찌 이럴 수가 있단 말인가? 우리는 그러지 마세. 몸 닦고 마음 닦아 내게서 미루어 남에게 미치는 그런 공부를 하세나."

배움이 공부의 절반

《서경(書痙)》〈열명(說命)〉 편에서 "오직 배움이야말로 공부의 절반이다."라고 했다. 이 말은 제 몸을 닦는 것이 오도(吾道)의 전체에서 단지 절반의 공(功)이라는 뜻이다. 이제 《서전(書傳)》에서는 "오직 가르치는 것이 공부의 절반이다."라고 했는데, 이는 남을 가르치는 것이 오도(吾道)의 전체에서 실로 절반의 공에 해당한다는 의미다. 이 두 가지 풀이가 서로 어긋나지 않는다. 이 뜻을 안다면 마땅히 경세(經世)의 학문에 뜻을 두어야 한다.

說命曰唯學學半, 謂修己於吾道全體, 只是半功也. 今書傳曰唯斅學半, 謂敎人於吾道全體, 實當半功. 兩解不相妨也, 知此意則便當留意於經世之學.

－〈반산 정수칠을 위해 써준 증언. 자는 내칙이고 장흥 사람이다〉

● ●

"경세(經世)의 공부란 어떤 것입니까?"
《서경》에서는 배우는 것이 공부의 절반이라 하고, 다른 글에서는 가

다산의 제자 교육법

르치는 것이 공부의 절반이라고 했네. 한꺼번에 읽으면 공부는 배우는 것 절반과 가르치는 것 절반을 합친 것이라는 말이 되겠지. 교학상장(敎學相長)이란 말을 들어보았겠지? 가르치고 배우면서 함께 성장한다는 말일세. 배우는 것만 배우는 것이 아니고, 가르치는 것도 배우는 일이라 할 수가 있지. 내가 부족해서 배우지만, 그렇다고 내가 완전해야 가르치는 것은 아닐세. 배우기 위해 가르치고, 가르치면서 배우게 되는 법이지. 세상을 경영하는 공부도 배우면서 적용해보고, 적용하다가 배우게 된다네. 구분해 따지느라 실천 없는 궁리만 하고 있으면 공부에 발전이 있을 수 없네."

도를 익혀 경세에 쓸 수 있어야

공자께서 자로(子路)와 염구(冉求) 등에게는 매번 정사(政事)를 통해 인품을 논했다. 안연이 도를 물었을 때도 반드시 나라 다스리는 것을 가지고 각자 자신의 뜻을 말하게 해서 또한 정사를 통해 대답을 구하곤 했다. 이를 통해 우리는 공자의 도가 그 쓰임이 경세(經世)에 있음을 알 수 있다. 무릇 글귀에만 얽매여 은일(隱逸)로 자칭하며 사공(事功)에 힘을 쏟으려 들지 않는 것은 모두 공자의 도가 아니다.

孔子於子路冉求之等, 每從政事上論品. 顔子問道, 必以爲邦, 令各言志, 亦從政事上求對. 可見孔子之道, 其用經世也. 凡緻繞章句, 自稱隱逸, 不肯於事功上著力者, 皆非孔子之道也.

─〈반산 정수칠을 위해 써준 증언. 자는 내칙이고 장흥 사람이다〉

●●

"한 가지 더 얘기해볼까? 공부의 보람을 어디서 찾을까? 열심히 배워 익힌 것은 세상을 더 낫게 만드는 데 활용할 수 있어야 하는 것이 아닌가? 공자께서 제자와 문답한 내용을 보면 늘 실제 정사(政事)에 적용함

에 어찌할지를 제자에게 묻고 그 대답을 들은 뒤 평가하는 태도를 취하
곤 했다네. 공부가 실제의 삶과 동떨어질 수 없고, 따로 놀아서도 안 됨
을 강조하신 뜻이겠지. 그런데 저 오늘날의 학자라는 자들은 세상일에
늘 냉소적이고, 자칭 은일이라 내세우면서 세상 저편에서 오만하게 세
상을 내려다보며 경전 구절 하나하나의 해석에 목숨을 걸고 있네. 실제
일을 맡기면 아무것도 할 줄 몰라 쩔쩔맬 인간들이 우주를 말하고 운명
을 말하며 구름 잡는 소리나 일삼고 있는 셈이지. 공자의 가르침은 원
래 이런 것과는 아무 상관이 없다네. 자네《논어》를 꼼꼼히 읽어보게.
너무나 명백하게 알 수 있을 테니."

경학에 힘을 쏟는 까닭

경전의 뜻이 환해져야 도체(道體)가 드러나고, 도를 얻은 뒤에야 심술(心術)이 비로소 바르게 되며, 심술이 바르게 되어야만 덕을 이룰 수가 있다. 이 때문에 경학에 힘을 쏟지 않을 수 없는 것이다. 간혹 선유(先儒)의 학설에 근거하여 저와 생각이 같으면 무리 짓고 다르면 공격하여 감히 의논조차 못하게 하는 자들이 있다. 이는 모두 책에 기대 이익을 꾀하려는 무리이지, 진심으로 선을 향해 나아가는 자가 아니다.

經旨明而後道體顯, 得其道而後心術始正, 心術正而後可以成德. 故經學不可不力. 有或據先儒之說, 黨同伐異, 令無敢議者, 是皆憑藉圖利之輩, 非眞心向善者也.

-〈반산 정수칠을 위해 써준 증언. 자는 내칙이고 장흥 사람이다〉

● ●

"이제는 우리가 어째서 경전 공부를 해야 하는지 얘기해보세. 경전은 왜 익히고 공부하는가? 도의 본질을 분명하게 깨달아 그 표준에 맞춰 내 마음자리를 바르게 세우기 위해서일세. 덕을 품은 군자가 되려면 마

다산의 제자 교육법

음을 바르게 세워야 하고, 마음을 바르게 세우려면 도체를 명확하게 깨달아야 한다네. 도의 실체는 옛 경전 속에 명확하게 담겨 있지. 그러니 그 글을 열심히 익히지 않고는 마음자리를 바로 세울 방법이 없는 법일세. 하지만 오늘날 공부한다는 자들은 그렇지가 않더군. 제 입맛에 맞는 학설만 끌어다가 그것만 옳다 하면서 다른 것은 무리를 지어 공격하곤 하지. 제 무리의 주장과 조금만 어긋나면 후학을 윽박질러 입도 못떼게 한다네. 세상에 이런 공부가 어디 있는가? 모리배들이나 하는 짓이 아닌가? 진심으로 자신을 향상시키고 싶다면 허심탄회(虛心坦懷) 네 글자를 잊으면 안 되네. 공부는 내가 바로 서느냐 마느냐를 가름하는 일인 걸세. 패싸움하자고 하는 공부가 무슨 공부인가?"

모르면 교만해진다

궁벽한 고장의 사람은 교만하여 뽐내지 않는 이가 드물다. 이는 본 것이 적기 때문이다. 열 집 모여 사는 고을에도 반드시 퉁소로 떠들썩하게 이름난 사람이 있게 마련이다. 하지만 그가 어찌 참으로 서울 기생방의 묘한 솜씨를 지녔겠는가? 저들은 이원(梨園), 즉 장악원(掌樂院)에서 2일과 6일마다 열리는 모임을 본 적조차 없다. 시는 압운이 조잡한데도 꼭 스스로를 도연명이나 사령운(謝靈運)에 견주고, 글씨는 결구가 거칠건만 반드시 왕희지와 왕헌지로 자처한다. 그 기예가 참으로 무리보다 뛰어나서가 아니라 본 것이 적었기 때문이니, 살아 있는 동안 발길이 마을 대문 밖으로 나가본 적조차 없다. 본받을 만한 말을 들어본 적이 없거늘 어찌 급작스레 높은 지위에 이를 수 있겠는가? 만약 먼 데 노닐며 널리 배우고 싶지 않거든 차라리 머리를 숙이고서 스스로를 낮추어야 한다.

僻鄕之人, 鮮不驕矜, 所見者少也. 十室之邑, 洞簫必有名噪者, 豈眞秦樓得妙哉. 彼未見梨園二六之會耳. 詩粗押韻, 必自許以陶謝, 書粗成字, 必自處以羲獻, 匪其藝之眞超衆也. 由見者少也. 生年足不出里閭之外耳, 不聞法拂之言, 安得遽達於高地, 如不肯遠游博學, 寧屈首

다산의 제자 교육법

以自卑爾.

● ●

황상은 시작(詩作)에서 발군의 역량을 발휘했다. 다산의 여러 제자 중에서 시로는 그를 따를 사람이 없었다. 훗날 추사 김정희가 그의 시를 보고 놀라 "지금 세상에 이 같은 작품은 없다."고 감탄했을 정도다. 하지만 그의 신분은 일개 아전에 불과했다. 스승은 혹여 그가 자신의 얕은 재주를 뽐내 남을 우습게 보거나 거들먹거릴까 봐 염려해서 이 같은 말로 쐐기를 박아두었다.

"시골에서 퉁소 좀 분다고 소문이 나도 서울 기생방의 일급 연주자 앞에 서면 얼굴도 못 들 수준이다. 촌놈들 사이에서 시 좀 짓거나 글씨 좀 쓴다는 소리를 들어도 그만그만한 중에 조금 낫다는 얘기지, 정말 출중하다는 말이 아니다. 교만해선 못 쓴다. 작은 재주로 젠체하지 말거라. 더 열심히 익히고 공부해야지. 늘 낮추어 겸손해야지."

스승의 이 말 속에 이미 제자 황상의 시적 재능에 대한 인정이 느껴진다. 그래도 아직 멀었으니 교만해서는 안 된다고 다짐을 둔 것이다.

재주와 덕의 관계

재주와 덕 둘 다 없는 것은 세상이 온통 그러한지라 없다고 무시하고 나무라지 않는다. 오직 재주가 있은 뒤라야 덕이 없다는 비방이 있게 된다. 재주와 덕은 서로 떼어놓을 수가 없다. 만약 둘 다 갖추기 어렵다면 아예 둘 다 없는 것만 못하다. 때문에 글쓰기와 필묵의 재주는 절대로 남에게 드러내 보여서는 안 된다. 경계하고 경계하거라.

才德兩亡者, 滔滔皆是, 泯然無訾. 唯有才而後, 乃有無德之謗. 故才之與德, 不可相離. 如難兩備, 莫若兩亡. 故詞翰筆墨之藝, 切不可宣露示人也. 戒之警之.

－《기중부서간첩》

● ●

"재덕을 겸비할 수 없거든 둘 다 없는 편이 더 낫다. 재주가 덕을 뛰어넘는 재승덕(才勝德)은 재앙의 출발점임을 잊으면 안 된다. 네 얕은 재주를 함부로 바깥에 드러내지 마라. 재주는 덕과 같이 갈 때만 빛이 난다. 덕을 갖추지 못한 재주는 비방을 부를 뿐이다. 빛나되 번쩍거리

다산의 제자 교육법

지 마라. 재주를 겸손으로 감춰서 달아나지 않도록 지켜야 한다."

　　다산은 제자 초의의 재기가 너무 번뜩이는 것을 보고 이를 지수굿이
눌러 가라앉히려고 이 글을 써준 듯하다.

노름과 문장

진흙을 뭉쳐 소를 만들고, 돌을 쪼아 원숭이를 만드는 것은 석회를 빚어 보살을 만드는 것과 한가지다. 마조(馬弔)나 호로(呼盧) 같은 노름을 하는 것과 벌레를 조각하고 범을 수놓듯 기이한 문사를 짓는 것과는 그 차이가 그다지 멀지 않다.

搏泥爲牛, 雕石爲猨. 與塑堊做菩薩者, 平等也. 弔馬呼盧者, 與篆蟲
綉虎, 作奇異文詞者, 其間亦不甚相遠也.

−《총지금첩(聰之琴帖)》

●●

진흙으로 소를 빚고, 돌을 쪼아 원숭이를 만들며, 석회를 주물러 보살을 만든다. 이 세 가지에 무슨 차이가 있을까? 노름으로 즐기며 노는 것과 아름다운 문사를 짓는 데 골몰하는 즐거움은 확실히 다른가? 다산은 이렇게 개방형의 언사를 툭 던져놓고 글을 맺었다. 무슨 말인가?

"세상 사람들은 소를 만들고 원숭이를 새기는 재주를 천하다 하고 보살을 빚으면 귀하다 한다. 자식이 노름에 빠지면 큰 걱정을 하면서 글쓰기에 몰입하면 자랑스러워한다. 두 가지 일은 서로 다를 게 없다. 그러니 중요한 것은 만들고 쪼고 빚어내는 그 행위, 무언가에 미친 듯이 몰두하는 그 자체에 있는 것이 아니라 그 대상과 목표가 무엇인가에 달린 것일 뿐이 아니냐? 네가 지금 하는 경전 공부도 이것과 다를 게 없다. 저들은 네가 승려 신분임에도 내게 와서 유학의 경전을 익힌다고 비난하는 모양이다만, 너의 이 공부를 어찌 노름에 빠진 것과 같이 볼 수 있겠느냐? 너의 이 노력을 어찌 원숭이 조각에 견주겠느냐? 의심 없이 따라오너라. 거리낌 없이 따라오너라. 네 눈을 어디에 두느냐에 달린 일일 뿐이니라. 알겠느냐?"

말 속에 뜻이 담긴다

한유(韓愈)는 슬픔이 많았고, 백거이(白居易)는 즐거움이 많았다. 소식(蘇軾)은 툭 트인 말이 많았고, 육유(陸游)는 강개한 말이 많았다. 대개 말에는 정밀함과 거침이 있고, 뜻에는 멀고 가까움이 있다. 이 때문에 문사에 드러난 것이 그러한 것이다.

1천 권의 책을 읽는 것이 도(道) 한 자락을 깨달음만 못하다. 한유가 〈모영전(毛穎傳)〉에서 '서(筮) 점을 쳐서 하늘과 인문의 조(兆)를 얻었다'고 한 것은 무엇인가? 거북이로 치는 점을 복(卜)이라 하고, 시초(蓍草)로 치는 점은 서(筮)라고 한다. 복조(卜兆)와 점서(占筮)로 괘를 점쳤으므로 《주례(周禮)》의 옥조(玉兆)와 와조(瓦兆), 원조(原兆)는 모두 복(卜)이니, 쓰는 바가 바야흐로 절실하다. 뜻이 있는 것 또한 모두 조(兆)의 이름이다. 지금 '서(筮)를 해서 조(兆)를 얻었다'고 말한 것은 잘못이다. 어떤 것을 불에 구워 무늬를 이루는 것을 조(兆)라 하니, 서(筮)에서야 어찌 청조(淸朝)에 향을 사르겠는가?

황보밀(皇甫謐)의 《고사전(高士傳)》을 읽다가 피의(披衣)와 왕예(王倪)의 행실, 선권(善卷)과 양보(壤父)의 뜻, 석호(石戶)와 포의(蒲衣), 경상초(庚桑楚)와 임류(林類)의 의리, 영계기(榮啓期)와 하궤옹(荷蕢翁)의 뜻을

다산의 제자 교육법

아득히 떠올려보면서 기쁘게 정신으로 만나는 것 또한 한 가지 즐거움이다.

韓退之多悲, 白樂天多樂, 蘇子瞻多廣達語, 陸務觀多慷慨語. 蓋其語
有精粗, 志有遠近, 故發之文辭者然. 讀書千卷, 不如悟道一穎. 毛穎
傳, 筮之得天與人文之兆者, 何也? 龜曰卜, 蓍曰筮. 卜兆占筮, 以卦
占. 故周禮玉兆瓦兆原兆, 皆卜, 所用方切. 義有亦皆兆名. 今云筮之
得兆, 謬矣. 燋厥成文曰兆, 於筮奚于淸朝焚香? 讀皇甫謐高士傳, 若
披衣王倪之行, 善卷 壤父之意, 石戶蒲衣庚桑楚林類之義, 榮啓期荷
蕢翁之志, 緬然遐想, 怡然神會, 亦一樂也.

−《귤림문원》

● ●

　당나라 때 한유와 백거이, 송나라 때 소식과 육유는 저마다 말의 풍
격과 담긴 뜻의 깊이가 달랐다. 글에는 글쓴이의 생각이 그대로 담긴
다. 따라서 글을 보면 그 사람이 보인다. 우리는 옛글을 읽으면서 그 작
가의 시대와 만나고 인간의 내면을 들여다볼 수가 있다.

　이를 이어 다산은 하지만 1천 권의 책을 읽는다 해도 한 번의 깨달음
을 갖느니만 못하다고 말하고, 그 실증을 들었다. 한유는 붓을 의인화
한 가전(假傳) 〈모영전〉을 지었다. 다산은 그 글 속에 나오는 한 구절을
인용했는데 앞뒤 내용은 이렇다. 진시황 때 일이다. 장군 몽염(蒙恬)이
남쪽으로 초나라를 치고 잇달아 중산(中山)을 치려 했는데 속으로 초나
라가 두려웠다. 그래서 좌우서장(左右庶長)과 군위(軍尉)를 불러《연산
역(連山易)》으로 점을 치게 해, 하늘과 인문의 괘를 얻었다. 점치는 자
가 하례하며 말했다.

"오늘 얻은 점괘는 뿔도 없고 어금니도 없는 갈옷 입은 무리로, 입은 없고 수염만 길며, 구멍이 뚫린 채 구부정하게 있으니, 홀로 그 긴 터럭을 취해 편지 쓸 때 쓰면 천하가 그 글을 같이 볼 것입니다. 진나라가 마침내 제후를 겸병할 상입니다."

붓을 설명한 내용이다. 몽염이 점괘를 얻었어도 그 의미를 읽지 못하면 소용이 없다. 점쟁이는 괘의 의미를 시원하게 풀어주어서 몽염의 의심을 걷어냈다. 그저 읽는 것이 중요한 것이 아니라 모종의 깨달음으로 이어져야 한다는 말을 이렇게 했다. 그 뒤로 이어지는 복조(卜兆)와 점서(占筮)의 의미 변정에 관한 내용과 《주례》의 '삼조(三兆)'에 대한 설명 등은 군더더기로 덧붙인 내용일 뿐이다.

다시 다산은 황보밀의 《고사전》에 등장하는 피의, 왕예, 선권, 양보, 석호, 포의자, 경상초, 임류, 영계기, 하궤 등 고사(高士) 열 명의 이름을 나열했다. 이들 중 피의와 왕예는 사제간이고, 선권은 요임금이 스승으로 삼았다던 인물이다. 나머지 인물도 모두 요순시절의 은자요 현인이다. 이들은 모두 욕심을 버리고 자연과 하나 되는 삶을 추구했다. 《고사전》을 읽으면서 이들의 이야기를 되새겨보면 마음속에 잔잔한 기쁨이 차올라온다.

다산의 제자 교육법

오직 독서만이

오직 독서 한 가지 일만은 위로는 성현을 뒤쫓아 짝하기에 족하고, 아
래로는 백성을 길이 일깨울 수가 있다. 음으로는 귀신의 정상(情狀)에 통
달하고, 양으로는 왕도와 패도의 계책을 도울 수가 있어 짐승과 벌레의
부류를 초월하여 우주의 큼을 지탱할 수가 있다. 이것이 바야흐로 사람의
본분이다. 맹자는 '대체(大體)를 기르는 사람은 대인(大人)이 되고, 소체
(小體)를 기르는 사람은 소인(小人)이 되어 금수와의 거리가 멀지 않다.'
고 했다. 따뜻이 입고 배불리 먹는 데만 뜻을 두어 편안히 즐기다가 세상
을 마쳐, 몸뚱이가 식기도 전에 이름이 먼저 사라지는 자는 짐승일 뿐이
다. 짐승으로 사는 것을 원한단 말인가?

唯有讀書一事, 上足以追配聖賢, 下足以永詔烝黎, 幽達鬼神之情狀,
明贊王霸之謨猷, 超越禽蟲之類, 撑柱宇宙之大. 此方是吾人本分. 孟
子曰養其大體者爲大人, 養其小體者爲小人, 去禽獸不遠. 若志在溫
飽, 逸樂以沒世, 體未及冷而名先泯者, 獸而已矣, 獸而可願哉.

-〈윤혜관을 위해서 준 증언〉

••

　우리가 믿을 것은 독서뿐이다. 책 속에는 없는 것이 없고 할 수 없는 일이 없다. 성현과 어깨를 나란히 할 수도 있고, 백성을 교화할 수도 있다. 귀신의 일을 알 수가 있고, 나라를 위해 큰일을 할 수도 있다. 책을 통해 우리를 들어 올리면 무엇이든 다 할 수가 있다. 그저 배부르고 등 따스운 돼지의 삶에 더는 눈길을 주지 않게 만든다.

　나는 네가 독서를 통해 마음을 기르는 대인이 되면 좋겠다. 의복과 음식을 탐하고 여색에 마음을 빼앗기는 소인배가 되지 않기를 희망한다. 배불뚝이 부자로 살다가 죽자마자 이름이 사라져버리는 것은 짐승일 뿐이다. 그런 짐승의 길을 자랑스러워하지 않고 부끄러워하게 되기를 바란다.

다산의 제자 교육법

죽은 이가 살아와도

다산의 제생이 열수 가로 나를 찾아왔다. 인사를 마친 후 물었다.

"올해 동암에 이엉은 이었더냐?"

"이었습니다."

"홍도(紅桃)는 모두 말라 죽지 않았고?"

"우거져 곱습니다."

"우물가에 쌓은 돌은 무너지지 않았느냐?"

"무너지지 않았습니다."

"연못의 잉어 두 마리는 많이 컸는가?"

"두 자나 됩니다."

"동쪽 절로 가는 길옆에 심어둔 선춘화(先春花), 즉 동백은 모두 무성하냐?"

"그렇습니다."

"올 적에 이른 차를 따서 말려두었느냐?"

"미처 못 했습니다."

"다사(茶社)의 돈과 곡식은 축나지 않았고?"

"그렇습니다."

옛사람이 이렇게 말했다. 죽은 자가 다시 살아난대도 능히 부끄러운 마음이 없어야 한다고. 내가 다시 다산에 갈 수 없는 것은 또한 죽은 사람이나 한가지다. 혹시 다시 간다 해도 부끄러운 빛이 없어야 할 것이야.

계미년(1823) 4월, 도광 3년, 열상노인이 금계와 기숙 두 군에게 써서 준다.

茶山諸生訪余于洌上. 敍事畢, 問之曰: "今年茸東菴否?" 曰: "茸."
"紅桃並無槁否?" 曰: "蕃鮮." "井甃諸石無崩否?" 曰: "不崩." "池
中二鯉, 盖大否?" 曰: "二尺." "東寺路側, 種先春花, 並皆榮茂否?"
曰: "然." "來時摘早茶付晒否?" 曰: "未及." "茶社錢穀無逋否?" 曰:
"然." 古人有言云, 死者復生, 能無愧心. 吾之不能復至茶山, 亦與死
者同然. 倘或復至, 須無愧色焉, 可也.
癸未首夏, 道光三年, 洌上老人書贈旗叔琴季二君.

－〈서증기숙금계이군(書贈旗叔琴季二君)〉

● ●

다산이 유배에서 풀려나고 4년 뒤인 1823년 4월에 자신을 찾아온 강진 시절 제자 윤종삼(尹鍾參, 1798~1878)과 윤종진 형제에게 써준 증언이다. 〈순암호설〉을 써줄 당시 열여섯 살 소년이었던 윤종진은 어느새 스물한 살의 청년으로 훌쩍 성장해 있었다.

다산초당을 향한 다산의 그리움이 물씬 묻어나는 글이다. 몇 해 만에 스승을 찾아 올라온 두 제자가 큰절을 올린다. 반가운 수인사가 오간 뒤 다산은 쉴 틈 없이 잇달아 질문을 퍼붓는다. 동암에 이엉은 이었느냐? 홍도화와 우물 돌은 무사하냐? 스승은 연못가의 누각 난간에 기대

다산의 제자 교육법

앉아 밥풀을 던져주던 잉어의 안부도 궁금했고, 백련사 가는 길목에 심어둔 동백의 건강 상태도 알고 싶었다. 이른 차는 따서 말려두었는지, 다신계(茶信契)의 전곡(錢穀)은 축나지 않고 잘 관리되고 있는지도 시시콜콜히 물었다. 연거푸 이어지는 스승의 질문에 막혀 제자는 좀체 긴 대답을 건넬 수가 없었다.

스승은 질문으로 다산초당의 그리운 풍경을 하나하나 불러내고 있었다. 눈빛이 아련해지는가 싶더니 눈가가 어느새 촉촉해졌다. 한바탕 초당의 사물들을 불러내 머릿속에 그 풍경이 또렷이 되살아나자 스승은 다짐을 받듯 제자들에게 말한다.

"옛사람이 한 말이 있다. 죽은 사람이 다시 살아 돌아와도 능히 부끄러운 마음이 없어야 한다고. 내가 살아 다시 다산초당에 가볼 날은 없지 싶다. 그러니 그곳에게 나는 죽은 사람과 한가지인 셈이지. 하지만 말이다, 너희가 그곳을 내가 거기서 너희와 함께 공부할 때처럼 지켜주면 참 고맙겠다. 차 마시려 물을 긷던 우물 돌도 무너지지 않게 잘 건사하고, 잉어 밥도 잘 주어 튼실하게 길러다오. 내가 그곳에 살았을 때처럼 말이다. 그렇게 부탁하마."

글 속에 나오는 옛사람은 조조(曹操)다. 자신에게 큰 도움을 주었던 괴월(蒯越)이 세상을 뜨면서 자신의 집안을 부탁하자 걱정 말라며 다짐 삼아 해준 말이다. 다산은 자신과 제자 사이에 오간 질문과 대답으로만 이루어진 이날의 싱겁다면 싱거울 문답을 그대로 글로 옮겨 두 제자에게 선물로 주었다. 제자는 스승의 친필을 보물처럼 품에 안고 돌아와 이 글을 읽을 때마다 초당을 그리며 촉촉해지던 스승의 눈시울을 떠올렸을 것이다.

소견이 염려스럽다

네 말씨와 외모와 하는 꼴을 보니 점점 태만해지는구나. 규방 안에서 멋대로 노는 데 빠져서 문학 공부는 어느새 물 건너가고 말았다. 이렇게 할 것 같으면 마침내 하우(下愚)의 인간이 된 뒤에야 그치게 될 것이다. 들뜨고 텅 비어 실지가 없으니 소견이 참으로 염려스럽다. 내가 너를 몹시도 아꼈기에 마음속으로 슬퍼하고 탄식한 것이 오래다. 진실로 능히 마음을 세우고 뜻을 고쳐서 내외가 따로 거처하여, 마음을 쏟아 글공부에 힘쓸 수 없다면 글이 안 될 뿐 아니라 병약해져서 오래 살 수도 없을 것이다.

觀汝言貌動作, 漸漸怠慢, 媟戲蟄沒於閨房之中, 而文學之業, 便成楚越. 若此, 終成下愚而後已. 浮虛無實, 所見極可悶. 吾愛汝已甚, 故心中悲歎久矣. 苟不能立心改志, 內外各處, 專心治文, 則不但不文, 抑且病弱, 不能壽耳.

－《다산여황상서간첩(茶山與黃裳書簡帖)》

●●

"네 이놈, 고얀 놈! 결국 그 정도밖에 안 되는 깜냥이었더냐. 장가들

다산의 제자 교육법

더니 말투도 건들건들하고 외모에 신경 쓰느라 근실한 몸가짐은 찾아볼 수가 없구나. 글공부할 생각은 아예 없는 듯하니 그간 네게 쏟은 내 사랑이 아깝다. 그래, 잘한다. 계속 그렇게 해보거라. 어리석어 남들의 손가락질을 받는 형편없는 인간이 되고 싶은 게로구나. 싹수가 노랗다. 소견머리가 한심하고 답답하다. 내가 마지막으로 한번 네게 말한다. 마음을 다시 다잡아 뜻을 고쳐먹어라. 그러자면 내외의 잠자리부터 따로 가져야 한다. 떨어져 지내며 글공부에만 마음을 쏟아야지. 네가 지금 하는 양으로 계속 가면 그간의 글공부가 공염불이 될 뿐 아니라 색에 곯아 일찍 병들어 죽고 말 것이다. 그래도 좋으냐? 그래야겠느냐? 못난 놈!"

이것은 깨소금 냄새 솔솔 풍기는 제자의 신혼살림에 찬물을 끼얹은 스승의 증언이다. 신혼의 단꿈에 빠져 있던 황상은 스승의 독한 편지에 정신이 번쩍 들었다. 그길로 스승 앞에 달려가 무릎을 꿇고 빌었다. 황상은 스승의 말씀에 따라 이따금 스승을 모시고 바람 쐬러 가곤 했던 강진 읍내 뒷산의 고성사(高聲寺)로 올라가 다시금 시 공부에 몰두했다. 그의 아내는 다산을 얼마나 원망했을까?

나무 심기와 문장 공부

변지의(邊知意) 군이 천 리 먼 길에 나를 찾아왔다. 그 의중을 물어보니 문장에 뜻을 두고 있었다. 이날 아들 학유(學游)가 나무를 심었으므로 이를 가리켜 비유 삼아 말해주었다.

"사람에게 문장이란 초목에 꽃이 피는 것과 같다네. 나무를 심는 사람은 처음 심을 때 뿌리를 북돋워 주고 줄기를 편안하게 해줄 뿐이라네. 그러고 나서 나무에 진액이 돌아 가지와 잎이 돋아나고 그제야 꽃이 피어나게 되지. 꽃은 갑작스레 얻을 수가 없는 걸세. 뜻을 정성스레 하고 마음을 바르게 해서 뿌리를 북돋우고, 행실을 도타이 하고 몸을 닦아서 줄기를 안정시켜야 하네. 경전을 궁구하고 예법을 연구해서 진액이 돌게 하고, 널리 듣고 예(藝)를 익혀서 가지와 잎이 돋아나게 해야지. 그런 뒤 그 사이에 깨달은 것을 갈래를 나눠 축적해두고, 축적해둔 것을 펴서 글로 지어보게나. 그렇게 하면 이를 본 사람이 보자마자 문장이라고 여길 것일세. 이런 것을 일러 문장이라 하는 것이니, 문장이란 갑작스레 얻을 수가 없는 것이야. 자네는 이 말을 가지고 돌아가서 그것을 구해보도록 하게. 스승이 남아돌게 될 걸세."

다산의 제자 교육법

邊君知意, 千里而訪余. 詢其志, 志在文章. 是日兒子游種樹, 指以喩
之, 曰: "人之有文章, 猶草木之有榮華耳. 種樹之人, 方其種之也, 培
其根安其幹已矣. 旣而行其津液, 勇其條葉, 而榮華於是乎發焉. 榮華
不可以襲取之也. 誠意正心, 以培其根, 篤行修身, 以安其幹, 窮經研
禮, 以行其津液, 博聞游藝, 以勇其條葉. 於是類其所覺, 以之爲蓄,
宣其所蓄, 以之爲文, 則人之見之者, 見以爲文章. 斯之謂文章, 文章
不可以襲取之也. 子以是歸而求之, 有餘師矣.

ー〈양덕 사람 변지의를 위해 주는 말(爲陽德人邊知意贈言)〉

●●

청년 하나가 대문 앞을 서성이더니 쭈뼛쭈뼛 들어와 큰절로 인사를
올린다.

"무슨 일인가?"

"선생님을 모시고 공부를 하고자 왔습니다."

"그 먼 길을?"

"그렇습니다. 문장을 익혀서 큰 포부를 펼쳐보고자 합니다. 거두어주
십시오."

그때 둘째 아들 학유가 흙 묻은 손을 털며 부친에게 오늘 심기로 예
정했던 나무를 다 심었다고 얘기한다. 다산은 아들의 이야기를 듣고 나
서 청년의 앳된 얼굴을 다시 한 번 쳐다보았다. 다산은 좀체 입을 떼려
하지 않았다. 청년은 애가 탔다.

"젊은이! 내 말을 잘 듣게. 마침 나무 심은 이야기를 들었으니 내가
나무 심기에 견줘서 얘기해보겠네. 사람에게 문장이란 나무로 치면 꽃
과 같은 것이겠지. 꽃이 활짝 핀 나무는 너무도 아름답네. 문장을 갖춘

사람도 환하고 빛나는 존재라 할 수 있겠지. 나무는 꽃을 어찌 피울까? 뿌리에 거름을 주어 양분을 공급하고 줄기가 엉키지 않고 편안히 뻗게 해주면 된다네. 새로 심은 나무가 땅에 뿌리를 박고, 둥치가 제자리를 얻게 되면 나무에 비로소 진액이 돌게 되어 그제야 가지가 돋고 새잎이 나오게 되지. 그래서 양분을 잘 빨아올려 튼튼해지면 가지 끝에서 화려한 꽃들이 일제히 피어나게 된다네. 나무의 건강 상태가 좋지 않다면 꽃은커녕 가지와 잎도 돋아날 수가 없겠지. 새로 심은 나무가 시들시들 잎 하나 못 올리고 죽는 경우를 보지 못했던가? 그러니까 꽃은 뿌리를 북돋우고 줄기를 편안하게 해주어 마음껏 양분을 빨아들여 가지 끝으로 퍼 나른 보람이 밖으로 솟아난 것인 셈이지. 꽃은 결과일 뿐일세. 꽃을 보고 싶은가? 그렇다면 먼저 나무를 잘 가꾸게.

자! 이제 나무 가꾸기를 공부의 과정에 견줘 설명해볼까? 뿌리를 북돋울 때는 성의정심(誠意正心)으로 해야만 하네. 마음이 급해 거름을 한꺼번에 너무 많이 줘도 안 되고, 지나치게 메마르고 척박한 땅에 심어도 안 되지. 나무의 성질도 잘 알아두어야만 하네. 그 나무가 물을 좋아하는지 싫어하는지, 그늘을 좋아하는지 햇볕을 좋아하는지 같은 것 말일세. 나무가 잘 자랄 수 있는 환경을 만들어주고 정성을 다해 가꾸며 지켜보는 단계인 셈이지. 물을 싫어하는 나무에게 정성껏 물만 주면 뿌리가 금세 썩고 말 것이 아닌가? 그 반대도 안 될 테지. 이것이 사람에게는 바탕 공부에 해당할 걸세.

이렇게 해서 뿌리가 겨우 안정되면 그다음은 줄기가 제자리를 잡도록 도와줘야겠지. 의지와 마음가짐도 중요하지만 그때그때 필요한 조처를 알맞게 해주는 것이 더 중요한 법이라네. 독행수신(篤行修身)의 자세가 이때 필요하지. 나무의 상태를 부지런히 살펴 작은 변화에 관심

다산의 제자 교육법

을 주고 예상치 않은 상황에서도 안정감을 잃지 않도록 잘 건사해주어야지. 공부에서 행실을 도탑게 하고 몸가짐을 늘 점검해서 마음이 행여 멀리 달아나는 일이 없도록 붙드는 것과 다를 게 없네.

다음은 더 깊이 공부하고 궁리하는 단계일세. 나무가 뿌리를 내리고 줄기를 뻗어 자세를 갖추게 되면 비로소 진액이 돌면서 생기가 퍼져나가게 되지. 이때 나무의 영양 상태를 잘 점검해야 하네. 자칫 방심하면 줄기가 옆으로 뻗고 가지가 마구 돋아서 볼품이 없게 되지. 나무의 성질에 대해 더 깊이 알기 위해 책도 뒤져보고 전문가에게 묻기도 해야 하네. 이것은 공부로 치면 경전과 예법을 연구해서 이해의 깊이를 더하는 과정[窮經硏禮]일세. 그래야 더 깊고 높은 단계로 올라갈 수가 있지. 다른 사람의 주장을 살피고, 모범이 될 만한 좋은 글을 많이 읽고 외워야 하네. 이후로는 운신의 폭이 넓어져서 마음먹은 대로 글을 쓸 수가 있게 되지.

그다음은 가지와 잎을 틔울 차례일세. 묵은 둥치에서 새 가지가 솟고, 가지마다 새잎이 달리면 나무는 비로소 제 모양을 갖추게 된다네. 공부에서는 박문유예(博聞游藝)의 상태라 할 수 있겠네. 공부는 넓어야 깊어질 수가 있는 법. 테두리가 너무 좁으면 결코 깊은 우물을 팔 수가 없지. 기본 경전만 익혀서는 문견이 좁아서 소견이 시원스레 트이질 않는단 말일세. 그러니 폭넓게 섭렵해서 내 식견을 확장해야지. 또 나를 옭죄어 구속만 하면 툭 터진 마음이 열리질 않으니 예술의 안목도 키워야 하네. 그래서 늘 예악(禮樂)은 짝을 지어 가는 것일세. 예는 묶어서 질서를 부여하고, 악은 풀어주어 숨통을 틔워주지. 긴장과 이완의 절묘한 조화가 아닌가?

한 번 더 복습해볼까? 성의정심과 독행수신으로 뿌리와 줄기를 안정시키고, 궁경연례와 박문유예로 양분을 공급해주면 공부의 바탕이 마련된 셈이지. 그렇다고 덮어놓고 벌이기만 해서는 산만해져서 공부라 할 수가 없네. 중간중간 배워 깨달은 것을 점검해서 갈래를 나누어 취할 것은 취하고 버릴 것은 버려 알맹이를 차곡차곡 쌓아두자 어느 날 문득 가지 끝에서 울긋불긋 화려하고 향기로운 정수가 피어나니, 그것이 바로 문장이란 물건일세.

꽃이 활짝 피면 나무는 어제까지 보던 그것과 전혀 다른 물건이 된다네. 자네가 문장 공부를 하고 싶다고 했지? 과거에 급제해서 세상을 놀라게 할 글을 쓰고 싶다고 했던가? 그런 글은 하루아침에 피어날 수가 없어. 앞서 말한 성의정심과 독행수신, 궁경연례와 박문유예의 절차와 단계 없이 꽃만 피우는 나무는 세상 어디에도 없다네. 훌륭한 문장가가 되고 싶은가? 그렇다면 얼른 집으로 돌아가서 기초부터 다시 공부하도록 하게. 조급한 마음, 욕심 사나운 생각을 거두고 기본부터 시작하게나. 그렇게 단계를 밟아 한 걸음 한 걸음 떼다 보면 나무에 꽃이 한가득 피어날 날이 문득 찾아올 것이야. 어이 굳이 천 리 먼 여기까지 와서 스승을 찾는단 말인가? 시간 낭비하지 말고 어서 돌아가게. 꽃 피울 생각 말고 뿌리에 거름부터 주게."

아까부터 청년은 쥐구멍이라도 찾고 싶은 심정으로 얼굴이 잔뜩 붉어져 있었다.

다산의 제자 교육법

멋진 글을 쓰고 싶은가

내가 열수(洌水) 가에 있는데 하루는 묘령의 소년이 찾아왔다. 등에 짐을 지고 있길래 살펴보니 책상자였다. 누구냐고 묻자 그는 "저는 이인영입니다."라고 했다. 〔원주: 이하 몇 구절 생략〕 나이를 물으니 열아홉이라고 했다. 품은 뜻을 물어보았다. 그는 문장에 뜻을 두고 있는데 비록 공명을 이루지 못해서 평생 불우하더라도 아무 후회가 없다고 말했다. 책상자를 쏟아보니 모두 시인재자(詩人才子)들의 기이하고 청신한 작품들이었다. 섬세한 글은 파리 대가리 같았고, 이따금 자질구레한 말은 모기 속눈썹 같았다. 뱃속에 든 것을 점검해보니 마치 호로병이 물을 토해내듯 콸콸 쏟아져서 책상자보다 수십 배 더 풍부하였다. 그의 눈을 살펴보았다. 형형하게 빛이 흘렀다. 그의 이마를 보니 툭 튀어나온 것이 마치 물소 뿔이 아래위로 통해 밖으로 비치는 것 같았다. 내가 말했다.

"호오! 거기 앉게. 내가 얘기해주겠네. 문장이란 어떤 물건인가? 학식은 내면에 쌓이고, 문장은 밖으로 펴는 것일세. 고량진미를 배불리 먹으면 피부에 광택이 생겨나고, 막걸리를 들이마시면 얼굴에 홍조가 피어나는 것과도 같지. 이를 어찌 끌어다가 취해올 수가 있겠는가? 중화(中和)의 덕으로 마음을 기르고, 효우(孝友)의 행실로 성품을 가다듬어 공경으

로 몸가짐을 바로 하고, 성의로 일관하되 중용을 갖춰 변함없이 노력하여
도를 우러러야 하네. 사서(四書)를 내 몸에 깃들게 하고, 육경(六經)으로
내 식견을 넓히며, 여러 사서(史書)로 고금의 변화에 통달하게 해야겠지.
예악형정(禮樂刑政)의 도구와 전장법도(典章法度)의 전고(典故)가 가슴
속에 빼곡하여 사물이나 일과 만나 시비가 맞붙고 이해가 서로 드러나면,
내 마음속에 자욱하게 쌓아둔 것이 큰 바다가 넘치듯 넘실거려 한바탕 세
상에 내놓아 천하 만세의 장관이 되게 하고 싶은 생각이 들게 된다네. 그
형세를 능히 가로막을 수 없게 되면 내가 드러내려 했던 것을 한바탕 토
해놓지 않을 수가 없게 되지. 이를 본 사람들이 서로 '문장이다'라고들 하
니, 이런 것을 일러 문장이라 하는 것일세. 어찌 풀을 뽑고 바람을 우러르
며 빠르게 내달려, 이른바 문장이란 것만을 구하여 붙들어 삼킬 수가 있
겠는가?

　세상에서 말하는 문장학은 성인의 도를 갉아먹는 벌레와 같아서 반드
시 서로 용납할 수가 없네. 그런데도 몸을 더럽혀 자신을 낮춰 이것을 한
다 해도 문로(門路)와 기맥(氣脈)이 있는 법일세. 또한 반드시 경전(經傳)
에 뿌리를 두고, 제사(諸史)와 제자(諸子)를 날개로 삼아, 두터우면서도
깊게 녹아든 기운을 쌓고, 깊고 도탑고 아득한 취미를 길러야 하네. 위로는
임금의 계책을 빛낼 것을 생각하고, 아래로는 한 세상의 깃발과 북이 될 것
을 생각해야만 그제야 그 글이 만만치 않다는 말을 듣게 되는 것일세.

　그런데 지금은 그렇지가 않네. 나관중(羅貫中)을 시조로 삼고, 시내암
(施耐菴)과 김성탄(金聖歎)을 그 아랫대의 조상으로 삼아, 재잘대는 붉은
앵무새 혀로 이리저리 뒤집어 희롱하며 음탕하고 험벽한 말을 꾸미는 것
을 스스로 즐겨 기뻐하는 것 따위야 어찌 족히 문장이라 하겠는가? 몹시
처량하여 흐느껴 목메는 듯한 시의 구절은 공자께서 남기신 온유돈후(溫

柔敦厚)의 가르침이 아닐세. 마음을 음탕한 소굴에다 두고 비분강개한 데 눈길을 주면서, 넋을 녹이고 애를 끊는 말을 누에 실처럼 늘어놓고, 뼈를 깎고 골수에 새길 말을 벌레 울음처럼 내뱉곤 하지. 이런 글을 읽으면 푸른 달빛이 서까래 위에서 엿보고, 산귀신이 휘파람을 불며, 음산한 바람이 촛불을 끄고, 원한을 품은 여인이 흐느껴 우는 것만 같다네. 이 같은 것은 문장가에게 해가 될 뿐 아니라 도리어 기상을 처량하게 하고 심지를 각박하게 만들고 말지. 위로는 하늘이 내리는 큰 복을 받을 수 없게 하고, 아래로는 세상의 덫을 피할 수가 없게 만든다네. 천명을 아는 자라면 마땅히 크게 놀라 재빨리 피하기에도 겨를이 없어야 하거늘, 하물며 몸소 이를 따른대서야 될 말인가?

우리나라의 과거제도는 쌍기(雙冀)가 처음 시작해서 춘정(春亭) 변계량(卞季良)에게서 갖추어졌네. 무릇 이 기예를 익히면 정신을 녹이고 세월을 내던져 사람으로 하여금 어리석고 지리멸렬한 채 나이를 잊게 만드니 진실로 이단 중의 으뜸이요 세상 도리의 큰 근심거리일세. 하지만 나라 법이 변하지 않고서야 그저 따를 수밖에 없으니, 이 길이 아니고는 군신의 의리를 물을 데가 없기 때문이라네. 이 때문에 정암 조광조나 퇴계 이황 선생 같은 분들도 모두 이 기예를 익혀서 자신을 펼 수가 있었지. 이제 자네는 대체 어떤 사람이길래 신발을 벗어던지듯 돌아보지 않겠다는 것인가? 성명(性命)의 학문이 아직 끊어지지 않았건만, 이처럼 음탕한 소설의 곁가지와 시고 찬 짤막한 시 구절의 말단을 위해 경솔하게 신세를 포기하려 든단 말인가? 우러러 부모를 섬기지 않고, 굽어 처자를 기르지도 않으면서, 가까이로는 집안을 드러내어 종족을 지켜줄 수도 없고, 멀리는 조정을 높여 백성을 윤택하게 할 수도 없건만, 나관중과 시내암의 사당에 배향되기만을 추구하려 드니 또한 미치고 어리석은 일이 아닌가?

바라건대 자네는 이후로 문장학에 뜻을 끊고, 서둘러 돌아가 늙으신 어머니를 봉양하게나. 안으로 효우의 행실을 도타이 하고, 밖으로는 경전의 공부를 부지런히 하게나. 그래서 성현의 바른 말씀이 언제나 몸에 젖어 나를 떠나지 않도록 하게. 한편으로 과거 공부도 해서 몸을 펴기를 도모하고 임금을 섬기기를 바라야 할 것일세. 그리하여 밝은 시대의 상서로운 인물이 되고, 후세의 위인이 되도록 해야지. 경박한 기호로써 이 천금 같은 몸을 가볍게 버리지 않도록 하게. 진실로 자네가 고치지 않는다면, 차라리 노름질하고 기생집을 드나들며 노는 것이 또한 문장을 배우는 것보다 더 나을 것이야."

가경 경진년(1820) 5월 1일.

余在洌上, 一日有妙少年至, 背有荷. 視之書笈也. 問之, 曰："我李仁榮也."〔數句刪〕問其年, 十有九. 問其志, 志在文章, 雖不利於功名, 終身落拓, 無悔也. 寫其笈, 皆詩人才子奇峭淸新之作. 或細文如蠅頭, 或小言如蚊睫. 傾其腹, 泌泌如葫蘆之吐水, 蓋富於笈數十倍也. 視其目, 炯炯有流光, 視其額, 隆隆若犀通之外映也.

余曰："噫嘻! 子坐. 吾語子. 夫文章何物? 學識之積於中, 而文章之發於外也. 猶膏粱之飽於腸, 而光澤發於膚革也. 猶酒醪之灌於肚, 而紅潮發於顔面也. 惡可以襲而取之乎? 養心以和中之德, 繕性以孝友之行, 敬以持之, 誠以貫之, 庸而不變, 勉勉望道, 以四書居吾之身, 以六經廣吾之識, 以諸史達古今之變, 禮樂刑政之具, 典章法度之故, 森羅胸次之中, 而與物相遇, 與事相値, 與是非相觸, 與利害相形, 卽吾之所蓄積壹鬱於中者, 洋溢動盪, 思欲一出於世, 爲天下萬世之觀, 而其勢有弗能以遏之. 則我不得不一吐其所欲出, 而人之見之者相謂

다산의 제자 교육법

曰文章, 斯之謂文章. 安有撥草瞻風, 疾奔急走, 求所謂文章者, 而捉
之吞之乎?"

世所謂文章之學, 乃聖道之蟊蟨, 必不可相容. 然汚而下之, 藉使爲
之, 亦其中有門有路有氣有脈. 亦必本之以經傳, 翼之以諸史諸子, 積
渾厚沖融之氣, 養淵永敦遠之趣. 上之思所以黼黻王猷, 下之思所以
旗鼓一世, 然後方得云不錄錄.

今也不然, 以羅貫中爲祧, 以施耐菴金聖歎爲昭穆, 喋喋猩鸚之舌, 左
翻右弄, 以自文其淫媟機險之辭, 而竊竊然自娛自樂者, 惡足以爲文
章? 若夫淒酸幽咽之詩句, 非溫柔敦厚之遺教. 栖心於淫蕩之巢, 游
目於悲憤之場, 銷魂斷腸之語, 引之如蠶絲, 刻骨鑴髓之詞, 出之如蟲
唫. 讀之如靑月窺椽, 而山鬼吹歔, 陰颷滅燭, 而怨女啾泣. 若是者不
唯於文章家爲紫鄭, 抑其氣象慘悽, 心地刻薄, 上之不可以受天之胡
福, 下之不可以免世之機辟. 知命者當大驚, 疾避之弗暇, 矧躬駕以隨
之哉!

吾東科舉之法, 始於雙冀, 備於春亭. 凡習此藝者, 銷磨精神, 拋擲光
陰, 使人鹵莽蔑裂, 以沒其齒, 誠異端之最, 而世道之鉅憂也. 然國法
未變, 有順而已. 非此路則君臣之義無所問焉, 故靜菴退溪諸先生咸
治此藝, 以發其身. 今子何人, 乃欲雁脫而弗顧耶? 爲性命之學, 猶
且不絶, 矧爲此淫巧小說之支流, 酸寒短句之餘裔, 以輕拋此身世乎?
仰不事父母, 俯不育妻子, 近之不能顯門戶, 以庇宗族, 遠之不能尊朝
廷, 而澤黎庶, 思以追配於羅施之廡, 不亦狂且愚哉.

願子自玆以往, 絶意文章之學, 亟歸養老母. 內篤孝友之行, 外勤經傳
之工, 使聖賢格言, 常常浸灌, 俾之不畔. 旁治功令之業, 以圖發身,
以翼事君. 以備昭代之瑞物, 以作後世之偉人, 勿以沾沾之嗜, 而輕棄

此千金之軀也. 苟子之不改, 卽馬弔江牌狹斜之游, 亦無以加於是也.

嘉慶庚辰五月一日.

―〈이인영을 위해 주는 말(爲李仁榮贈言)〉

＊＊

이인영과의 만남을 생생하게 묘사했다. 등에 책상자를 메고 명민해 보이는 젊은이 하나가 찾아왔다.

"누군고?"

"이인영이라고 합니다."

"몇 살인가?"

"열아홉입니다."

"여긴 무슨 일로?"

"선생님께 문장을 배우고자 왔습니다. 부디 거두어주십시오. 열심히 배울 자신이 있습니다."

"과거를 보려는 겐가?"

"아닙니다. 문장으로 한 세상에 이름을 남길 수만 있다면 아무리 고통스러워도 결코 후회하지 않겠습니다. 소원입니다."

소년의 표정이 사뭇 간절했다.

"상자 속에 든 것이 무엇인가?"

"평소 제가 익혀온 책입니다."

"꺼내보게."

책상자에서 나온 것은 명청 시대 재주깨나 있어 이름을 얻은 문인들의 시문집이었다. 기이하면서도 산뜻한, 이른바 최신 유행풍의 시문이었다. 내면을 간질이는 표현과 섬세한 묘사가 특별히 뛰어났다. 이리저

다산의 제자 교육법

리 툭툭 찔러보니 청산유수의 대답이 돌아왔다. 그의 독서는 책상자에 든 책의 범위를 몇십 배나 넘어서고 있었다. 소년은 어서 더 물어달라는 듯 눈빛이 반짝반짝 빛났다. 표정 위로 긍지가 묻어나고 있었다.

수인사를 끝낸 다산은 그를 우선 앉혔다.

"문장이라……. 뛰어난 문장이 될 수만 있다면 일생 곤궁해도 상관없다고 했는가? 거참 딱한 노릇이로군. 문장은 결과일 뿐 목적이 아닐세. 문장은 얼굴 위로 오른 불콰한 술기운에 불과한 것이야. 뱃속에 든 술기운이 없으면 얼굴이 붉어지는 법이 없네. 술은 한 방울도 안 마시고 얼굴만 붉어지는 법은 없단 말일세. 좋은 음식을 배불리 먹어 영양 상태가 좋아지면 피부는 기름이 자르르 흐르는 법. 아무것도 안 먹고 살결만 고와지는 경우란 없네. 그러니까 바탕 공부는 맛난 음식의 영양분이고, 향기로운 술의 더운 기운인 걸세. 문장은 그것이 얼굴 위로 드러난 윤기요 홍조일 뿐이라네. 공부를 많이 하고 덕을 기르고 성품을 닦아 바른 몸가짐과 반듯한 생각이 몸에 배게 해야 하네. 평소에 갈고 닦은 행실과 꾸준히 익힌 독서를 바탕으로 현실의 문제에 부딪치면 남들이 못 보는 것도 다 보이고 전에 모르던 일도 모를 것이 없게 되지. 그 생각을 걷잡을 수가 없어서 한바탕 보따리를 풀어놓자 사람들이 저마다 손뼉을 치고 무릎을 치면서 문장이라고들 탄복하게 되는 것일세. 한 번 더 말해주겠네. 문장이란 결과일 뿐, 그 자체로 목적이 될 수는 없는 것이야. 그러니까 더 중요한 것은 과정이라네. 과정 없이 결과만 얻고 싶다고 했나? 그런 건 세상에 없네."

예상과 너무 다른 다산의 이야기에 잔뜩 칭찬을 기대하고 반짝이던 이인영의 눈빛에 실망의 기색이 떠올랐다.

"내 이제 그간 자네가 읽었다는 상자 속의 책을 보니 자네가 생각하는 문장학이란 것이 어떤 것인 줄 알겠군. 그런 문장학은 우리가 마땅히 해야 할 성인의 학문과는 길이 전혀 다른 것일세. 이 둘은 결단코 양립할 수가 없네. 진짜 문장학은 공부에서 나와야 하는 것이야. 경전에 뿌리를 두고 역사책과 제자백가서를 날개로 삼아 깊이와 너비를 갖추지 않으면 안 되겠지. 자네가 생각하듯 《삼국지연의》나 《수호지》 같은 책을 지은 작가를 조상으로 알고, 아로새겨 현란한 문체를 스승으로 삼는 것은 내가 생각하는 문장과는 거리가 아주 멀군. 붓만 들면 징징 짜거나 가슴을 후벼 파는 표현만 찾고, 남녀 간의 음탕한 애정사나 실의한 문사의 비분강개한 심정만 늘어놓기에 바쁘니 이것을 어찌 문장이라 하겠나? 설마 자네가 깊은 밤 괴괴한 달빛이 비쳐들 때 산귀신의 휘파람 소리에 음산한 바람이 방 안의 촛불을 불어 훅 끄며 어디선가 원한 품은 여인의 호곡 소리가 들려올 것 같은 소설 속의 핍진한 묘사를 문장의 전부라고 생각하는 것은 아니겠지? 그런 문장은 제 복을 깎고 재앙을 부르는 빌미가 될 뿐일세. 누가 등 떠밀어 하라고 해도 모골이 송연해져서 달아나기 바쁠 일인데, 어떤 불행이 닥쳐도 상관 않고 그 길을 가고 싶다니 그게 어찌 젊은 사람의 입에서 나올 말인가?"

이인영의 표정이 더 일그러졌다. 바늘방석이 따로 없었다. 다산은 고삐를 늦추지 않고 한 번 더 세게 다그친다.

"과거시험의 제도와 공부는 이미 실질 공부와 동떨어져서 문제가 많은 것은 인정하겠네. 한번 과거에 빠지면 평생 허황한 꿈을 못 놓고 정작 이렇다 할 공부도 하지 않은 채 인생을 낭비하고 마는 것이 대다수일세. 하지만 나라의 제도가 바뀌지 않는 한 과거를 통하지 않고 세상에 쓰일 길이 없지 않은가? 조광조와 이황과 이이 같은 큰 학자들도 과거를 보지 않을 수 없었던 것은 과거가 올바른 공부의 길이어서가 아니라 어쩔 수 없어서였을 뿐일세. 그런데 자네는 어떤가? 과거도 흥미가 없고, 출세도 흥미가 없고, 오로지 문장가가 되면 다른 모든 것을 희생해도 조금의 후회도 없겠다고 말하는군. 그래서 되고 싶은 목표란 것이 결국은 나관중이나 시내암처럼 《삼국지연의》나 《수호지》 같은 소설을 쓰는 자가 되겠다는 것인가? 그렇게 해서 미묘한 감정의 떨림을 포착해내고, 사람들의 애간장을 녹이는 작가가 되고 싶단 말이지? 그래서, 그다음은?"

이인영은 거의 울상이 되어 있었다. 다산의 서슬은 그러고 나서도 여진이 남았다. 마지막 쐐기를 박기 위해 다산은 말꼬리를 돌렸다.

"여기서 이러지 말고 어서 고향으로 돌아가게. 글공부와 부모 봉양이 따로 놀 수 있겠나? 인간이 안 되고 글만 잘 써서 무엇에 쓸 것인가? 효도와 우애 없이 누구를 감동시킨단 말인가? 경전을 안 익힌 채 글 한 줄 쓸 수 있겠는가? 과거 공부도 꼭 필요한 것일세. 그래야 내가 이 세상에 나온 보람을 찾을 것이 아닌가? 나는 자네가 우리 시대에 꼭 필요한 인물로 성장해주면 좋겠네. 그리하여 훗날 자네를 역사가 큰 인물로 기억해주도록 해주게나. 한때의 경박한 취미를 가지고 천금같이 귀한 몸을 함부로 굴려서는 안 되네. 그리 하기 싫다면 차라리 문장에 힘 쏟는 열정으로 노름방에 들락거리고 기생집을 드나드는 것이 오히려 해가 적을 것일세. 내 말은 여기까지일세. 이제 가보게."

이인영은 거의 핏기를 잃은 채 넋이 반쯤 나간 상태였다. 이게 뭔가? 최소한 내가 읽었던 책을 보여주고 내가 닦은 그간의 공부를 말하면 기특하다는 칭찬을 들을 줄로 알았다. 그런데 선생님은 아주 차갑게 당장 고향집으로 돌아가 하고 싶은 공부 말고 해야 할 공부를 하라고 말씀하시지 않는가?

이렇게 해서 다산과 이인영의 대화는 끝이 났다. 그는 풀이 푹 죽어서 책상자에 도로 책을 담고 인사도 제대로 못 올리고 돌아섰다. 다산은 자신을 찾아온 젊은이에게 참으로 모질고 맵게 충고했다. 충고만으로 모자라 아예 긴 글로 써주었다.

파직을 축하하오

나의 벗 사헌부 감찰 이공택(李公宅) 군은 충성스럽고 신실하며 호걸스런 선비다. 죽령(竹嶺) 남쪽에 숨어 살면서 벼슬을 구하지 않았는데, 조정에서 두 차례나 벼슬로 불렀다. 그 후 어떤 일로 인해 파직되어 돌아가게 되었다. 이에 평소에 도의로써 서로 교분을 맺은 사람들이 그를 위해 탄식하고 애석하게 여기지 않음이 없었다. 하지만 나는 홀로 가만히 이공택을 위해 축하하며 술과 안주를 가지고 그의 관사로 찾아가 그를 전송하며 이렇게 말했다.

"공택(公宅)은 갈지어다. 어떤 이는 어깨를 으쓱대고 등골을 꼿꼿이 세우고서 의기가 양양하여 스스로 젠체하나, 그가 내달려 향하는 것은 날로 낮아진다. 또 눈썹을 찌푸리고 목을 움츠린 채 뜻이 답답해 펴지 못해도 그 축적은 날로 깊어만 가는 사람도 있다. 가령 공택이 낭관(郎官)의 반열(班列)에 머물면서 수령의 임무를 띠고서 송사(訟事)를 판결하고 문서를 바쁘게 처리한다면, 일찍이 그 품은 바를 펴지 못하고, 그저 그만그만한 못난 사내가 창고에 재물을 많이 쌓아두고서 자신만 이롭게 하는 자와 더불어 다름이 없을 것이다. 이제 공택이 이미 벼슬을 그만두었으니, 장차 돌아가 무엇을 하려는가? 농사를 할까? 그 손가락을 보니 부드럽고도 곱다. 장사를 할까? 힘이 수레를 몰고서 먼 데로 가기에 부족하다. 장차 마음을 쏟고 뜻을 한결같이 하여 어지러운 것을 사절하고 쓸데없는 일을 끊고서, 회옹(晦翁) 주부자(朱夫子)의 책을 끼고 우산(愚山) 정종로(鄭宗魯)의 문(門)에 오르며, 소호(蘇湖) 이상정(李象靖)의 냇물을 따라 도산(陶山)의 연원(淵源)을 이어, 천리(天理)와 인사(人事)를 궁구하고 성명(性命)을 즐길지어다. 이륜(彝倫)을 돈독히 하고 효제(孝弟)를 극진히 하며, 물러나서는 고향의 종족과 더불어 문 닫고 휘장을 내려 《춘추(春秋)》의 의리를 강하여 밝히고, 글을 지어 후세의 사람에게 가르침을 남겨, 향교(鄉校)와 가숙(家塾)의 젊은이들로 하여금 우러를 바가 있음을 얻게 하고, 의리를 온축하여 만세에 징험하여 믿게 한다면, 공택이 성취한 바가 어찌 우뚝이 사람들을 환히 비추지 않겠는가? 나는 공택의 뜻이 이와 같은 줄로 안다."

그와 더불어 말하고 나서 마침내 글로 써서 준다.

吾友司憲府監察李君公宅, 忠信瓌杰之士也. 隱居竹嶺之南, 不求緶汲, 朝廷再以職召. 既而因事罷以歸, 於是凡其素相結以道義者, 莫不爲之咨嗟惋惜. 而余竊獨爲李公宅賀之, 携酒與肴, 就其館而送之曰: "公宅行矣. 人有竦肩直膂, 意揚揚自逸, 而其趨日庫, 有摧眉屈頸. 志鬱鬱不信, 而其蓄日深. 使公宅翶翔乎郎署之列, 容裔乎令長之任, 聽受詞訟, 奔奏簿書, 曾不足以展其懷抱, 而適與錄錄鄙夫, 厚其廩以自封者, 將無同矣. 今公宅既不官矣, 歸將何爲? 芸歟? 見其指柔而澤矣. 賈歟? 力不足以驅車遠邁. 將顓心壹意, 謝紛絶宂, 挾晦翁之書, 而登愚山之門, 遵蘇湖之蹊, 而接陶山之緒, 窮天人而樂性命, 篤彝倫而盡孝弟, 退而與鄉黨宗族, 杜門下帷, 講明春秋之義, 著書立言, 遺

詔後世之人, 使庠塾少年, 得有所宗仰, 而義理蘊奧, 得以徵信於萬
世. 則公宅之所成就, 豈不卓犖照耀人哉. 余知公宅之志如此."與之
言, 遂書以贈.

-〈고향으로 돌아가는 영천 이감찰을 전송하는 서문(送榮川李監察還山序)〉

●●

파직되어 도성을 떠나는 벗 이인행이 향리에서 학문에 몰두하여 오
히려 큰 성취를 거둘 것을 축원한 글이다. 향교와 가숙에서 그 지역의
젊은이들을 가르침으로써 영남 학계의 장래를 맡아달라는 뜻을 밝혔
다. 상처를 받아 낙담해 있던 벗을 위해 이 일을 오히려 전화위복의 기
회로 삼으라고 권했다.

"여보게! 파직을 축하하네. 송사 판결과 문서 작성에 세월을 다 죽이
다가 뜻은 날로 비루해지고 마음에 답답함만 늘어가는 게 벼슬길이 아
닌가? 이제 자네가 훌훌 털고 고향으로 돌아간다니 내 마음이 상쾌해
지는군. 이제 향리로 돌아가면 자네가 농사를 짓겠나, 장사를 하겠는
가? 그간 못한 공부를 제대로 해보라고 하늘이 내리는 기회일세. 경전
을 탐구하고 후학을 길러 그 보람이 만세에 빛나고 그 은택이 세상을
환히 비추게 해주게나."

묘한 덕담이다.

학문의 제목

정심(正心)과 성의(誠意)는 혈맥과 같고, 효제(孝悌)와 충신(忠信)은 골육과 한가지다. 이것은 신체에 해당한다. 예악(禮樂)과 형정(刑政)은 문무(文武)의 꾀와 지략이니 이것이야말로 학문의 제목이다. 매 걸음마다 모름지기 쓸 곳을 생각해야 한다.

正心誠意如血脈, 孝弟忠信如骨肉. 此則身體也. 禮樂刑政, 文武謨略, 方是學問之題目. 步步須思用處.

― 《열상필첩(洌上筆帖)》

● ●

정심성의의 공부와 효제충신의 실행이 사람의 신체를 구성하는 살과 뼈와 혈맥에 해당한다면, 육예의 학문인 예악형정은 문무의 지혜를 펼치는 양 날개와 같다. 신체를 위하는 공부는 누구나 기본적으로 하지 않을 수 없고, 여기에 육예의 공부가 더해져야만 비로소 현실에 나아가 제 역량을 발휘할 수가 있다. 그야말로 공부하는 사람이 제목으로 들고서 놓지 말아야 할 바탕 공부다. 매번 글을 읽을 때마다 실제의 쓰임을 가늠하면서 배워 익힌다면 큰 힘이 되어줄 것이다. 이 공부를 우습게 알아 치지도외한다면 그야말로 촌구석의 학구(學究)로 늙게 될 뿐이다. 명심하기 바란다. 육예의 학습을 중시한 내용이다.

자신을 돌아보고 안목을 넓혀라

열 집 사는 고장에서 우뚝하다 해도 그가 도달한 바를 징험하기에 부족하다. 학문이란 모름지기 사해(四海)와 구주(九州)의 안목을 가지고서 자기에게 돌이켜보아야 한다. 또 천하의 책을 더욱 읽어서 스스로에게 물을 대주어야 한다.

> 雄於十家之鄉, 未足以驗其所到. 學問須將四海九州之眼目, 以反觀
> 自己. 且益讀天下之書, 以自灌也.
>
> - 《열상필첩》

••

열 집 사는 작은 마을에서 최고의 기림을 받는다 해서 자족해서는 안된다. 학문은 사해와 구주를 눈 안에 넣고, 자신에게 비추어 반관(反觀)할 수 있어야 한다. 그것만으로도 부족하다. 천하의 책을 더욱 부지런히 읽어서 자신을 살피고 돌아보지 않으면 안 된다. 공부에는 끝이 없다. 시골에서 대장 노릇하는 것이 무에 그리 자랑스럽겠는가? 크고 툭트인 안목은 서책 속에 광대하게 열려 있다. 현재 내가 있는 위치는 중요하지 않다. 자족과 자만의 마음이 내 속에 들어앉는 순간 모든 것이 끝이다. 끊임없이 자신을 돌아보고 안목을 넓혀야 한다.

남들이 알아볼까 겁나는 사람

남들이 나를 알아주지 않음을 근심치 말고, 알 수 있게 할 것을 구해야 한다. 성인(聖人)이 남에게 선을 권면함은 이와 같다. 지금 사람은 세상을 속이는 데만 오로지 힘을 쏟는다. 세상을 속이는 자는 오직 남이 자기를 알아볼까 봐 염려한다.

> 不患人之不己知, 求爲可知也. 聖人善勸人如是也. 今人專務欺世. 欺
> 世者, 唯恐人之知己也.
>
> —《열상필첩》

• •

남이 나를 알아주지 않을까 근심할 시간에 남들이 나를 알 수 있게끔 나의 수준을 높이는 노력을 더 기울이는 게 맞다. 옛 성인은 사람을 이렇게 고무시키고 북돋웠다. 지금 사람은 어떤가? 세상의 안목을 속여서 실상과 달리 이름이 높아지고 명예가 커지기만을 추구한다. 이런 사람일수록 남이 나를 알아보는 것을 꺼린다. 금세 들통이 날까 겁이 나기 때문이다. 설령 온 세상을 다 속여서 명성이 더없이 높아진다 한들, 나

다산의 제자 교육법

자신에게 떳떳하지 않다면 그것이 무슨 소용이겠는가?

이 같은 말 속에는 영남 학계의 편협한 태도에 대한 다산의 부정적 시선이 깔려 있다. 동족 집단을 단위로 한 문호의 폐쇄성으로 말미암아 외부에 대해 배타적이고, 공부 또한 폭이 넓지 않은 데다 독선적이기까지 한 성향을 의식해 조성복에게 지속적인 충고를 아끼지 않았다.

정복을 누려라

선비가 이 세상에 나서 이왕에 경전을 펼치고 책을 붙들어 사흘 낮 동안의 경연(經筵)에서 자신의 마음을 열어 임금의 마음을 적실 수 없고, 또 나라의 전형(銓衡)을 관장하고 나라의 세금을 맡아 나라의 안녕을 넉넉하게 할 수 없다면, 혹 산이 수려하고 물 깊은 곳에다 초가 정자 몇 칸을 엮고서 서가에는 책 수천 권을 꽂아두고, 연못을 파서 돌을 쌓아 꽃을 모종하고 과실나무를 심는다. 집 안에는 좋은 거문고 한 장과 바둑판 하나, 좋은 술 한 병을 놓아두고, 손님이 오면 기쁘게 한 차례 취하는 것도 또한 맑은 복이다.

士生斯世, 既不能橫經執冊, 啓沃三晝之筵, 又不能掌邦銓, 治邦賦,
以裕國安. 或當於山明水紺之處, 結草亭數架, 揷架書數千卷, 鑿池砌
石, 蒔花種果, 齋中置名琴一張, 棋一盤, 芳醞一缾, 客至歡然一醉,
亦淨福也.

－《열상필첩》

다산의 제자 교육법

••

　선비가 세상에 나서 과거에 급제하여 벼슬길에 올라 나라를 위해 품은 포부를 한껏 펼칠 수 없다면 어찌해야 할까? 산 높고 물 맑은 곳에 초가집을 짓고, 수천 권의 책을 갖추어 꽂아둔다. 연못을 파고 돌을 쌓아 꽃과 과수를 심어 가꾼다. 방 안에는 거문고와 바둑판을 놓아둔다. 손님이 불쑥 찾아오면 거문고를 뜯고 바둑을 두다가 한 병 술로 기쁘게 취하며 고금의 학문을 논한다면 이 또한 맑은 삶이라 할 수 있다.

　다산은 다른 글에서 청복(清福)과 열복(熱福)을 견주면서 은사의 욕심 없는 삶인 청복은 얻기가 어렵고, 벼슬길에서 누리는 열복은 오래가지 못하고 금방 사라지는 허망한 것이라고 말한 적이 있다. 이 글에서 말한 정복(淨福)은 청복과 한가지 의미로 썼다.

지극한 도리

제 몸 위함 진실로 잘못 아니나　　　　　　謀身良非誤
도 꾀함에 허물이 많게 된다네.　　　　　　謀道殊多愆
나와 함께 나란히 이를 마시며　　　　　　與我共飮此
잔을 멈춰 하늘에 물어보세나.　　　　　　停盃一問天
지극한 도리는 가려짐 없이　　　　　　　　至道無隱奧
환하게 눈앞에 펼쳐져 있네.　　　　　　　　曬曬在眼前

―《잡언송철선환》

●●

　1구의 '모신(謀身)'은 제 몸을 위해 무언가를 꾀하는 것을 말한다. 그
것을 굳이 나쁘다 할 수는 없겠지만, 크게 보면 '모도(謀道)', 즉 도를 향
해 나아가는 길에는 허물이 되기가 쉽다. 그러니 구도의 길을 걷는 그
대들은 제 몸을 위하는 대신 도를 향한 일념으로 정진해야 마땅하다.
자! 이제 나와 함께 한잔 술을 마시며 하늘에 물어보기로 하자. 지극한
도리는 감춰져 숨김이 없다. 명명백백하다. 명명백백한 길이 눈앞에 환
하니, 그 길을 걷지 않고 어느 길을 가겠는가?

4장

공부법

공부는 어떻게 해야 하나? 독서의 바른 태도는 어때야 하나? 《논어》를 포함해 각종 고전은 어디에 주안을 두어 읽어야 할까? 배우는 사람이 갖춰야 할 미덕은? 어떤 책을 읽고, 어떤 책을 버려야 하나? 공부는 부지런히 하면 된다. 고전을 읽는 데도 순서가 있다. 글씨 공부도 필요하고, 편지 한 장을 쓰는 데도 예절이 요구된다. 이런 것들이 하나둘 쌓여서 인간의 교양을 구성한다. 베짱이 공부를 버리고, 지름길만 찾으려는 조급함을 버려야 더 빨리 간다. 기본기를 갖추면 속도가 붙지만, 속도만 내려 들면 방향마저 잃고 만다.

부지런하고, 부지런하고, 부지런하라

내가 산석(山石)에게 문사 공부할 것을 권했다. 산석은 머뭇머뭇하더니 부끄러운 빛으로 사양하며 이렇게 말했다.

"제가 세 가지 병통이 있습니다. 첫째는 둔한[鈍] 것이요, 둘째는 막힌 [滯] 것이며, 셋째는 답답한[戞] 것입니다."

내가 말했다.

"배우는 사람에게 큰 병통이 세 가지 있는데, 네게는 그것이 없구나. 첫째, 외우는 데 민첩하면 그 폐단이 소홀한 데 있다. 둘째로 글짓기에 날래면 그 폐단이 들뜨는 데 있지. 셋째, 깨달음이 재빠르면 그 폐단은 거친 데 있다. 대저 둔한데도 들이파는 사람은 그 구멍이 넓게 된다. 막혔다가 터지게 되면 그 흐름이 성대해지지. 답답한데도 연마하는 사람은 그 빛이 반짝반짝 빛나게 된다. 뚫는 것은 어떻게 해야 할까? 부지런히 해야 한다. 틔우는 것은 어찌하나? 부지런히 해야 한다. 연마하는 것은 어떻게 할까? 부지런히 해야 한다. 네가 어떻게 해야 부지런히 할 수 있을까? 마음을 확고하게 다잡아야 한다."

余勸山石治文史, 山石逡巡有愧色而辭曰:"我有病三. 一曰鈍, 二曰

滯, 三曰戛." 余曰: "學者有大病三. 汝無是也. 一敏於記誦, 其敝也
忽. 二銳於述作, 其敝也浮. 三捷於悟解, 其敝也荒. 夫鈍而鑿之者,
其孔也濶, 滯而疏之者, 其流也沛, 戛而磨之者, 其光也澤. 曰鑿之奈
何, 曰勤. 疏之奈何. 曰勤. 磨之奈何. 曰勤. 曰若之何其勤也. 曰秉心
確."

-〈증산석(贈山石)〉

• •

다산 정약용이 강진 읍내 시절 제자 황상에게 써준 글이다. 이제 막
새 배움을 시작하는 제자를 앉혀놓고 스승은 "열심히 공부하라."고 말
한다. 제자는 "선생님, 저처럼 아둔하고 꽉 막히고 융통성 없는 사람도
정말 공부할 수 있을까요?"라고 조심스레 되묻는다.

스승의 대답은 이러했다.

"공부는 꼭 너 같은 사람이 해야 한단다. 문제는 아둔하고 꽉 막히고
융통성 없는 것이 아니고, 민첩하고 예리하고 재빠른 데 있지. 빨리 잘
외우는 아이는 제 머리를 믿고 대충 하고 만다. 글을 잘 짓는 아이는 제
글 솜씨를 뽐내느라 ·생각이 자꾸 들뜨게 되지. 이해가 빠른 아이는 끝
까지 파고들지 않고 대충 넘겨짚는 버릇이 있다. 이렇게 되면 큰 공부는
못하고 만다. 너는 둔하다고 했지? 너 같은 아이가 성심으로 들이파면
큰 구멍이 어느 순간 뻥 뚫리게 된단다. 앞뒤가 꽉 막혔다고 했니? 막
혔다가 툭 터지면 봇물이 터진 것처럼 거침없게 되겠지. 융통성이 없다
고? 처음엔 울퉁불퉁해도 부지런히 연마하면 반짝반짝 빛나게 된다. 그
렇게 되려면 어찌해야 할까? 부지런하고, 부지런하고, 부지런하면 된다.
어떻게 부지런히 하느냐고 묻는 게냐? 마음을 확고히 다잡으면 된다."

다산의 제자 교육법

학질 멎는 노래

화담옹은 종기 째도 찌푸리지 않았고　　　　割疔不顰花潭翁
가려움 참고 긁지 않음 권공(權公)을 일컫는다.　忍疥不爬稱權公
너는 더욱 어린데도 학질에도 안 누우니　　　汝更少年瘧不臥
굳센 의지 앞선 분을 뒤쫓기에 충분하다.　　執志頗足追前功
내가 처음 귀양 와서 이 병에 걸렸는데　　　我初南投罹此疾
소리치며 끙끙 앓기 어린아이 같았었지.　　叫嚎懊憹如孩童
괴론 비에 찬 바람이 살과 뼈를 파고들고　　苦雨凄風逼肌髓
찌는 더위 여름날에 겹이불만 생각했네.　　炎天暑月思重被
손톱도 검어지고 입술 점차 파래져서　　　指爪漸黑脣漸青
다듬이질하는 소리 이 사이로 들렸었지.　　已聞砧杵生牙齒
장사도 제 주먹을 감히 펴지 못 하였고　　壯士不敢伸其拳
학자도 무릎 꿇기 능히 지탱 못 했다네.　　理學不能支其跪
타고난 네 정신이 오롯이 엉겨 있어　　　汝乃天然神采凝
다시 능히 붓을 잡고 번거로이 베껴 쓴다.　復能捉筆煩鈔謄
파리 대가리 가는 글자 네댓 쪽을 쓰는데도　蠅頭細字四五葉
점획이 생동하여 덜덜 떨림 하나 없네.　　點畫跳動無凌兢

훗날의 성취야 말을 할 게 뭐 있겠나   他年成就且休說
이 일 보면 나보다도 한층 더 높겠구나.   卽事視我高一層
큰 소가 자빠져도 너는 묻지 아니하니   大牛立斃汝不問
성질을 타고나서 배워서 됨 아니로다.   性質有然非由訓
괴론 공부 마땅히 한 말 식초 마심이니   苦工宜從吸斗醋
날랜 뜻 어이해 해진 솜을 부끄리랴.   勇志豈肯羞敝縕
원컨대 너 노력해서 문사를 전공하여   願汝努力攻文史
우주의 만사를 네 것으로 만들려무나.   宇宙萬事皆己分

—〈절학가(截瘧歌)〉

••

1804년 4월, 열일곱 살이던 황상이 학질에 걸려 큰 고생을 할 때 써준 시다. 학질에 걸려 한번 한기가 들면 오뉴월에 이가 딱딱 부딪칠 정도로 오한이 나서 솜이불을 뒤집어쓰는 것 외에는 아무 일도 할 수가 없었다. 그런데 황상은 학질을 앓으면서도 공부를 멈추지 않았다. 그 모습을 지켜보던 다산은 제자의 학질이 뚝 떨어지라는 바람을 담아 〈절학가〉, 즉 학질 끊는 노래를 지어주었다. 시로 써준 증언인데 다산의 문집에는 빠지고 없다.

화담 서경덕 선생은 곪은 종기를 칼로 째도 인상을 찌푸리지 않았다. 권공은 옴이 옮아 견딜 수 없는 가려움을 끝까지 긁지 않고 참자 마침내 옴이 제풀에 물러갔다. 글 속의 권공은 누군지 알 수 없다. 이런 일을 옛사람에게서만 볼 줄 알았더니 뜻밖에 네게서 보게 될 줄 몰랐다. 너는 아직 어린데 학질에 걸리고도 자리에 눕지 않고 공부를 계속하는구나.

다산의 제자 교육법

내가 귀양을 오자마자 학질에 걸려보아 그 고통을 잘 안다. 아이처럼 끙끙대며 소리를 질러댔었지. 비라도 오면 찬바람이 살과 뼈에 파고드는 것만 같았다. 불볕더위 속에서도 솜이불 생각이 간절할 때면 아랫니와 윗니가 부딪치는 소리가 마치 다듬이질하는 소리 같았다. 이는 힘센 장사가 주먹을 쓸 수 없고, 근엄한 학자가 무릎을 꿇고 책을 읽을 수도 없게 만드는 극심한 고통이다.

그런데 너는 그 극심한 고통을 견디며 다시 붓을 잡고 베껴 쓰기를 계속하는구나. 파리 대가리만 한 작은 글자를 몇 장씩 쓰면서도 필획 하나도 떨림이 없구나. 산석아! 너 참 대단하다. 나도 못 견뎌 소리를 지르며 괴로워한 학질이 네 앞에선 아무 소용이 없구나. 그러니 너는 훗날 나보다 훨씬 훌륭한 사람이 될 것이 틀림없다. 그 같은 성품은 타고난 것이어서 배운다고 될 일이 아니다. 지금처럼 계속 노력해서 문사(文史) 공부에 힘을 쏟으렴. 그렇게 하면 안 될 일이 없다. 못 할 일이 없게 된다. 산석아!

큰 소리로 책을 읽지 마라

독서는 큰 소리로 읽는 것을 가장 꺼린다. 든 것 없이 허세를 부리고 들떠 조급한 것은 덕을 망치는 기틀이다. 차분히 가라앉혀 꼼꼼히 읽어야 기억되어 남는 것이 많아지고, 삼가고 묵직하게 해야 자질이 아름다워진단다. 너는 경계하도록 해라. 예(禮)에게 준다.

> 讀書最忌閧聲. 虛憍浮躁, 敗德之機也. 安靜縝密, 記含乃富, 恭謹重
> 厚, 資質乃美. 戒之哉小子. 贈禮.
>
> —〈독서법증례(讀書法贈禮)〉

● ●

예(禮)는 원례(元禮)의 약칭으로 윤종진의 아이 적 이름이다. 윤종진은 지기 싫어하는 성격이었던 모양이다. 책을 읽을 때면 자꾸 목청이 높아졌다. 건성건성 읽어 뜻도 새기지 못하면서 형들에게 안 지려고 자꾸 소리로 기세를 올리려 들었다. 스승은 그의 목소리에서 허교부조(虛憍浮躁), 즉 속이 빈 허세와 들뜬 조급함을 바로 읽어냈다. 그러고는 그 처방으로 안정신밀(安靜縝密)과 공근중후(恭謹重厚)의 가르침을 내려주

다산의 제자 교육법

었다. 안정은 기운을 가라앉혀 고요한 상태이고, 신밀은 대충 읽지 않고 꼼꼼히 하나하나 따져가며 읽는 태도다. 공근은 공손하여 삼가는 자세를, 중후는 묵직한 무게감을 일컫는다.

"책은 네 내면을 충실하게 하려 함이지, 남에게 보여주기 위함이 아니다. 그런데 어째서 자꾸 목청만 높여대는 게냐? 가뜩이나 들뜬 기운이 그 소리를 타고 다 빠져나간다. 차분해야 한다. 꼼꼼히 읽어야 한다. 묵직해야 한다. 삼가는 마음가짐을 잊어서는 안 되지. 그래야 네 안에 쌓이는 것이 있어 바탕을 아름답게 변화시킬 수가 있는 법이다. 명심하거라."

베짱이 공부

피곤해 누웠지만 긴 밤 지겹네   倦枕厭長夜
작은 창엔 먼동도 아니 트누나.   小窗終未明
외론 마을 개 한 마리 짖어대는 건   孤村一犬吠
잔월에 몇 사람이 지나는 게지.   殘月幾人行
쇠한 터럭 진작 희게 변했다지만   衰髮久已白
나그네 마음은 절로 해맑다.   旅懷空自淸
거친 동산 베짱이는 울어대는데   荒園有絡緯
헛되이 짜기만 해선 무얼 이룰까?   虛織竟何成

                              －〈증원례(贈元禮)〉

●●

불면으로 지새는 유배객의 심사를 담았다. 낮엔 온종일 공부와 강학
으로 시간을 보낸다. 밤들어 피곤한 몸을 베개에 누이지만 밤은 길고
정신은 또랑또랑하다. 창밖은 여전히 깊은 어둠에 잠겨 있다. 먼 마을
의 개 짖는 소리, 이 새벽에 누군가 길 위에 있나 보다. 터럭은 희게 센
지 오래다. 오랜 나그네 생활에도 마음만은 투명하게 맑다. 베짱이가

다산의 제자 교육법

찌익 짝 찌익 짝 베 짜는 소리를 내며 밤을 새워 운다. 얘, 베짱이야! 그저 입으로만 베를 짜서야 무슨 소용이 있겠니? 행동으로 옮기고 실천해야지. 이 마지막 두 구절 때문에 자칫 신세타령에 그치고 말았을 푸념이 제자에게 주는 스승의 가르침으로 변했다.

"입으로만 짜는 베는 입을 수가 없다. 직접 베틀에 앉아 북을 열심히 움직여야 옷감이 되는 법이다. 마찬가지로 소리 내서 책을 읽는다고 능사는 아니란다. 배운 것을 자기 것으로 소화할 수 있어야지. 베짱이가 저렇듯 밤새 입으로 베를 짜도 추운 겨울이 오면 손에 쥔 것이 아무것도 없다. 너는 개미같이 공부하거라. 밤을 새워 읽고 새겨 나날이 발전하고 날마다 성장해야 한다."

윤종진은 스승의 이 같은 가르침에 감격해 평생 마음에 새겨 실천했다. 다산초당 출신 제자 중에는 윤자동(尹玆東)과 그만이 진사에 올랐다. 다산이 윤종진에게 〈순암호설〉을 써준 이듬해 해배되어 고향 마재로 올라간 뒤에도 그는 서울 길을 오가며 공부를 계속했고, 충직하게 스승의 뒷바라지를 했다.

《논어》 읽는 방법

인간 세상은 몹시도 바쁜데, 너는 늘 동작이 느리고 무겁다. 그래서 일 년 내내 서사(書史)의 사이에 있더라도 거둘 보람은 매우 적다. 이제 내가 네게 《논어》를 가르쳐주겠다. 너는 지금부터 시작하도록 하되, 마치 임금의 엄한 분부를 받들듯 날을 아껴 급박하게 독책(督責)하도록 해라. 마치 장수는 뒤편에 있고, 깃발은 앞에서 내몰아 황급한 것처럼 해야 한다. 호랑이나 이무기가 핍박하는 듯이 해서 한순간도 감히 늦추지 말아야 할 것이다. 오직 의리만을 찾아 헤매고, 반드시 마음을 쏟아 정밀하게 연구해야만 참된 맛을 얻을 것이다.

人世甚忙, 汝每動作遲重. 所以終歲書史之間, 而勳績甚少也. 今授汝 魯論, 汝其始自今. 如承王公嚴詔, 刻日督迫, 如有將帥在後, 麾旗前 驅, 遑遑汲汲. 如爲虎狼蛟龍所逼迫, 一瞬一息, 無敢徐緩. 唯義理尋 索, 必潛心精硏, 乃得眞趣.

— 《총지금첩》

이 글에는 〈시의순독서법(示意洵讀書法)〉이란 제목이 따로 달려 있다. 초의와 새롭게《논어》공부를 시작하면서 다짐 삼아 써주었다. 글을 쓴 시점은 1813년 10월 19일이다. 다산이 초의에 대해 모든 점에서 흡족해했던 것은 아니다. 초의는 다산에게 독특한 캐릭터였다. 머리는 대단히 총명한데 좀체 적극적으로 달려들려 하지 않고 주춤대고 머뭇거렸다. 주변의 입질도 있고, 승려로서 유가 경전 공부에 매진하는 것이 아무래도 꺼려져서 그랬을 것이다. 그래서 다산이 한마디 했다.

"잘 듣거라. 바쁜 세상에 너처럼 굼뜨고 미적거리기만 해서야 무슨 공부를 할 수가 있겠느냐. 손에 책을 들고 있다고 그게 공부가 아니다. 그러면 아무 보람이 없지. 이제 우리는《논어》공부를 시작할 것이다. 정신을 바짝 차리고 적극적인 태도로 임하지 않으면 아예 시작조차 안 하느니만 못하다. 임금의 지엄한 분부를 받들어 날을 헤아려가며 독려하고 재촉하듯 해야 한다. 무서운 장수가 뒤에서 눈을 부릅뜨고 앞에서는 깃발을 휘두르며 돌격을 명령해 숨 돌릴 틈도 없는 듯 다급한 마음을 지녀야 한다. 뒤에서 호랑이가 너를 물어뜯으려고 달려들고 이무기가 날카로운 이빨로 너를 삼키려 한다고 생각해보거라. 잠깐만 방심하면 그것으로 끝이다. 오로지 대체 무슨 뜻일까? 무슨 말을 하려고 한 거지? 이렇게 볼 수는 없을까? 이렇듯이 경전의 한 구절 한 구절을 곱씹고 되새겨 온전히 네 것으로 만들어야만 한다. 공부에는 대충과 느긋은 없다. 남들 하는 만큼이란 말도 없다. 목숨 걸고 공부해도 될까 말까다. 지금 같은 자세로는 아예 시작도 하지 마라."

배우는 사람이 갖춰야 할 세 가지 미덕

배우는 사람은 반드시 혜(慧)와 근(勤)과 적(寂) 세 가지를 갖추어야만 성취함이 있다. 지혜롭지 않으면 굳센 것을 뚫지 못한다. 부지런하지 않으면 힘을 쌓을 수가 없다. 고요하지 않으면 오로지 정밀하게 하지 못한다. 이 세 가지가 학문을 하는 요체다.

> 學者必具慧勤寂三者, 乃有成就. 不慧則無以鑽堅; 不勤則無以積力;
> 不寂則無以顯精. 此三者, 爲學之要也.
>
> ─《총지금첩》

●●

위학삼요(爲學三要), 즉 공부하는 사람이 반드시 지녀야 할 덕목 세 가지를 꼽았다. 혜(慧)·근(勤)·적(寂)이 그것이다. 지혜는 어찌 얻어지는가? 찬견(鑽堅), 즉 굳세고 단단한 것을 마침내 뚫어내는 집중이 필요하다. 여기에 부지런함을 더해야 적력(積力), 곧 힘이 축적된다. 다시 고요한 사색을 통해 전정(顯精), 즉 정밀함을 보태야 한다.

슬기와 노력에 더해 고요한 내면의 성찰이 없힐 때 공부는 비로소 빛

다산의 제자 교육법

난다. 다산은 다른 글에서 정존(靜存)과 동찰(動察)의 상호작용을 언급한 적이 있는데, 고요한 사색으로 공부한 것을 마음에 간직해두고, 일상의 행동에서 이를 살펴 적용하라는 취지다. 글에서는 승려인 초의를 배려해서 일부러 불교에서 즐겨 쓰는 용어를 끌어왔다.

더디 가는 지름길

글에는 많은 종류가 있다. 과문(科文)이 가장 어렵고, 이문(吏文)이 그 다음이다. 고문(古文)은 쉽다. 그러나 고문의 지름길을 통해 들어가는 사람은 이문이나 과문은 따로 애쓰지 않아도 파죽지세와 같다. 과문을 통해 들어가는 사람은 벼슬하여 관리가 되어도 공문서 작성에 모두 남의 손을 빌려야 한다. 서문이나 기문, 혹은 비명(碑銘)의 글을 지어달라는 사람이 있으면 몇 글자 쓰지도 않아 이미 추하고 졸렬한 형상이 다 드러나 버린다. 이로 볼 때 과문이 정말 어려운 것은 아니다. 하는 방법이 잘못되었을 뿐이다.

내가 예전에 아들 학연에게 과시를 가르쳤다. 먼저 한위(漢魏)의 고시부터 하나하나 모의하게 하고 나서 점차 소동파나 황산곡의 문로를 알게 했다. 그랬더니 수법이 점점 매끄러워지는 것을 알 수 있었다. 그에게 과시 한 수를 짓게 했더니, 첫 번째 작품에서 이미 여러 선생의 칭찬을 받았다. 그 뒤로 남을 가르칠 때도 이 방법을 썼더니 학연과 같지 않은 경우가 없었다. 가을이 깊으면 열매가 떨어지고, 물이 흐르면 도랑이 이루어짐은 이치가 그러한 것이다. 너희는 모름지기 지름길을 찾아서 가야지, 울퉁불퉁한 돌길이나 덤불이 우거진 속으로 가서는 안 된다.

文有多種, 而科文最難, 吏文次之, 古文其易者也. 然自古文蹊徑入頭者, 卽吏文科文不復用功, 勢如破竹. 自科文入頭者, 仕而爲吏, 判牒皆藉人手. 有求序記碑銘者, 不數字已醜拙畢露. 由是觀之, 非科文之果難, 而爲之失其道爾. 余昔教子淵科詩, 先從漢魏古詩, 寸寸摸擬, 漸識蘇黃門路, 覺手法稍滑. 令作科詩一首, 初篇已被諸先生奬詡. 後來教人用此法, 無不如淵也者. 秋熟子落, 水到渠成, 理所然也. 諸生須求捷徑去, 勿向犖确藤蔓中去.

－〈다산의 제생을 위한 증언〉

●●

빨리 가는 길이 지름길은 아니다. 언뜻 보아 돌아가는 것처럼 보이는 길이 진짜 지름길이다. 당장에는 빨라 보여도 아무 성취가 없는 것은 지름길이 아니라 돌길이다. 사람은 바른길로 가야지 곁길로 새면 안 된다. 곁길은 빨라 보여도 결국은 뒤얽혀 길을 잃고 헤매게 만든다. 과문은 과거장에서 쓰는 글이다. 실용과는 거리가 있다. 이문은 아전들이 행정 실무에 쓰는 실용문이다. 요령만 있으면 된다. 고문은 삶의 지혜가 담긴 말씀이다. 배우기는 고문이 가장 쉽다. 과거를 준비하는 사람은 과문만 공부한다. 고문을 공부하라고 하면 시험에 안 나오는데 왜 하느냐고 되묻는다. 고문을 열심히 익히면 과문은 저절로 잘 써진다. 과문에만 힘을 쏟으면 고문도 안 되고 과문도 안 된다.

글은 테크닉으로 쓰는 것이 아니라 정신으로 쓴다. 테크닉을 아무리 익혀도 정신의 뒷받침이 없이는 한 줄도 쓸 수가 없다. 과문을 배우는 지름길은 고문을 천천히 익히는 것이다. 좋은 글을 쓰려면 먼저 생각의 힘을 길러라. 글쓰기의 기술과 잔재주를 익히는 것은 별 도움이 안 된다. 기본기를 충실히 닦아라. 나머지는 저절로 따라온다. 바탕 공부에는 힘 쏟지 않고 요령만 익히려 드는 제자들에게 진정한 지름길은 기본에 충실한 공부일 뿐임을 훈수한 내용이다.

한때 장난으로 지은 《천자문》

주흥사(周興嗣)의 《천자문(千字文)》은 서거정의 《유합(類合)》만 못하다. 대개 서거정이 지은 것에는 그래도 《이아(爾雅)》와 《급취편(急就篇)》의 남은 뜻이 있다. 《천자문》은 한때 장난으로 지은 것이요, 글자의 갈래에 따라 분류해서 모은 것이 아니어서 어린이에게 가르쳐서는 안 된다.

周興嗣千文, 不如徐居正類合. 盖徐所作猶有爾雅急就之遺意, 千文
卽一時戲作, 非以族聚, 不可訓蒙者也.

－〈교치설(敎穉說)〉

●●

《천자문》에 대한 비판이다. 《천자문》은 글자를 처음 배우는 학동이 공부를 시작하는 입문서로 전 국민의 사랑을 받은 책이다. 지금도 한자 공부 하면 바로 떠올리는 책이 《천자문》이다. 귀한 자녀를 얻으면 돌 상에 이 책을 올렸다. 할아버지는 손자가 영특한 자질을 타고나 훌륭한 학자가 되라고 천인천자문(千人千字文)을 어렵사리 마련하기까지 했다. 천인천자문이란 한 사람당 한 글자씩 1천 명에게 쓰게 하고, 그 옆이나 아래에 서명 날인까지 받은 책이다. 이렇게 하면 그 1천 명의 지혜와 식견이 그 책을 통해 공부하는 자손에게 그대로 옮겨올 것으로 믿었다.

다산의 글은 이《천자문》의 권위를 해체하는 것으로 시작한다.《천자문》을 한때 장난으로 지은 책이라고 한마디로 잘랐다. 또 어린이용 교재로 절대 써서 안 되는 이유를 글자가 계통별로 정돈되지 않고 뒤죽박죽인 점에서 찾았다.《천자문》을 쓸 바에는 차라리 서거정(徐居正, 1420~1488)이 엮은《유합》이 훨씬 훌륭한 교재라고 보았다.《유합》은 제목 그대로 종류별로 묶어서 합쳐둔 책이다. 보통은《천자문》을 익힌 뒤에 배우는 어린이용 교재다. 모두 1,515자를 수록해 의미에 따라 수목(數目)·천문(天文)·중색(衆色) 등으로 구분하고 네 글자씩 짝을 맞춰 한글 새김과 독음을 달았다. 다산은 이 책이 고대 중국의 학습서인《이아》와《급취편》의 정신을 계승했다고 보았다.

《사략》 대신 《소학》을

증선지(曾先之)의 《사략(史略)》은 주고정(朱考亭)의 《소학(小學)》만 못하다. 《사략》은 첫 장부터 이미 이치에 닿지 않는 이야기가 나오니, 일상으로 살펴 속임이 없어야 한다는 뜻과 거리가 멀다. 《소학》은 고례(古禮)와 명언을 수집한 것이라, 참으로 예전 어린이들을 가르치던 옛 경전과 관계가 깊다. 가벼이 여겨 어겨서는 안 된다.

曾先之史略, 不如朱考亭小學. 史略首一章, 已屬誕罔, 非常視毋誑之
義. 小學鳩輯古禮名言, 眞係古昔敎授蒙穉之舊典, 不可輕違者也.
─〈교치설〉

●●

다산은 《십팔사략(十八史略)》으로 알려진 책을 교재에 포함시키는 대신 주자가 지은 《소학》으로 가르칠 것을 주문했다. 《사략》 또한 어린이가 중국 역사를 배우는 기초 교재로 가장 각광받았던 책이다. 어쩌자고 다산은 당시 배움을 시작하는 어린이들에게 가장 기초적이었던 교재를 부정하는 것으로 자녀 교육의 훈수를 시작했을까?

증선지의 《사략》은 원나라 때 나왔다. 상고 시대부터 남송에 이르는 18대의 역사를 상하 두 책에 담았다. 내용이 간명하면서도 문장이 정채로워 오랜 세월 사랑을 받았다. 후대로 오면서 주석가들의 풀이가 붙어 명나라 때 더욱 성행했고, 일본에서도 역사 교재로 오랜 세월에 걸쳐 각광을 받았다.

다산이 이 책에서 문제 삼은 것은 첫머리의 천황씨니 지황씨니 인황씨니 하는 상고의 제왕 이야기부터 황당하기 짝이 없고, 원회운세(元會運世)처럼 개념조차 종잡을 수 없는 내용을 말하고 있어 조직적인 사고와 합리적인 이성을 길러줄 수 없다는 점이었다.

견식을 앗아가는《통감절요》

　　강용(江鎔)의《통감절요(通鑑節要)》는《시경》의 국풍(國風)·소아(小雅)
나《논어》·《맹자》·《대학》 등만 못하다. 강씨는 학문이 없고, 세상에서는
의원으로 이름났을 뿐이다. 그가 엮은《통감절요》란 책은 거짓으로 주자
의《통감강목》의 의례(義例)를 끌어왔으나, 실제로는 온공(溫公)의《통
감》의 필법을 그대로 따랐기에 식자들이 병통으로 여긴 지가 오래다.

　　장차 맛난 고기가 비록 훌륭해도 두 번만 먹으면 물려버리고, 고운 노
래가 듣기 좋아도 자주 들으면 하품이 나게 되는 법이다. 열다섯 권, 1천
여 쪽 분량의 책을 읽는 데 5~6년의 세월을 흘려보내고 나면, 비록 의지
가 굳센 자라 해도 지치지 않을 수가 없다. 아이들이 글과 원수지간이 되
고 마는 것은 대부분 이 책이 그렇게 만든 것이다. 옛사람 중에 어려서부
터 지혜로운 자는 4~5세 때 이미《논어》와《모시(毛詩)》를 읽는다. 아이
가 비록 노둔하다 해도 나이가 열 살이 넘었다면 어찌 이를 읽을 수 없겠
는가? 몇 달을 읽고 나서는 새로운 맛으로 바꿔주는 것, 이것이 슬기로움
을 일깨우는 방법이다.

　　항우와 패공의 일을 출제해놓고 그들에게 운자를 갖추지 않은 시를 짓
게 하는 것은, 오언고시를 짓게 하되 삼가 옛 법도를 지키게 하는 것만 못

하다. 대저 유방과 항우의 일은 세상 교화와는 아무 상관이 없는데 아이들이 글쓰기로 경쟁하면서 눈썹을 뻗치고 팔뚝을 부르걷으며 미친 듯 취한 듯 일생토록 이같이 찬양하는 글만 짓게 하니, 어찌 견식이 생겨나겠는가? 소동파와 이백, 도연명과 사령운, 포조와 심약의 작품이 방책(方冊)에 실려 있으니, 그 법도를 따라서 헤아린다면 도가 멀지 않음을 알 수가 있다. 어찌 괴롭게 진흙탕에서 골몰하게 한단 말인가.

江鎔通鑑節要, 不如國風小雅論語孟子大學之等. 江氏無學, 世以醫名而已. 所撰節要之書, 僞冒朱子綱目之義例, 實沿溫公通鑑之筆法, 識者病之久矣. 且珍饌雖美, 再食未有不厭. 豔歌雖歡, 屢聽未有不欠申. 十五卷千數百葉, 消了五六年光陰, 雖剛靱者不能不倦. 童稚與文爲讐, 未必非此書所爲也. 古人夙慧者, 四五歲已讀論語毛詩. 兒子雖鹵鈍, 年過十齡, 豈不能讀之? 讀之數月, 易以新味, 此喚惺惺法也. 以項羽沛公事出題, 令作不韻之詩, 不如作五言古詩, 謹蹈古轍. 大抵劉項之事, 不關世敎, 童習白紛, 撐眉扼捥, 如狂如醉, 一生爲此贊述, 抑何見識. 蘇李陶謝鮑沈之作, 布在方冊, 循矩絜矱, 知不遠道, 何苦汨沒於泥淖哉.

－〈교치설〉

● ●

 사마광이 지은 방대한 편년체 역사서인 《자치통감》을 송나라 때 강지(江贄)가 간추려 엮었다. 조선시대 선비치고 이 책을 읽고 외우지 않은 이가 없었을 만큼 중시되던 역사책이다. 사서삼경도 이보다 널리 읽히지는 않았다. 그런데 다산은 이 책의 가치도 싸늘하게 부정했다.

다산의 제자 교육법

선을 가로막는 것

선을 가장 가로막는 것이 있다. "부모에게 효도하고 형제간에 우애로우면 그것이 바로 학문이니, 어이 굳이 겉으로 드러내어 기치를 세운 뒤에야 군자라 하겠는가?"라는 말이 그것이다. 이 말이 지극히 온당하고 이치에 맞는 것 같지만 사실은 그렇지가 않다. 이 사람의 마음속에는 선을 즐거워하여 앞으로 나아가려는 뜻이 없으니 어찌 효성과 우애를 할 수 있겠는가? 명분이 바르게 선 뒤에 일이 이루어지는 것일 뿐이다. 이는 자하(子夏)가 어진 이를 어질게 여기기를 여색을 좋아하는 것처럼 하라고 한 말과는 담긴 뜻이 같지 않다.

有一等沮善者, 曰："孝於親友於兄弟. 這便是學, 何必標榜立幟而後, 方爲君子?"此言似極雍容中理, 其實未然. 此人心中, 無樂善向前之志, 安得爲孝友? 名正而後事成耳. 此與子夏賢賢易色之章, 立意不同.

-〈반산 정수칠을 위해 써준 증언. 자는 내칙이고 장흥 사람이다〉

정수철에게 준 다산의 증언은 어법이 교묘하다. 검법으로 치면 상승 (上乘)의 솜씨다. 말을 교묘히 비틀어 이 말을 하려나 보다 싶으면 저 말을 하고, 저 말인가 싶어 보면 이 말을 한다. 말 속에 미묘한 '밀당'이 있다.

　　정수철이 묻는다.

　　"공부가 별것이 있겠습니까? 꼭 공부한다고 이름을 내걸어야 군자가 되는 것은 아니겠지요? 사람만 신실하면 되는 것이 아닐까요?"

　　다산이 대답한다.

　　"선을 향해가는 마음에 가장 방해가 되는 것은 '효도와 우애야 몸으로 실행하면 되는 것이지, 꼭 경전 공부를 해야만 되는 것은 아니지 않은가?' 하는 식의 말이라네. 물론 틀린 말은 아니지. 아니, 맞는 말 같네. 하지만 그 말 속에는 대충 공부하고 그럭저럭 살면 되지, 뭐가 잘나 공부한다고 떠드는가 하는 삐딱한 심보가 담겨 있다네. 공부는 기뻐서 하고 즐거워서 하지. 하지 않을 수 없어서 하고, 하지 않고는 견딜 수 없어서 하는 그 무엇일세. 《논어》〈학이(學而)〉 편에서 자하는 '어진 이 존중하기를 여색을 좋아하는 마음으로 하라'고 했네. 어진 이의 모범을 보고 예쁜 여자 보고서 마음이 설레듯 하는 것이 곧 공부의 보람일세. 공부 좀 하려는 사람에게 '유난 떨지 마라. 공부한다고 이마에 써 붙여야 공부더냐' 하면서 찬물이나 끼얹으면 되겠는가? 그러면 못쓰지. 공부는 드러내야 하네. 깃발을 세워야 해. 대충 하고 그저 하면 아무 보람이 없게 되지."

공부와 구속

제멋대로 노는 것을 즐기고 구속을 싫어하는 사람은 이렇게 말한다. "어찌 반드시 무릎을 꿇어야만 학문을 하겠는가?" 이 말 또한 틀렸다. 무릇 사람이 공경스런 마음이 일어날 때면 절로 무릎을 꿇게 된다. 꿇었던 무릎을 풀면 내면의 공경스러움 또한 해이해지는 것을 알 수 있다. 낯빛을 바로 하고 말씨를 공손하게 하는 것은 무릎을 꿇지 않고는 이룰 수가 없다. 장차 이 한 가지 일에 따라 자신의 뜻과 기운이 드러나므로 무릎을 꿇지 않을 수가 없는 것이다.

有樂放曠厭拘束者, 曰:"何必跪而後爲學?" 此言亦非也. 凡人起敬時, 其膝自跪. 跪解知內敬亦懈. 正顏色恭辭氣, 非跪不成. 且從此一事, 驗自家志氣, 不可不跪.

―〈반산 정수칠을 위해 써준 증언. 자는 내칙이고 장흥 사람이다〉

● ●

"공부할 때 꼭 자세를 바로 하고 무릎을 꿇어야만 합니까? 그냥 편한 자세로 공부하면 안 되나요?"

다산이 말한다.

"안 되네. 바른 자세로 무릎 꿇고 앉아야 내면에 공경스러움이 깃든다네. 자세가 풀어지면 마음이 덩달아 풀어지지. 자세를 바로 하면 달아났던 정신이 제자리로 돌아온다네. 자세는 정신의 표정일세. 자세를 보면 그 사람이 보이지. 어찌 자세를 갖추지 않겠는가? 공부가 편하자고 하는 것이겠는가? 공부는 불편하자고 하는 것일세. 그 불편이 불편하게 생각되지 않아야 진짜 공부를 할 수가 있네. 똑바로 앉아 무릎을 꿇고 정신을 모아서 집중해야 하지. 그냥은 안 되네."

다산의 제자 교육법

메모하며 읽어야 할 고전

옛날에는 책이 많지 않아 독서는 외우는 것에 힘을 쏟았다. 지금은 사고(四庫)의 책이 건물에 가득해 운반하려면 소가 땀을 흘릴 지경이니 어찌 책마다 읽을 수가 있겠는가? 그래도 《역경》, 《서경》, 《시경》, 《예기》, 《논어》, 《맹자》 같은 책만은 모름지기 강구하고 고찰해서 그 정밀한 뜻을 얻어야 한다. 생각날 때마다 즉시 메모하여 기록해야만 실제로 얻는 바가 있다. 진실로 내처 소리 내서 읽기만 하면 또한 아무 실득이 없다.

古者典籍不多, 以讀書成誦爲務. 今四庫書充棟汗牛, 安得每讀? 唯易書詩禮論孟等當熟讀. 然須講究考索, 得其精義, 隨所思卽行箚錄, 方有實得. 苟一向朗讀, 亦無實得也.

—〈반산 정수칠을 위해 써준 증언. 자는 내칙이고 장흥 사람이다〉

●●

"이번에는 책 읽기의 방법을 여쭙습니다. 책을 통째로 외워야 하나요?"

"그 많은 책을 어찌 다 외우겠는가? 예전에 책이 몇 권 안 되고 귀할

때야 외우는 것 외에 방법이 없었지만, 지금은 그럴 수가 없고 그럴 필요도 없다네. 하지만 사서삼경의 기본 경전만큼은 꼼꼼히 읽어 완전히 자기 것으로 소화하지 않으면 안 될 걸세. 그저 읽어서는 안 되고, 따져보고 견줘보고 찾아보며 읽어야 하네. 덮어놓고 목청만 돋워 읽어서는 안 되고, 그때그때 떠오른 생각을 메모하여 정리해가며 읽어야 하네. 그저 소리 높여 읽기만 하고, 읽은 횟수만 뽐내는 것은 아무 소용이 없지. 그건 안 읽은 것과 한가지일세. 통째 외울 생각도 말고, 여러 번 숫자 늘릴 생각도 말고, 제대로 읽고 똑바로 읽고 나름대로 읽어야 하네."

상례 공부의 중요성

예학(禮學)에 밝은 뒤라야 인륜에 처해서 분수를 다할 수가 있다. 인간의 여섯 가지 예법 중에서도 상례(喪禮)는 가장 범위가 넓고 가장 다급한 것이다. 모름지기 《의례(儀禮)》의 경전을 가져다가 되풀이해서 살펴보고 따져보아야 한다. 특히 두우(杜佑)의 《통전(通典)》 중에 진(晉)과 송(宋)의 여러 학자가 논한 것은 더더욱 살펴보지 않을 수 없다. 먼저 그 연원을 거슬러 올라간 후 그다음에 차례로 《가례(家禮)》 등의 책을 가져다가 그 말단까지 살펴야 한다.

禮學明而後, 處人倫方得盡分. 六禮之中, 喪禮最浩最急. 須取儀禮經傳, 反覆參訂. 如杜氏通典中, 晉宋諸儒論, 尤不可不觀. 先溯其源, 次取家禮等書, 察其委.
　　　　　　　　　　　　　　　　－〈반산 정수칠을 위해 써준 증언. 자는 내칙이고 장흥 사람이다〉

● ●

"선생님! 그 복잡한 예학 공부를 저 같은 사람도 굳이 해야 합니까?"
"사람이 살다 보면 도처에서 지켜야 할 윤리와 맞닥뜨리게 된다네.

부모님이 돌아가시면 예를 갖춰 장사를 지내야 하고, 자식이 성장하면 인륜에 따라 혼사를 치러야 하는 법일세. 관례(冠禮)에도 절차가 있고 제사를 올리는 데도 법도가 있는 법이지. 예법은 이 같은 절차와 법도를 글로 규정해둔 것이라네. 그저 생겨난 것이 아니어서 매 단계마다 깊은 뜻이 담겨 있는 것이지. 형식을 알아 지키는 것만 중요하지 않고, 그 속속들이 깃든 의미를 되새기는 것이야말로 값진 공부일세. 그러자면 그 까닭을 깊이 공부하지 않으면 안 되지. 그래야 사람이 사람다워지고 세상이 질서를 갖추게 되는 것일세. 단순히 삼년상이니 일년상이니를 따져 사생결단하고 다투는 것이 예학 공부의 목적이 아닐세. 그 안에는 인륜의 잣대와 사회의 질서가 들어 있기에 예법이야말로 그 세상을 판단하는 가늠자가 되는 것일세. 이것이 우리가 예법을 공부하고 익히는 까닭이라 할 수 있겠지."

《주역》 공부의 바른 방법

깨끗하고 고요하며 정밀하고 미묘한 것이 《주역》의 가르침이다. 처음 배우는 사람은 모름지기 《주역》의 본문에서 강구하여 본지(本旨)를 얻어야 한다. 그래야만 옛 성인의 글을 읽을 때 한 글자도 허투루 지나칠 수 없음을 알게 된다. 진실로 들어가는 길을 얻지 못하면 그저 하도낙서(河圖洛書)의 이수(理數)만 이해하려 들고, 또 강유재위(剛柔才位) 같은 황당한 주장만 보고 듣는 데 익숙해지니 이 또한 바른 방법이 아니다.

> 潔靜精微, 易敎也. 初學須於易詞, 講究得本旨, 方知讀古聖人書, 一
> 字不可放過也. 苟不得門路, 只就河洛理數上理會, 又以剛柔才位等
> 鹵莽之說, 習於耳目, 亦不濟事.
>
> —〈반산 정수칠을 위해 써준 증언. 자는 내칙이고 장흥 사람이다〉

● ●

"《주역》 공부는 어찌해야 하는지요?"

"《주역》 공부는 괘사(卦辭)의 본문에서 출발해서 본지(本旨)를 벗어나면 안 되네. 후인들의 견강부회와 억탁가설이 경전 중에 《주역》보다 심한 것이 없지. 성인의 말씀은 한 글자도 놓치지 말고 본문 그대로 따라가야 하네. 그러지 않고 하도낙서의 구궁팔괘(九宮八卦)를 논하고, 음양강유(陰陽剛柔)의 자리바꿈이나 따진다면《주역》은 한갓 점치는 책이 되고 말 것일세.《주역》공부는 왜 하며 어찌해야 하는가?《주역》공부는 그 핵심이 결정정미(潔靜精微)에 있다네. 깨끗하고 고요하고 정밀하고 미묘한 공부가 바로《주역》공부일세. 그것을 익혀 천지자연의 이치가 선연하게 드러나게 하는 공부라야 한다네. 점쟁이의 술법으로 이 책을 본다면 본래의 뜻과는 이미 아득히 멀어진 셈이지."

다산의 제자 교육법

《주역》과 나무의 꽃 피우기

《주역》에서는 "아름다운 바탕을 간직하여 곧게 하되 때에 맞춰 발휘한다."고 했다. 산사람이 꽃 심는 일을 하다가 매번 꽃봉오리가 처음 맺힌 것을 보면 꽁꽁 감싸 머금어서 아주 비밀스레 단단히 봉하고 있다. 이것이 바로 함장(含章), 즉 아름다운 바탕을 간직한다는 말이다. 식견이 얕고 공부가 부족한 사람이 겨우 몇 구절의 새로운 뜻을 익히고는 문득 말로 펼치려 드니 어찌 된 것인가?

> 易曰:"含章可貞, 以時發也." 山人業種花, 每見菩蕾始結, 含之蓄之,
> 封緘至密. 此之謂含章也. 淺識末學, 纔通數句新義, 便思吐發, 何哉.
>
> －《기중부서간첩》

●●

함장가정(含章可貞)은 《주역》에 나오는 말이다.

"나무는 안으로 꽉 차서 더는 버틸 수 없을 때까지 제 몸을 열지 않는다. 마침내 머금고 머금은 기운이 밖으로 터져 나온 것이 꽃이다. 공부도 이와 다를 게 없다. 뿌리로 양분을 빨아올리고 잎과 가지는 부지런히 비이슬을 받아 마신다. 그 오랜 온축과 축적의 시간이 지나 꽃이 피어나면 사람들이 그것을 보고 문장이라고 하고 학문이라고 기린다. 함장(含章)의 깊은 뜻이 바로 여기에 있다. 알겠느냐? 이제 겨우 몇 글자 알게 되었다고 문득 제 주장을 펼쳐 기세를 돋우려 들면 절대로 안 된다. 얕은 식견으로 경솔하게 뽐내려 들면 천박한 바탕이 그대로 드러나 남의 손가락질만 받고 만다. 명심하거라."

글씨 공부

　빛나는 종이에 먹으로 큰 붓을 붙들어 목판에 새긴《필진도(筆陣圖)》를 임모(臨摹)하는 것은 얇은 백지를 잘라 만든 작은 공책에 중국에서 간행된 정밀한 해서로 적힌 책을 가져다가 글자판을 만들어 세심하게 베껴 써서 꼼꼼하게 공부하는 것만 못하다. 우리나라에서 새긴 법서(法書)는 대저 참됨을 잃어 모양이 주판알과 같아서 절로 경계를 범하였으니 이 같은 이치가 있겠는가? 노력해서 글씨 잘 쓰는 사람이 되려 한다면 마땅히 중국의 옛 판각을 구해야 한다. 그러지 않으면 경사(經史)를 임서(臨書)한다 해도 이른바 고니를 새기는 것이 범 그리는 것보다 낫다는 격이 된다.

　光紙炭墨, 搦大筆, 摹木刻筆陣圖, 不如將薄白紙, 裁爲小冊, 取唐刻精楷, 作影格細鈔, 爲縝密喫緊功夫也. 鄕刻法書, 大抵失眞, 狀如算子, 自犯其戒, 有是理乎? 如欲用力筆家, 宜求中國古刻, 不然, 臨書經史, 所謂刻鵠勝於畫虎也.

―〈교치설〉

어린이에게 글씨 쓰기를 가르치는 방법에 대해 논한 내용이다. 다산은 단정한 글씨체를 대단히 중시했다. 그 자신 또한 명필이었다. 그의 글씨는 원교 이광사의 서체에서 많이 배웠고, 표암 강세황의 글씨와도 많이 닮았다. 제자들에게도 서체의 중요성을 거듭 강조해서 글공부와 함께 글씨 공부도 하게 했다. 그 결과 다산학단에 속한 제자들의 글씨는 거의 평준화된 모습을 보여준다. 이들의 글씨체가 저마다의 개성을 지녔으되 거의 비슷한 서풍을 보이는 것은 그만큼 다산의 글씨 훈련 과정이 매서웠다는 뜻이기도 하다.

다산이 글씨 쓰기 훈련 방법을 언급한 예가 드문데 〈교치설〉의 한 단락을 통해 그 상세한 방법을 확인할 수 있다. 보통 서당에서 이루어지는 글씨 연습은 조잡하게 인쇄된 《필진도》의 글씨를 큰 붓으로 베껴 쓰게 하는 방식이었다. 하지만 다산은 중국에서 간행한 해서체로 된 책자를 교본 삼아 작은 공책 안쪽에 칸을 친 종이를 끼워 넣어 비치게 한 뒤 칸 안에 줄을 맞춰서 또박또박 베껴 쓰게 하는 방법이 훨씬 낫다고 보았다. 우리나라에서 간행한 법첩은 이미 원본의 생기를 잃은 상태여서 그것을 베끼는 것으로는 좋은 글씨를 쓸 수 없다고 여겼다.

끝에서 각곡(刻鵠)과 화호(畵虎)를 비교해 말한 것은 고사가 있다. 후한의 명장 마원(馬援)이 조카를 훈계한 말에 "고니를 새기려다 안 되어도 오리와는 비슷하다(刻鵠類鶩). 하지만 범이라고 그렸는데 안 되고 보니 도리어 개와 비슷하게 되고 만다(畵虎成狗)."라 한 것이 그것이다. 조선에서 펴낸 엉터리 법첩을 큰 붓으로 베껴 쓰는 대신 중국에서 간행된 인쇄체의 단정한 글씨를 공책에 그대로 베껴 쓰는 것이 훨씬 낫다는 말이다.

편지 글씨의 예절

초성(草聖) 왕희지의 서체는 중고(中古) 시대에 나왔다. 대개 또한 천기가 흘러 움직임은 자연스런 형세이다. 만약 한갓 해서(楷書)로만 써서 세상에 행해졌다면 빳빳한 나뭇가지나 죽은 지렁이일 터이니 또한 어찌 귀하겠는가? 다만 벗과 주고받는 편지나 사돈 사이에 주고받는 문답은 또한 굳이 어지럽게 쓸 필요가 없다.

草聖之體, 出於中古. 蓋亦天氣流動, 自然之理勢也. 若徒用楷字行世, 則僵枝死蚓, 亦何爲貴. 但朋友筆札, 婚姻問答, 亦不必胡亂塗雅爾.

— 《귤림문원》

• •

왕희지의 초서에 대해 논했다. 다산은 글씨체를 대단히 중요하게 여겼다. 필체가 좋지 않은 제자에게는 반드시 원교(圓嶠) 이광사(李匡師)의 필첩이나 중국 판본의 글씨를 본으로 삼아 연습하게 했다. 나중에는 다산초당체라 할 만한 독특한 서체가 만들어져, 다산의 제자들은 서체

마저 스승을 닮아 비슷해졌다.

왕희지의 초서는 중고 시대의 글씨다. 그 필세(筆勢)가 물 흐르듯 자연스럽다. 만약 그에게 해서로 또박또박 글씨를 쓰게 했더라면 마치 버썩 마른 나뭇가지나 죽은 지렁이처럼 뻣뻣한 글씨가 되고 말았을 것이다. 왕희지의 초서는 그의 시대가 만든 것이다. 하지만 초서가 비록 멋이 있어도 벗 사이에 오가는 편지나 사돈 간에 주고받는 문답에는 초서로 쓰지 않는 것이 좋다. 휘갈겨 쓴 글씨를 자칫 상대가 못 읽거나 잘못 읽기라도 하면 서로 체모를 상하는 일이나 오해가 생길 수 있기 때문이다.

5장

공직자의 마음가짐

지방관과 아전의 처지에 따라 공직자라면 누구나 지녀야 할 품성과 미덕을 실례를 들어 얘기했다. 청렴의 힘은 어디서 나올까? 벼슬길에서 정말 살피고 두려워해야 할 일의 목록은? 아랫사람이 지녀야 할 바른 처신을 짚어주고, 아름다운 명예를 지키는 길을 구체적으로 일러주었다. 그 아래 깔린 정신은 국가에 대한 헌신과 백성을 향한 애정이다. 스스로 높아지려 들면 강제로 낮아지고, 스스로 낮출 때 저절로 높아지는 원리를 깨달아야 한다고 힘주어 말했다. 형벌을 쓰는 마음가짐, 공과 사의 엄격한 구분, 아랫사람을 대하는 바른 태도, 역경에 처했을 때의 처신법 등이 제시된다.

여섯 글자의 비결

옛날에 소현령(蕭縣令)이 부구옹(浮丘翁)에게 다스림에 대해 물었다. 부구옹이 말했다.

"내게 여섯 글자의 비결이 있네. 그대가 사흘간 재계하면 들을 수 있을 것일세."

소현령이 그 말대로 하고서 청했다. 부구옹이 먼저 한 글자를 주었는데 '염(廉)' 자였다. 소현령이 일어나 두 번 절하고 조금 있다가 다시 청하였다. 옹이 다시 한 글자를 주는데 '염' 자였다. 소현령이 일어나 두 번 절하고 다시 청하였다. 옹이 마침내 한 글자를 주니 역시 '염' 자였다.

소현령이 두 번 절하고 말했다.

"이것이 그렇게 중요합니까?"

부구옹이 말했다.

"자네가 하나는 재물에다 쓰고, 하나는 여색에다 베풀며, 또 하나는 직위에다 사용하게나."

소현령이 말했다.

"여섯 글자를 다 받을 수 있습니까?"

옹이 말했다.

"또 사흘간 목욕재계하면 들을 수 있을 것이네."

소현령이 그 말대로 했다. 부구옹이 말했다.

"자네가 듣고 싶은가? 나머지 세 글자도 모두 '염(廉)'일세."

소현령이 말했다.

"그토록 중요합니까?"

옹이 말했다.

"앉게. 내 자네에게 말해주지. 청렴에서 밝음이 나오는 법일세. 사물이 실정을 숨길 수가 없게 되지. 청렴에서 위엄이 나온다네. 백성이 따르지 않을 도리가 없지. 청렴하면 강직하니 윗사람이 감히 얕잡아볼 수가 없게 된다네. 이런데도 다스리기에 부족하겠는가?"

소현령이 일어나 두 번 절하고 띠에다 이를 써서 떠나갔다.

昔蕭縣令問治於浮丘翁. 翁云: "予有六字閟詮. 子其三日齋沐, 乃可
聞也." 令如其言而請之, 翁先授一字曰廉. 令起再拜, 有間復請, 翁復
授一字曰廉. 令起再拜而復請, 翁卒授一字曰廉. 令再拜曰: "若是其
重乎?" 翁曰: "子以其一施於財, 以其一施於色, 又以其一施於職位."
令曰: "六字可遂受乎?" 翁曰: "又齋沐三日, 乃可聞也." 令如其言.
翁曰: "子欲聞之乎? 曰廉廉廉." 令曰: "若是其重乎?" 曰: "坐. 吾語
子. 廉生明, 物無遁情. 廉生威, 民莫不從令, 廉則剛, 上官不敢傷. 是
猶不足以爲治乎?" 令起再拜, 書諸紳而去.

— 〈영암 군수 이종영을 위해 써준 증언(爲靈巖郡守李鍾英贈言)〉

● ●

이른바 '육자염결(六字廉訣)'이다. 소현령과 부구옹 사이에 오간 문

다산의 제자 교육법

답의 원출전은 분명치 않다. 부구옹은 고대의 신선으로 알려진 인물이나, 다산 정약용의 글 속 인물과는 상관이 없어 보인다. 백성을 다스리는 비결을 묻는데 여섯 자의 비전(祕詮), 즉 비밀스런 묘방이 있다고 했다. 잔뜩 기대하고 온 소현령에게 부구옹은 딱 세 글자만 가르쳐준다. 다 듣고 나니 똑같은 염(廉) 자다. 답은 이렇다. 재물에 청렴하고, 여색에 청렴하며, 직위에 청렴해라. 그러면 아무 문제가 없다.

"나머지 세 글자도 마저 알려주십시오."

"다시 사흘을 재계하고 오게."

사흘 후에 잔뜩 기대하고 온 그에게 부구옹의 대답은 이렇다.

"염, 염, 염! 이렇게 세 글자일세."

결국 여섯 글자가 모두 같다.

"선생님! 그게 그렇게 중요한가요?"

"중요하다마다. 이유를 설명해주겠네. 현명한 원님이란 말을 듣고 싶은가? 그 현명함이 바로 청렴에서 나온다네. 청렴 앞에서는 어떤 일도 실정을 감출 수가 없게 되지. 위엄을 지니고 싶나? 그 위엄도 청렴에서 나온다네. 청렴을 앞세운 위엄 앞에서는 백성이 그 명을 따르지 않을 수가 없는 법. 강직한 관리가 되고 싶은가? 청렴하면 되네. 상급자는 청렴한 하급자를 함부로 대하지 못한다네. 혹시 책잡힐까 봐 조심하게 되지. 이 여섯 글자를 가지고도 고을살이를 할 수 없단 말인가?"

벌떡 일어나 허리띠에 염(廉) 자를 여섯 번 되풀이해 써서 두르고는 두 번 절하고 떠나가던 소현령의 다급한 몸짓이 보이는 것 같다. 청렴할 염(廉) 자 여섯 개면 고을살이에 아무런 문제가 없다. 재물에 청렴하고, 여색에 청렴하며, 직위에 청렴하면 문제가 생길 곳이 없다. 청렴으로 밝아지고, 청렴으로 위엄을 세우며, 청렴으로 강직하면 백성이 존경하고 상관이 무겁게 여기며 사물이 실상을 감히 감추지 못한다. 하지 못할 일이 없고, 되지 않을 일이 없다. 이 간단한 비결을 몰라서 비리와 부정이 횡행하고, 아첨과 교만이 넘친다. 그래서 마침내 저도 망하고 남도 망친다.

작록과 지위

상관이 나를 엄한 말로 위협하는 것은 어째서인가? 내가 이 작록과 지위를 지키려 하기 때문이다. 간악한 아전이 비방을 꾸며서 나를 겁주는 것은 무엇 때문인가? 내가 이 작록과 지위를 보전하려 하기 때문이다. 지금의 재상이 청탁으로 나를 더럽히는 것은 어째서인가? 내가 이 작록과 지위를 붙들려 하기 때문이다. 무릇 작록과 지위를 다 떨어진 신발같이도 여기지 않는 사람은 하루도 그 지위에 있어서는 안 된다.

흉년에 백성에게 밝게 은혜 베풀기를 구하다가 들어주지 않으면 떠나간다. 윗사람이 요구하는 것이 있을 때 이를 거부하였으나 듣지 않으면 떠나간다. 예모에 결함이 있으면 떠나간다. 상관이 언제나 나를 휑하니 날아갈 새처럼 여긴다면 말하는 것을 감히 좇지 않을 수가 없고, 베푸는 바가 감히 무례할 수 없을 것이다. 이렇게 되면 내가 정사를 돌봄이 성대하여 마치 강물이 흐르는 것과 같게 된다. 만약 큰 구슬을 품은 자가 강한 사람을 만나 오로지 빼앗길까 봐 두려워하는 것처럼 한다면 또한 그 지위를 보전하기가 어렵다.

官威我以嚴詞何也, 謂我欲保玆祿位也; 奸吏怵我以造謗何也, 謂我

欲保玆祿位也；時宰浼我以付囑何也, 謂我欲保玆祿位也. 凡不以祿
位爲敝蹝者, 不可一日居此位. 凶年求蠲惠而不聽則去, 上司有徵求,
拒之而不聽則去, 禮貌有缺則去. 上官常以我爲鴥然將飛之鳥, 則所
言不敢不從, 所施不敢無禮. 我之爲政也, 沛然若夫夔夔栗栗, 若懷璧
者之遇强人, 唯恐其遭攘焉, 則亦難乎其保位矣.

—〈영암 군수 이종영을 위해 써준 증언〉

●●

　고을 원님은 아래로 아전들을 통솔하고 위로는 층층의 상관을 모셔
야 한다. 상관은 위에서 찍어 누르고 아전은 아래에서 농간을 부린다.
아래위 장단에 놀아나 춤추다 보면 할 수 있는 일이 아무것도 없다. 백
성의 삶만 그 서슬에 덩달아 춤을 춘다. 상관의 위협과 하관의 비방을
단숨에 잠재울 방법이 있다. 작록과 지위에 연연치 않으면 된다. 이 월
급을 못 받으면 어찌 사나? 이 자리에서 떨려나면 큰일이다. 이런 모양
새와 이런 자세로 그 자리를 지키고 있으면 아래위로 업신여김이 뒤따
라온다. 나는 언제든지 떠날 준비가 되어 있다. 길이 아니면 가질 않는
다. 예가 아니면 행하지 않는다. 이런 자세로 꼿꼿이 원칙을 밀고 나가
면 상관이 그 말을 따르고, 함부로 대하지 못한다. 하관이 그 말을 어렵
게 알아 고을에 영이 바로 선다. 이러다가 잘리면 어쩌나? 아래에서 대
들면 어떻게 하지? 이렇듯 전전긍긍하면 상대는 나를 바로 얕잡아보아
상투를 잡자고 달려들고, 짓이겨 천하게 대한다.
　내 대접은 나 하는 대로 받는다. 윗사람이 나를 능멸하고, 아랫것들이
농간을 부리는 것은 내가 그들에게 만만하게 보였기 때문이다. 벌떡 일
어나 툴툴 털고 떠나면 그뿐이라는 생각을 지녀라. 범접할 수 없는 기

　　　　　　　　　　　　다산의 제자 교육법

상으로 지위에 연연하지 않음을 보일 때 남이 나를 도발하지 못한다. 무례하게 굴 수 없다. 남이 내게 함부로 굴거든 스스로를 돌아보라.

형벌의 세 등급

관직에 있으면서 형벌을 쓰는 데는 마땅히 세 등급이 있다. 무릇 민사(民事)에는 상형(上刑)을 쓰고, 공사(公事)에는 중형(中刑)을 쓰며, 관사(官事)에는 하형(下刑)을 쓴다. 사사로운 일에는 형벌이 없어야 한다.

민사란 무엇인가? 무릇 고을 아전이 죄과를 범하는 것은 백성을 수탈하고 백성을 해치는 데서 비롯된다. 백성과 관련되어 속여서 사기치고 침탈하여 포학하게 구는 것은 마땅히 무거운 매질을 더해야 한다. 공사란 무엇인가? 공물을 운송하는 기간을 어기거나 조정의 명과 상관의 명령을 받들어 행함에 있어 삼가지 않음이 있으면 마땅히 그다음의 법률로 시행해야 한다. 관사란 무엇일까? 무릇 관속(官屬) 중에 나를 돕거나 시중드는 자가 또한 정해진 직분을 태만히 함이 있을 때 벌이 없을 수 없다.

다만 내가 제사를 지내고 손님을 맞거나 부모와 처자를 봉양하는 따위의 일은 모두 사적인 일이다. 관서(官署)에 이속(吏屬)과 하인을 두는 것은 이런 일을 하라는 것이 아니다. 내가 빌려서 이들을 부리는 것일 뿐이다. 빌려서 부리는 것이기에 설령 삼가지 않음이 있다 해도 그 자리에서 나무랄 수야 있겠는가?

居官用刑, 宜有三等. 凡民事用上刑, 凡公事用中刑, 凡官事用下刑.
私事無刑可也. 何謂民事? 凡吏鄕犯科, 由剝民害民, 欺詐侵虐, 在小
民者, 宜施重杖. 何謂公事? 凡貢輸愆期, 奉行朝令, 上司之令, 有不
謹者, 宜施次律. 何謂官事? 凡官屬之所以供奉我者, 亦其常職. 其有
怠慢, 不宜無罰. 唯我之所以祭祀賓客及父母妻子之養, 皆私事也. 官
署設置吏隷, 非爲是也. 我借而使之也, 借而使之, 雖有不謹, 其可輒
行督責乎?

-〈영암 군수 이종영을 위해 써준 증언〉

••

고을 관장이 아랫사람에게 형벌을 적용하는 기준을 밝혀 제시한 내
용이다. 굳이 제목을 붙인다면 '용형삼등(用刑三等)'이다. 민사상형(民事
上刑), 공사중형(公事中刑), 관사하형(官事下刑)이 그것이다. 여기에 다
시 사사무형(私事無刑)이 추가된다. 백성을 속여 침탈하는 고을 아전은
가장 무겁게 다스리고, 나랏일에 소홀히 하면 그다음으로 다스리며, 고
을 관장을 모시는 직분에 태만하면 가장 가벼운 벌로 다스린다. 하지만
개인적인 일에 소홀하면 언짢아도 벌을 주어서는 안 된다. 그들은 내
소유가 아니라 지위로 인해 잠시 빌려 쓰는 힘이기 때문이다.

하지만 못난 관장들은 꼭 그 반대로 한다. 자신의 사사로운 일 처리
에 실수가 있으면 엄혹하게 매질하고, 예우에 조금만 소홀하면 펄펄 뛴
다. 막상 복지부동으로 직무에 태만해도 그러려니 하고, 아랫사람이 백
성을 괴롭혀 제 이익을 취하면 처벌은커녕 같이 나눠 먹자며 추파를 던
진다. 여기에 무슨 위엄이 서며, 말을 한들 어떤 신뢰가 실리겠는가? 앞
에서 '예예' 하고는 돌아서서 '도둑놈!' 한다.

사사로움을 살펴라

어버이가 병이 들어 의원을 불러다 약을 달인다고 하자. 약을 태워 졸아붙어도 눈자위가 붉어지도록 째려보며 꾸짖어서는 안 된다. 그저 한숨을 쉬며 그 근심을 그와 함께할 뿐이다. 만약 민사(民事)를 다스리는 것과 같이 엄하게 추궁하면 아전은 문을 나서면서 원망을 퍼부을 테니 어버이를 아끼는 자라면 차마 이렇게 하겠는가? 봄가을로 제물(祭物)을 들여올 때 포(脯)가 종잇장처럼 얇고, 밤(栗)은 좋은 것만 고르지 않았어도 지적해서 물리쳐서는 안 된다. 다만 경건하게 깨끗하기만 힘쓸 뿐이다. 이를 굳이 엄하게 꾸짖으면 문을 나서면서 욕을 늘어놓을 테니 조상을 공경하는 자라면 차마 이렇게 하겠는가? 이것으로 미루어본다면 쌀과 소금 같은 자질구레한 일도 더욱 알 수가 있을 것이다. 이 때문에 사사로운 일에는 형벌이 없다고 말하는 것이다.

親癠召醫生煮藥, 焦而涸之, 厥眠紅督, 不可呵叱. 唯嗟咄與之同其憂而已. 若嚴誅與民事同, 則吏出門詛之, 愛親者其忍爲是乎? 春秋輸其祭物, 脯薄如紙, 而栗不擇, 不可點退, 惟務虔潔. 苟嚴訶之, 出門有詬口, 敬祖者其忍爲是乎? 推是以往, 凡米鹽瑣屑, 尤可知矣. 故曰

다산의 제자 교육법

私事無刑.

-〈영암 군수 이종영을 위해 써준 증언〉

● ●

사사로운 일에는 형벌을 쓰지 않는 이치와 이유를 설명했다. 병든 부모를 위해 의원을 불러와 약을 달이게 하거나, 봄가을 제사를 위해 각종 제수(祭需)를 마련하는 일은 모두 사사로운 일에 속한다. 자칫 소홀해 약을 태우기라도 하면 잡아먹을 듯이 야단을 친다. 제수가 시원찮으면 나를 우습게 보는 거냐며 화를 벌컥 낸다. 구실아치는 그 앞에서 마지못해 고개를 숙여 욕을 먹지만, 문밖을 나서면 입에 담지 못할 저주를 퍼붓는다. 그 저주의 마음으로 달인 약이 부모에게 무슨 약효가 있겠으며, 원망을 품고 마련한 음식을 죽은 조상이 흠향한들 무슨 복을 기대할 수 있겠는가? 그럴수록 더욱 자신을 눌러 참지 않으면 안 된다. 어디까지나 내 개인의 영역에 속한 일이기 때문이요, 그들이 내 개인의 몸종이 아닌 까닭이다.

이렇듯 다산은 공사와 사사의 구분을 엄격히 하는 것이야말로 고을 관장이 자신의 위엄을 세우는 출발점이 됨을 되풀이해 강조했다. 공사(公私)의 분간이 무너지면 기강을 세울 수가 없다. 개인의 감정에 치우쳐서는 아랫사람을 다스릴 수가 없다.

아랫사람을 대하는 태도

아전은 그 직업을 세습한다. 또 몸을 마칠 때까지 한 가지 직분에다 한결같은 뜻을 오로지 집중해서 쏟으므로, 익힌 것에 길이 들고 익숙한 데서 가로막히곤 한다. 그저 앉아 관장이 거쳐 가는 것 보기를 마치 여관 주인이 길손에 익숙한 듯이 군다. 벼슬하는 자는 어려서부터 글쓰기와 활쏘기를 익히고, 한담(閑談)과 잡희(雜戲)를 일삼다가 하루아침에 부절(符節)을 차고 일산을 편 채 부임하니, 이는 우연히 들른 나그네와 진배없다. 아전들은 몸을 굽실대며 등을 굽혀 종종걸음으로 내달리고 숨을 가쁘게 내쉬면서 공손하게 군다. 사정을 잘 모르는 자는 고개를 쳐들고서 스스로를 높여 그들을 마치 벌레 보듯 굽어본다. 그러면서도 어깨를 맞대고 땅에 엎드린 자들이 낮은 소리로 소곤대는 것이 모두 관장을 기롱하고 비웃는 말인 줄은 알지 못한다.

곡식 장부와 전정(田政)에 대해 그 이치를 잘 모르는 것이 있거든 마땅히 불러 앞에 오게 해서 자세히 묻고 상세하게 배워 그 속임수를 잘 살펴야 한다. 매번 보면 가장 어리석은 자는 아랫사람에게 묻는 것을 부끄럽게 여겨 멀쩡하니 평소부터 알고 있던 것처럼 굴며 근엄하게 서명을 한다. 하지만 노련하고 간악한 아전이 이미 익숙하게 헤아려 허실과 명암을

다산의 제자 교육법

귀신처럼 살피고 있는 줄은 알지 못하니 그런 허세가 무슨 보탬이 되겠는가? 또 더러는 농락을 당해 엎어지고도 스스로 권도(權道)로 변통한 것이라 여겨 갓 테두리 아래서 키득거리며 비웃는 것을 알지 못한다. 장차 마땅히 지성(至誠)으로 이들을 거느려야만 한다.

吏胥世襲其業, 又終身一職, 專精壹志, 馴習閑熟. 坐閱官長, 如逆旅之貫於行人. 爲官者少習觚墨弧矢, 閒談雜戲以爲業, 一朝佩符, 張蓋而至. 是客之偶過者也. 彼且屈躬曲脊, 趨走脅息以爲恭. 不知者昂然自尊, 俯視如蟲螘, 不知連肩伏地者, 低聲咕囁, 皆譏笑官家語也. 穀簿田政, 有未詳其理者, 且當招之至前, 審問而詳學之, 以察其奸. 每見一等愚愁, 恥於下問, 凝然爲素知也者, 署之惟謹. 不知老奸揣測已熟, 虛實明闇, 度之如神, 將何益矣. 又或顚倒牢籠, 自以爲權變, 不知帽簷之底, 哇其笑矣. 且當以至誠御之.

-〈영암 군수 이종영을 위해 써준 증언〉

● ●

고을살이의 성패는 아전 통솔에 달려 있다고 해도 과언이 아니다. 그러자면 이들의 속성을 정확히 파악해 위엄과 정성으로 감복시켜야 한다. 아전들은 대를 물려가며 같은 일만 해온 전문가들이다. 고을 관장은 잘 놀다가 임명을 받아 덜렁거리며 절 구경하듯이 온 손님과 다를 바 없다. 상하의 귀천이 다르므로 그 앞에서 굽실거리며 예예 해도 속으로는 관장 알기를 우습게 본다. 모르고도 아는 척 근엄한 태를 내면 면전에서 비위를 맞춰가며 아첨은 해도 속으로는 업신여겨 자기들끼리 낄낄대며 비웃는다. 허실과 명암, 즉 저 사람이 알찬 사람인지 헛방

인지, 똑똑한지 멍청한지는 척 보면 한눈에 안다. 그러니 모르면 알 때까지 불러다 놓고 물어보는 것이 맞고, 알게 되면 실정을 파악해 더는 농간을 부리지 못하도록 쐐기를 박아야 한다. 일껏 농락당해놓고 '관행이라 어쩔 수 없으니 내가 이번만은 모르는 척 넘어가 주마.' 하는 식으로 자기 합리화만 늘어놓으면, 고개 숙인 그들의 입가로 번져가는 조소를 알아차릴 수가 없다. 아전은 어떻게 다스려야 하나? 지성과 진심으로 그들을 감화시켜야만 한다. 실정을 제대로 파악해 검속하고 단속해야 한다.

다산의 제자 교육법

관과 백성의 거리

관과 백성의 사이는 거리가 아마득하다. 슬프다, 백성이여! 몸뚱이가 아전에게 부려져도 관장이 불러서 물어보면 이렇게 말한다.

"나무를 하다가 벼랑에서 떨어졌습니다."

재물을 아전에게 빼앗기고도 관장이 불러서 물어보면 이렇게 말한다.

"빚이어서 마땅히 갚아야 하는 것입니다."

일에 밝은 자가 있어 적발해 그 재물을 돌려주되 즉시 면전에서 계산해 직접 비장을 시켜서 서류에 서명해 보내주게 해도, 한번 문을 나서기만 하면 마치 진흙 소가 바다에 가라앉는 것과 같이 되고 만다. 내가 보니 관장이 산에 놀러가 절에 들렀다가 간혹 돈과 양식을 비용으로 계산해서 돌려주면서 혼자 밝음과 은혜 두 가지가 지극하다고 생각하지만, 이제껏 승려가 실제로 이를 수령하게 한 사람은 단 한 사람도 없었다. 내가 이 때문에 관장의 자리에 있기가 어렵다는 것을 알았다.

官民之間, 弱水三千. 哀哉民也, 體爲吏收折, 官召而問之, 曰樵而墜崖也. 財爲吏收奪, 官召而問之, 曰有負當報也. 有綜明者討還其財, 直於面前計授之, 令親裨押遣之, 一出門如泥牛之沈海矣. 余見官長

游山到僧院, 或計還錢粮, 自以爲明惠兩至. 而終古無一人能令僧實
領之者. 余以此知居官之難也.

－〈영암 군수 이종영을 위해 써준 증언〉

••

관장은 임기를 채우면 나그네가 집으로 돌아가듯이 떠나지만, 아전
은 평생 백성 곁에서 수탈과 침학을 일삼는다. 관장이 어질어서 아전의
횡포에서 백성을 지켜주려 해도 자칫 더 깊은 수렁으로 백성을 내모는
함정이 되기도 한다. 앞에서는 예예 하면서 돌아서 문밖을 나서면 법은
멀고 주먹은 가깝다. 눈을 부라리며 "똑바로 못 해!" 하고 한마디만 하
면 백성은 찔끔해서 없는 말을 만들고 있던 일을 덮는다.

봄가을로 근처에 산행을 갔다가 절에 잔뜩 신세를 지고 온다. 어진
관장은 안쓰러운 마음에 절에서 지출한 비용을 헤아려 보전해주려 한
다. 그러고는 '나는 참 괜찮은 사람인 것 같아.' 하며 스스로 흡족해한
다. 하지만 그렇게 지출된 비용은 승려의 손에 닿기도 전에 아전의 품
에서 흔적도 없이 사라지고 만다. 관장의 선한 뜻은 결국 아전들의 배
만 불려주고, 승려들의 원성만 높아지게 만든다. 다산은 이 대목에서
목소리를 특별히 높였다.

"이제껏 그렇게 해서 그 비용이 승려 손에 직접 들어가는 꼴을 나는
단 한 번도 못 봤다. 그대가 그 맨 처음 사람이 되어보는 것은 어떤가?"

다산의 제자 교육법

주기보다 빼앗지 말아야

　재물을 남에게 주는 것을 일러 혜(惠)라고 한다. 하지만 제게 있은 뒤라야 남에게 베풀 수가 있는 법, 제게 없는 것을 남에게 줄 수는 없다. 이 때문에 '남에게 주는 것이 빼앗지 않는 것만 못하다.'고 말하는 것이다. 무릇 고을 창고에서 빌린 것으로 조상에게 제사를 지내고 어버이를 봉양하는 것도 감히 쓰지 못하는 법인데, 하물며 그 밖에 일이야 말해 무엇 하겠는가? 수입을 헤아려서 지출하는 것은 성인의 법이다. 무릇 빌려 축낸 것을 갚지 못해 아전에게서 뒷말이 나오는 자는 비록 한나라 때 훌륭한 관리였던 공수(龔遂)와 황패(黃霸)처럼 백성을 사랑한다 해도 오히려 훌륭하다고 할 수가 없다.

　以財予人謂之惠, 然有諸己而後施諸人, 無諸己者不可以與人. 故曰
　與其有予, 不若無奪. 凡有府庫之逋者, 卽祖祭親養, 且不敢供, 矧其
　餘者. 量入爲出, 聖人之法也. 凡虧逋未酬, 而吏有後言者, 雖字民如
　龔黃, 猶之未善也.

-〈영암 군수 이종영을 위해 써준 증언〉

• •

'베풀 생각 말고 빼앗지나 말아라.' 이것이 다산이 던지는 '돌직구'다. 제 앞가림도 못해 고을의 공금을 빌려 쓰면서 백성에게 베풀 생각을 하는 것은 훌륭한 것이 아니라 무능한 것이다. 어진 마음을 지녀야 마땅하나 분수에 넘거나 경우를 모르면 혜택을 주자고 벌인 일이 고을 재정을 더욱 악화시켜 결국 그 부담이 백성에게 고스란히 되돌아가고 만다. 저야 베풀었다는 자기 위안이라도 갖겠지만, 중간에 아전의 농간까지 끼어들면 백성의 손에 쥐어지는 것은 결국 아무것도 없고, 부담만 잔뜩 늘어나기 때문이다.

백성과 하늘을 두려워해야

백성을 다스리는 사람은 네 가지 두려워할 것이 있다. 아래로 백성을 두려워하고, 위로는 중앙 부서를 두려워한다. 또 위로 올라가면 조정을 두려워하고, 더 위로는 하늘을 두려워한다. 하지만 목민관이 두려워하는 것은 언제나 중앙 부서와 조정뿐이고, 백성과 하늘은 종종 두려워하지 않는다. 중앙 부서와 조정은 가깝기도 하고 멀기도 하다. 멀 경우 천 리나 되고 더욱 먼 경우는 수천 리가 되기도 해서 귀와 눈으로 살피는 것이 혹 꼼꼼하거나 상세하지가 않다. 다만 백성과 하늘은 살피는 것이 뜨락 사이에 있고, 마음으로 임하고 팔꿈치로 거느리며 이들과 더불어 호흡하고 있으니, 그 주밀하고 가깝기가 이렇듯 잠시도 떨어질 수가 없다. 무릇 도리를 아는 자라면 어찌 두려워하지 않겠는가?

牧民者有四畏, 下畏民上畏臺省, 又上而畏朝廷, 上而畏天. 然牧之所畏, 恒在乎臺省朝廷, 而民與天, 有時乎勿畏. 然臺省朝廷, 或邇或遠, 遠者千里, 其彌遠者數千里. 其耳目所察, 或不能周詳. 惟民與天, 瞻之在庭, 臨之在心, 領之在肘腋, 與之在呼吸, 其密邇而不能須臾離莫此若. 凡知道者, 曷不畏矣.

　　　－〈부령 도호부사로 부임하는 이종영을 전송하는 서문(送富寧都護李鍾英赴任序)〉

．．

　목민관이 두려워해야 할 네 가지를 꼽았다. 백성과 하늘, 대성(臺省)
과 조정이 그것이다. 정말 두려워해야 할 것은 백성과 하늘인데, 실제
목민관들은 백성과 하늘의 뜻은 헤아리지 않고 그저 상급 부서와 조정
만을 두려워해서 그들에게 잘 보일 궁리만 한다. 더욱이 부령처럼 함경
도의 궁벽한 지역은 중앙 관서의 힘이 미치지 않는 곳이라 관리가 제멋
대로 해도 백성만 괴로울 뿐 조정에서 그 실상을 알기가 어렵다.

정말 두려워해야 할 일

나의 벗 약암(約菴) 이재의(李載毅)의 아들 이종영(李鍾英) 군이 부령 도호부사가 되어 부임하려 한다. 내가 시골에서 지내는지라 전송할 수가 없다. 하지만 백성을 두려워하고 하늘을 두려워하는 이야기를 가지고, 청컨대 그대를 위해 펴도 괜찮겠는가? 세금을 거둘 때 공평하지 않으면 백성이 원망하고, 세금이 공평해도 힘이 자라지 못하면 백성이 원망한다. 창고를 열어 진휼하고 곳집에 곡식을 거둘 적에 남은 것을 훔치면 백성이 원망하고, 기거에 게으르고 술에 빠지거나 음악과 여색에 탐닉하면 백성이 원망한다. 송사나 옥사를 돈을 받고 처리하면 백성이 원망하고, 무릇 인삼과 담비 가죽, 수달피 가죽, 청서 가죽, 올이 고운 베 따위를 기회를 엿보아 가져가면 백성이 원망한다. 백성이 원망하는 것은 하늘 또한 원망한다. 무릇 하늘이 원망하는 일에는 먼 복이 내리지 않고 벼슬도 현달하지 못하게 되니 두려워하지 않을 수 있겠는가? 도호부사는 힘쓸지어다. 의(義)로써 겉을 바르게 하여 모든 사람이 두려워하는 것을 나도 두려워한다. 경(敬)으로써 마음을 곧게 하여 모든 사람이 두려워하지 않는 것을 나는 또한 두려워한다. 네 가지 두려움이 갖추어져야 능히 일을 마칠 수가 있으니 내가 달리 무슨 말을 하겠는가?

余友約菴之子李君鍾英, 爲富寧都護, 將行. 余伏田廬, 不能送. 然惟
畏民畏天之說, 請爲子申之可乎? 賦而有不均, 民則曰咨. 賦之雖均,
其力有不逮, 民則曰咨. 發倉收困, 竊其羨, 民則曰咨. 興居懈怠, 湎
于酒, 荒于聲色, 民則曰咨. 屯膏濫刑, 民則曰咨, 賣訟粥獄, 民則曰
咨. 凡蔘貂獺鼠盍內之布, 時其機而攘之, 民則曰咨. 凡民所曰咨,天
亦曰咨, 凡天之所咨, 胡福弗降, 官用不達, 可不畏哉. 都護勉之. 義
以方外, 則凡衆人之所畏者, 我亦畏之. 敬以直內, 則凡衆人之所弗畏
者, 我亦畏之. 四畏具而能事畢矣, 余又何言?

─⟨부령 도호부사로 부임하는 이종영을 전송하는 서문⟩

●●

　목민관이 진정으로 두려워해야 할 것은 백성의 원망이다. 백성의 원
망은 어디서 생기는가? 세금이다. 공정하게 세금을 거두지 않거나 기
준이 비록 공정해도 힘이 미치지 못할 만큼의 지나친 세금을 거둔다면
원망이 생긴다. 진휼에 쓸 곡식을 착복하거나 술과 여색에 빠져 직분을
돌보지 않으면 원망이 생긴다. 송사나 옥사에 사사로운 정이 끼어들거
나 고을 특산품을 횡령해도 원망이 돋아난다. 이렇게 백성을 토색질해
서 얻은 재물로 뇌물을 바쳐 권력자에게 아첨을 하는 사이에 백성의 삶
은 날로 피폐해진다. 마침내 그 원망이 하늘에 닿으면 반드시 좋지 않
은 일이 생기게 되어 있다. 그러니 어찌 두려워할 대상을 두려워하지
않고, 엉뚱한 곳에 충성을 바치느라 백성의 삶을 도탄에 빠뜨릴 수가
있겠는가?

다산의 제자 교육법

벼슬길 위의 신선

　낮은 신분으로 있다가 조정에 벼슬하게 된 사람이 집에서는 가난할 때 벗을 불러와 대접하고, 거리로 나가서는 하인들이 크게 소리치니 진실로 권세 있는 사람과 다를 것이 없다. 그러다가 군문(君門)에 들고 대성(臺省)에 올라 임금 앞에 들락거리게 되면, 저 권세 있고 총애받는 신하들은 익숙하고도 숙달되어 품위 있는 행동거지가 모두 우아하여, 눈썹을 드날리고 기운을 토해내며 껄껄 웃으며 세상일을 이야기한다. 하지만 나는 모든 것이 어근버근하고 데면데면해서, 마치 아는 이 없는 나그네 신세와도 같다. 동서도 분간 못 하고 걸핏하면 허물을 얻어 호위하던 병사가 눈을 동그랗게 뜬 채 입을 가리며 웃고, 조리(皂吏)들이 전해 듣고는 배를 움켜쥐고 데굴데굴 구른다. 이런 때를 당하면 진실로 천하에 지극히 욕스러우니, 황금 새장과 비단 고삐가 귀하다 한들 저 울창한 숲과 무성한 풀을 그리워하지 않을 이가 어디 있겠는가?

　하지만 하루아침에 시국이 변해서 저들은 장차 겨울의 나뭇잎이 서리에 떨어질 듯 위태롭고, 허수아비가 물에 쓸려가듯 아마득하여, 골육은 눈물을 뿌리며 나뉘어 흩어지고, 친한 벗들은 도리어 적이 되어 해코지를 한다. 하지만 이쪽은 변함없이 편히 지내며 그 논난(論難)에 관여하지 않으니, 이러한 때에 당해서는 또 어찌 바로 그 사람이 신선이 아니겠는가?

疏逖而仕於朝者, 其在家引接貧友, 及出街路, 騶從呼唱, 固無以異於
當路者. 及夫入君門上臺省, 周還乎人主之前, 則彼當路寵倖之臣, 得
親熟練達, 斌媚都雅, 以之揚眉吐氣, 解頤談世. 而我乃鉏鋙宛轉, 若
羈旅之寡親, 東西不辨, 動輒得咎, 衛士瞠視而掩口, 曹吏傳聞而捧
腹. 當此之時, 誠天下之至辱, 孰肯以金籠錦絛之貴, 而不戀其長林豐
草哉? 然而一朝, 時移局變, 彼且危冬, 葉之隕霜, 溙漂梗之隨水, 骨
肉雪涕而分飛, 親朋反兵而相害, 此乃依舊翱翔, 不與其難. 當此之
時, 又豈非神仙其人哉.

- 《다산선생서첩》

●●

새로 벼슬길에 오른 사람의 심리를 잘 묘사했다. 과거에 급제해서 벼
슬길에 오르면 가문의 영광이 따로 없다. 없는 살림에 빚을 내서 가난
할 적 함께 왕래하던 벗들을 불러 큰 잔치를 벌인다. 대로에 나서면 공
연히 으쓱해진 하인 녀석들이 큰 소리로 '물럿거라'를 외치며 기세가
등등하다. 하지만 그것도 잠시, 막상 대궐로 들어와 보면 자신의 존재
감을 확인할 데가 어디에도 없다. 위계는 층층시하로 아마득하고, 그들
의 우아한 거동과 세련된 매너, 거침없는 기세 앞에 나는 자꾸 주눅이
들어 하는 일마다 아랫것들의 웃음밖에 살 일이 없다. 차라리 가난해도
벗들과 왕래하며 흉금을 나누던 초야(草野) 시절의 생각에 눈물겹다.

하지만 저 높은 이들의 권세는 정국이 한번 변하면 자취도 없다. 내
쫓겨 낙향하거나 먼 변방으로 귀양 가는 것은 그래도 낫고, 자칫 매질

다산의 제자 교육법

을 당해 감옥에 갇히기라도 하면 그 큰 집은 다른 사람의 차지가 되고 호의호식하던 식솔들은 노비로 끌려가 찾을 길이 없다. 한때 입 속의 혀처럼 굴던 자들이 기세등등하게 칼을 들이대며 멸시하고 해코지한다. 그들의 자리는 새로운 권력들이 차지하고 앉아 앞서 그들이 했던 것과 똑같이 우아하고 거침없이 정국을 좌지우지하며 눈에 뵈는 것 없이 군다. 하지만 이때도 그는 하급의 관료로 있으면서 이 모든 일이 나와는 아무 상관도 없는 일이라 편안히 신선처럼 지낸다. 앞서는 그토록 그들이 부럽더니 이제는 하나도 부럽지가 않다. 더는 웃음 살 일도 없어 그저 앉은 자리에 만족하며 큰 욕심을 내지 않는다. 자족하며 지낸다.

때에 가로막힌 사람의 몸가짐

옛날에 세경(世卿)의 서성(庶姓)은 신분이 낮아 스스로 클 길이 없었다. 이에 나가서 대부를 섬겨 집사[家宰]나 고을 관리[邑宰]가 되어서 조금이나마 배운 것을 펴볼 수 있었다. 이 때문에 공자 문하의 여러 제자 또한 모두 사조(私朝)에서 벼슬하였던 것이다. 이렇게라도 하지 않으면 벼슬할 길이 없었기 때문이다. 우리나라에서 사람을 쓰는 것은 구애되는 조문이 워낙 많아, 때에 가로막힌 사람은 또한 공조(公朝)에서 자신을 펼 길이 없다. 이 때문에 머리를 굽히고 경대부(卿大夫)를 섬겨 비장이나 서기(書記)가 되는 것은 옛날의 의리이다. 비록 선왕(先王)의 도를 듣고 선성(先聖)의 행실을 배운 자라도 부끄러워하지 않았다.

살펴보매 세속에서는 들은 것이 적다 보니 이를 천한 유사(有司)나 하는 일로 여긴다. 몸담고 이 일을 하는 자마저도 문득 이렇게 말한다. "우리는 소인이다. 밥이나 먹으면 그만이지, 염치나 명검(名檢)에 어찌 뜻이 있겠는가?" 그러면서 대부분 제멋대로 음탕하게 굴며 자신을 더럽히니 참으로 안타깝다. 사조에서 벼슬하거나 공조에서 벼슬하거나 본시 다를 것이 없다. 마땅히 성인의 훈계에 따라 그 몸을 스스로 공경해야지, 낮고 더럽다 하여 스스로를 박하게 대해서는 안 된다.

古者世卿庶姓, 微小無以自達. 於是出而事大夫, 爲家宰邑宰, 得以
少展其所學. 故孔門諸弟子, 亦皆仕於私朝, 爲不如是, 無以爲仕宦
也. 我邦用人, 拘而多文, 其阨於時者, 亦無以自達於公朝. 故屈首而
事卿大夫爲裨將書記, 古之義也. 雖聞先王之道, 學先聖之行者, 在所
不恥. 顧流俗寡聞, 以是爲賤有司之事, 其沾體爲是者, 輒曰: "吾儕小
人, 志在得食. 何有於廉恥, 何有於名檢?" 率放倒淫蕩以自汚, 甚可
嗟也. 仕於私仕於公, 本無二致. 宜恪遵聖戒, 自敬其身, 不可以卑汚
自薄也.

−〈아우 횡을 위해 써준 증언(爲舍弟鐄贈言)〉

●●

서얼은 공적 채널을 통해 입신하는 길이 원천적으로 가로막힌 존재
다. 자신의 잘못은 없이 타고나면서부터 손발이 묶인 셈이다. 그러니
제 역량에 관계없이 할 수 있는 일이 없다. 남의 밑에 들어가 비장이나
서기 노릇으로 입에 풀칠하고 사는 것이 고작이다. 그러다 보니 몸에
밴 것이 냉소와 자조다. "에이, 나 같은 놈이 공부해서 뭘 하겠어. 아등
바등 애써봤자 남이 알아주는 것도 아니니 염치는 개나 주라 하고, 명
예니 검속이니 하는 말은 저들이나 신경 쓰라고 해!" 이렇게 말하며 밥
벌레의 삶을 자처한다. 사람이 태어나 한세상을 살아가는 것은 매일반
인데 이리 살다 갈 수야 있겠는가? 자중자애해야지, 신분이 낮다 해서
몸을 함부로 굴리면 안 된다.

아랫사람의 바른 처신

아침에 뵙는 것을 '조(朝)'라 하고 저녁에 뵙는 것을 '석(夕)'이라 한다. 모두 사조(私朝)에서 하는 말이다. 날이 밝기 전에 촛불을 켜고 바로 일어나 세수하고 머리를 빗는다. 먼동이 트면 옷매무새를 바로 하고 단정히 똑바로 앉아 점검하면서 따져본다. 오늘은 마땅히 어떠어떠한 일을 아뢰고, 마땅히 어떤 임무를 수행할지 모두 또렷이 순서가 있어야 한다. 논리는 어떻게 하고, 뜻을 펴는 것은 어떻게 할 것인지 명백하여 마음에 맞고 공평해서 실정에 합당하게 하고는 모두 묵묵히 혼자 외워 익힌다. 그런 다음에 감히 주인에게 고한다. 《주역》에서 "말이 차례가 있으니 후회가 없다."고 한 것이 바로 이를 두고 한 말이다.

같은 직급의 사람들이 모두 모이기를 기다려서 이들과 함께 나아가야지, 홀로 먼저 사사로이 뵈어 저만 특출하게 굴어서는 안 된다. 비록 의원 신분으로 병세를 진찰하려고 새벽에 찾아뵙는 경우라도 또한 마땅히 자제나 손님 몇 사람이 곁에 있을 때를 기다려서 함께 뵈어야지, 혼자 만나 보아서는 안 된다. 처신이 공조(公朝)에서와 다를 게 없다.

朝見曰朝, 夕見曰夕, 皆私朝之名也. 未明然燭, 卽起盥櫛, 昧爽整衣,

다산의 제자 교육법

端然危坐. 點檢商量, 今日當稟某事, 當擧某職, 皆歷然有序. 論理宜
何若, 敍意宜何若, 明白中竅, 公平協情, 皆默自誦習, 然後敢以告於
主公. 易曰言有序悔亡, 此之謂也. 俟同列齊集, 與之偕進, 不可獨先
私覲以自異也. 雖醫者, 有診候須晨謁, 亦宜俟子弟賓從有數人在側,
方與偕見, 終不可獨謁. 處與公朝同也.

-〈아우 횡을 위해 써준 증언〉

●●

이 글을 받은 정약횡(丁若鐄)은 당시 의원 신분의 비장으로 고을에
속해 있었던 모양이다. 국가에서 공식적으로 내린 직함이 아니어서 사
조(私朝)란 말을 자꾸 썼다.

아랫사람으로서 아침저녁으로 윗사람과 만날 때는 그에 맞갖은 마
음가짐이 필요하다. 아침에는 날 밝기 전에 일어나 의관을 정제하고 앉
아 그날의 계획을 마음속으로 가늠해본다. 오늘은 이 일을 처리하고,
이 임무를 처리해야지. 하루 일정을 세워 처리할 일의 순서까지 정해둔
다. 윗사람이 내게 일에 대해 물으면 대답은 이렇게 하고 논리는 이렇
게 펼쳐야지. 가만히 머릿속에 그때그때 정황에 따라 미리 가늠을 해둔
다. 이렇게 해야 어떤 상황이 닥쳐도 말에 조리가 있고 일에 순서가 있
어 윗사람은 그를 매번 눈여겨보게 된다.

다만 이때 여럿이 함께 일하면서 튀는 행동을 해서는 안 된다. 저만
주목을 받겠다고 남을 배제하려 들면 동류의 질시와 모함을 자초하고
만다. 특히 너는 의원이라 새벽이면 진맥을 위해 먼저 주인을 만나기
쉬운데, 그때도 혼자서는 들어가지 말고 반드시 다른 사람이 입회한 상
태에서 진찰을 해야 뒷말이 없게 되는 법이다. 그러지 않고 이것을 무

슨 큰 특권으로 여겨 단둘이 소곤대는 것을 자랑으로 알면 엉뚱한 데서 반드시 뒤탈이 나게 되어 있다.

사소한 데까지 미친 다산의 심모원려(深謀遠慮)를 읽을 수 있다. 이제 막 직장 생활을 시작하는 사람들도 한번쯤 음미해볼 만한 내용이다. 늘 준비 없이 있다가 막상 일이 닥치면 허둥대느라 시기를 놓치고 만다. 조직의 규율을 무시하고 혼자 돋보이려다가 망신을 자초하거나 왕따를 당하는 경우도 흔하다. 그러니 여러 경우의 수를 따져 일처리에 차례가 있고 마음에는 가늠이 있어야 한다.

다산의 제자 교육법

일찍 깨어 준비하라

만약 주공(主公)이 늦게 일어나므로 막료들이 다들 덩달아 늦게 일어나더라도 나만은 새벽에 일어나 용모를 단정히 해서, 불시의 부름이나 아전들이 일을 아뢰는 것에 대비해야지, 무리를 따라 게을러서는 안 된다. 해가 서 발이나 높이 솟았는데도 온 부중(府中)이 코를 골고 잔다면 온갖 법도가 해이해진다. 비록 한 사람만이라도 혼자 깨어 있다면 오히려 정채가 있게 된다.

若主公晚興, 幕僚皆從而晚興, 我則晨興整容, 以待不時之召, 及吏隷
稟事. 不可隨衆解怠. 若日高三竿, 一府駒駒, 則百度解緩, 雖一客獨
醒, 猶之有精采也.

- 〈아우 황을 위해 써준 증언〉

● ●

다른 사람을 모시는 처지에 있다면 아침 일찍 깨어 미리 만반의 준비가 되어 있어야 한다. 모시는 주인이 늦게 일어난다고 아랫사람이 덩달아 게으르면 못쓴다. 다 코를 골며 잘 때 나 혼자 깨어서 준비하고 있다

가 뜻하지 않은 불시의 부름이 있을 때 당황하지 않고 바로 대응하면
윗사람이 너를 주목하게 될 것이다. 사람 사이의 신뢰는 이 같은 일을
통해 조금씩 싹터나는 것임을 잊지 말거라.

음탕함을 경계하라

내가 보니 비장이 된 자들의 천만 가지 문제의 발단이 모두 한 글자에서 일어난다. 칭찬과 비방, 영예와 욕됨도 모두 한 글자에 달려 있다. 이른바 그 한 글자가 무엇일까? 바로 '음(淫)'이란 글자다. 관기(官妓) 중에 요염한 자는 여러 사람이 똑같이 눈독을 들이게 되어 있다. 그중 음사에 능한 자가 반드시 먼저 그와 눈이 맞게 마련이다. 한 번 발 빠른 자가 차지해버리면 뭇 사내가 코밑수염을 배배 꼬면서 승냥이의 이빨을 남몰래 가니 어찌 위태롭지 않겠는가. 하물며 이 여자는 반드시 어려서부터 이미 익숙히 대인(大人)의 손길을 거쳐 그 간사한 구멍이 반드시 일찍 뚫렸을 것이고, 그 욕망의 골짜기가 틀림없이 진작부터 넓혀졌을 것이다. 부탁하고 호소하는 재주는 반드시 교묘하고, 좋은 옷을 사는 데 드는 비용을 구하는 것도 틀림없이 사치스럽고 분수에 넘칠 것이다. 어리석어 못난 사내가 한 차례 빠지기만 하면 향기와 악취도 분간 못 하고 시고 짠 맛도 가리지 못 하게 될 것이니, 마음을 잃고 몸을 망치는 것이 이로부터 비롯된다.

余見爲裨將者, 千釁萬累, 皆起於一字. 毀譽榮辱, 都係於一字. 所謂
一字何也? 淫字是也. 官妓其妖豔者, 衆共流目. 其善淫者, 必先與之

目成, 一爲疾足者所得. 卽衆夫捫髭, 已豹牙密礪, 豈不殆哉. 況此尤
物, 必自幼時已稔經大人, 其奸竇必早穿, 其慾壑必早恢. 其叮囑膚愬
之術必神巧, 其求索服裝之須必奢濫, 癡憨男子, 一爲所溺, 卽芳臭不
分, 酸鹹不辨, 喪心亡身, 自玆始矣.

–〈아우 횡을 위해 써준 증언〉

●●

　고을에 속한 비장들이 빨래와 음식 공양을 핑계로 제 숙소에 방기(房
妓)를 들여놓고 음란함을 행하는 폐습을 경계했다. 큰 비용을 들여가며
예쁜 관기를 서로 차지하려고 벌이는 추태나, 능수능란한 그녀들이 이
를 기회로 사치를 부려 제가 원하는 것을 얻어내는 모습을 묘사했다.
그 결과는 상심망신(喪心亡身), 즉 마음을 잃고 몸을 망치는 것이다.

다산의 제자 교육법

나의 풍환이 되어주게

중추공(中樞公)이 번옹(樊翁) 채제공(蔡濟恭)을 수행하여 함흥의 막중에 갔다. 예전 관례로 육진(六鎭)에서는 가는 베〔細布〕를 거두었는데, 밥사발 안에 베 한 필을 담을 수 있었으므로 발내포(鉢內布)라고 했다. 중추공이 변방 고을에 이르러 발내포를 가지고 온 자를 모두 물리치며 말했다.

"관찰사 영감께서 영을 내려 그다음으로 가는 베를 거두어오게 하셨네."

두 번 세 번 가려서 골라 평범한 물건을 받아서 왔다. 부중의 기생과 아전 및 장교 들이 모두 놀라 믿지 못하며 말했다.

"태어나서 이렇게 질 나쁜 베는 본 적이 없다."

안팎이 떠들썩했다. 번옹은 속으로 훌륭하게 여겼지만 짐짓 이렇게 말했다.

"자네가 나쁜 베를 받아오는 바람에 온 부중에 웃음거리가 되었네그려. 어찌 이리도 오활하단 말인가."

중추공이 말했다.

"제가 비록 오활하지만 발내포를 어이 모르겠습니까? 생각건대 관찰사께서 비장을 보내 이 같은 베를 거두는 것은 마땅치가 않은지라 일부러

덕스런 뜻을 편 것입니다. 진실로 부중이 번갈아가며 떠들어대니 사직하고 떠나렵니다."

번옹이 앞으로 나와 손을 잡고 위로하며 말했다.

"내 비록 맹상군(孟嘗君)에는 못 미쳐도, 그대가 능히 풍환(馮驩)이 되어줄 수는 없겠는가?"

더욱 후하게 그를 대우하니 부중에서 감히 다시는 말하지 못했다.

中樞公隨樊翁赴咸興幕中. 故例六鎭收細布, 能於飯鉢中函一匹, 名曰鉢內布. 中樞公到邊邑, 凡以鉢內布來者悉却之, 曰: "使爺有令, 令收次細布來." 再三差擇, 受常品至. 府中女妓吏校, 咸愕未信曰: "生來不見此惡布." 內外譁然. 樊翁心善之, 謬謂曰: "君受惡布來, 貽笑府中, 何迂疎至此?" 中樞公曰: "我雖迂, 獨不知鉢內布哉. 顧使爺遣裨將, 不宜收此布, 故宣德意耳. 苟府中交譏, 請辭去." 樊翁前執手慰之, 曰: "吾雖不及孟嘗君, 獨不能爲馮驩耶." 待之加厚, 府中不敢復言.

– 〈아우 횡을 위해 써준 증언〉

● ●

중추공은 누구인지 분명치 않다. 다산 선대에 서족으로 역시 채제공을 수행해 함경도에서 비장살이를 했던 인물로 보인다. 그래서 다산은 정약횡과 같은 처지였던 중추공의 사례를 들었다.

육진의 특산물인 발내포는 베 한 필을 사발 하나에 담을 수 있을 만큼 극상품의 가는 베다. 누구나 욕심을 내는 물건인데, 어쩐 일인지 비장의 임무를 수행하러 변방 고을을 순시하던 중추공은 극상품의 발내

다산의 제자 교육법

포를 물리치고 한눈에도 평범해 보이는 하품의 베를 받아서 왔다. 오자마자 그는 온 부중의 웃음거리가 되었다. 그 깊은 속뜻을 짐작한 채제공이 짐짓 모르는 체 나무라는 시늉을 하자 그의 대답이 이랬다.

"영감께서 이곳에 부임하셔서 그처럼 좋은 물건에 욕심을 내시면 보기가 좋지 않을 것 같아 일부러 그랬습니다. 언짢으시면 그만두고 물러나겠습니다."

채제공의 대답이 멋지다.

"나는 맹상군만 못한 주인이지만, 자네는 나의 풍환 같은 식객이 되어주지 않겠나?"

이 말은 고사가 있다. 전국시대 제(齊)나라 풍환이 맹상군의 식객이 되었다. 맹상군은 그에게 설(薛) 땅에 가서 빚을 받아오게 했다. 풍환은 설 땅에 갔지만 그곳 백성이 너무 가난해 차마 빚을 독촉할 수가 없었다. 그는 가난한 자들의 빚 문서를 모조리 불에 태워버리고 돌아왔다. 맹상군이 화를 내자 그의 대답이 이랬다. "쓸모없는 빚 문서를 태워버려 설 땅의 백성으로 하여금 군(君)을 친하게 여기게 하고, 군의 훌륭한 명성을 드러내기 위해서 그랬습니다." 맹상군이 화를 풀고 기뻐했다. 《사기(史記)》〈맹상군열전(孟嘗君列傳)〉에 나오는 이야기다. 잠깐은 손해처럼 보여도 맹상군은 이 같은 식객의 도움으로 마침내 패업을 이룰 수가 있었다.

그러니까 훌륭한 식객 또는 비장은 제가 모시는 주공을 위해 눈앞의 이해를 떠나 진심으로 바른길로 이끄는 역할을 할 수 있어야 한다고 말한 것이다.

뇌물에 흔들리지 않는 처신

가경 정사년(1797)에 해주 감영 금고의 돈 4만 냥이 축이 났다. 금고를 관리하는 자가 관례대로 4백 냥을 호방 비장에게 뇌물로 주면서 반고(反庫), 즉 금고를 검수하는 날 발설치 말아달라고 부탁했다. 관찰사는 이의준(李義駿) 공이었는데, 포의(布衣) 윤광우(尹光于)가 막중에 있었다. 시중들던 기생이 전례에 따라 뇌물로 주는 수표를 보여주었다. 포의가 이를 물리치며 말했다.

"8월 가을에 순장(巡將)이 검수하는 날 내가 마땅히 고할 테다. 이때까지 물어내어 원래 금액을 채우는 것이 좋을 것이다. 뇌물로 줄 돈을 서둘러 창고에 넣는다면 백분의 일은 채울 수 있을 게 아니냐."

마침내 또한 말하지 않더니, 기일이 되자 과연 이를 고발하였다.

嘉慶丁巳間, 海州營庫之錢四萬兩虧欠. 管庫者例以四百兩賂戶房裨將, 令反庫日勿發. 李公義駿爲觀察使, 尹布衣光于在幕中, 房妓按例以賂票示之. 布衣却之曰: "八月秋巡將發之日, 吾當告之. 趁此賠補, 塡其原額可矣. 賂錢亟宜入庫, 猶可以當百一也." 竟亦不言, 至期果告之.

－〈아우 횡을 위해 써준 증언〉

●●

　　윤광우는 황해도 관찰사의 막하 비장으로 있던 인물이다. 감영 금고
의 실제 금액과 장부의 수치가 무려 4만 냥이나 차이가 나는 상황이 발
생했다. 물론 이는 수십 년간 쌓인 결손에 따른 금액이다. 도저히 해결
할 수가 없으니 관리자는 꾀를 내서 해마다 호방 비장에게 4백 냥의 뇌
물을 안겨줌으로써 이 일을 덮기 바빴다. 점점 곪아 언젠가는 터지고
말 악성의 종기와 같았다. 관례대로 윤광우를 모시던 방기를 통해 뇌물
이 전달되자, 그가 말했다. "차라리 이 4백 냥을 즉시 창고에 넣으라고
해라. 그러면 백분의 일이라도 채우는 것이 아니냐? 기일까지 채우지
못하면 나는 보고하지 않을 수가 없다. 하지만 그때까지는 말하지 않겠
다." 그는 약속대로 했다. 관찰사는 사태를 파악했고, 관계자는 줄줄이
처벌을 받았다. 잘못된 관행이 이렇게 해서 바로잡혔다.

　　"아우야! 너도 윤광우처럼 해야 한다. 그냥 눈 딱 감고 4백 냥을 챙기
면 당장에 이익은 되겠지만, 장차 더 큰 후환을 남기는 일이다. 명심해
라. 눈앞의 이익을 쫓아다녀서는 안 된다. 바르고 옳게 가는 것이 빠른
길이다."

비장 대접

원주(原州)의 제학공(提學公)께서 양양 도호부사가 되었을 때, 순영의 친한 비장이 와서 이치에 어긋난 송사의 해결을 부탁한 일이 있었다. 공이 들어주지 않자 비장이 발끈 성을 내며 말했다.

"영감께서 비록 명망이 무겁다 해도 감영 비장 대접을 이리 하시면 안 됩니다."

말이 모두 불손하였다. 공이 즉시 좌우에 명하여 비장의 패를 빼앗게 하고 곤장 20대를 쳐서 쫓아냈다. 그러고는 바로 이 일로 순영에 보고하였다. 관찰사가 사과하고, 부에는 끝내 아무 일도 없었다.

原州提學公爲襄陽都護, 有巡營親裨來囑枉理決訟, 公不聽. 裨艴然怒曰: "令監雖望重, 營裨待接, 不宜如此." 語皆不遜. 公卽命左右拏下, 奪將牌, 決杖二十而黜之. 隨以是申報巡營, 察使謝之, 府卒無事.

— 〈아우 횡을 위해 써준 증언〉

• •

글 속의 제학공은 다산의 한집안 어른인 듯하나 누군지 모르겠다. 그

다산의 제자 교육법

가 양양 부사가 되어 임지로 내려갔다. 상급 관청인 강원도 관찰사에 딸린 비장이 찾아와 잘못된 송사에 편을 들어달라고 청탁을 넣었다. 들은 체도 하지 않으니 불손한 태도로 빈정거리며 화를 냈다. 제학공은 그 자리에서 비장의 패찰을 빼앗고 맵게 곤장을 쳐서 내쫓고는 즉시 관찰사에게 이 일을 보고했다. 그 결과 오히려 관찰사의 제대로 된 사과를 받았다. 다른 뒤탈도 없었다.

"아우야! 나는 네가 앞서 본 중추공이나 윤광우 같은 비장이 되어주길 부탁한다. 강원 감영의 그 비장처럼 부정한 청탁이나 일삼다가 곤장 맞아 쫓겨나고 제 주공으로 하여금 하급자에게 사과하게 만드는 그런 비장이 되어서는 안 된다. 명심하거라."

아름다운 명예

《예기》에 말했다. "가장 훌륭한 것은 덕에 힘쓰는 것이고, 그다음은 베풀고 보답하는 데 힘쓰는 것이다." 천하의 근심과 기쁨, 즐거움과 슬픔은 모두 베풀고 보답하는 데서 받는다. 하지만 장(張)에게 베풀었는데 이(李)가 보답하고, 화는 집에서 났는데 저자에서 성을 낸다는 것은 이치가 그럴 법하다. 천도(天道)는 넓고 넓어 반드시 보답하는 것이 베푼 곳에 있지는 않다. 이 때문에 보답하지 못할 곳에 은혜를 베푸는 것을 군자는 귀하여 여긴다. 만약 왼손으로 물건을 주면서 오른손으로 값을 요구한다면 이것은 장사치의 일이지 먼 일을 도모하는 것이 아니다. 경전에서는 고아와 어린이를 얕잡아보지 말라고 했다. 뭇 사람이 장차 이를 업신여기더라도, 달자(達者)가 어찌 힘이 부족해서 감히 이를 우습게보지 않는 것이겠는가? 하늘에게 불쌍히 여김을 받지 못할까 봐 걱정해서일 뿐이다.

네가 이미 의술로 직업을 삼았으니 의술을 가지고 비유해보마. 새벽에 종이 울리자 준마를 문 앞에 묶고는 "수상의 분부가 있었습니다." 한다. 큰 나귀가 뒤따라와서는 "대사마의 명이 있었습니다."라고 한다. 또 준마가 잇달아 와서, "훈련대장의 명이 있었소."라고 한다. 뒤미처 한 빈한한 선비가 이르러서는 "나는 탈 것이 없소만, 어머니의 병이 몹시 위태롭구려."라고 하며 구슬피 눈물을 떨군다. 네가 세수를 마쳤거든 먼저 빈한한 선비의 집으로 가서 자세히 살펴보고 찬찬히 병세를 살펴 처방을 일러주거라. 그다음에 여러 귀한 집으로 가는 것이 옳다.

몸가짐이 공손하고 예의가 있으면 아름다운 명예가 일어나고, 아름다운 명예가 일어나면 하늘의 복록이 이르게 되니, 귀한 집안에서 너의 생활을 두텁게 해주지 않을 수가 없게 된다. 이 때문에 베풀기는 동쪽에다 했는데 보답은 서쪽에서 나온다고 하는 것이다. 지혜로운 사람이 인(仁)을 이롭게 여긴다는 것은 바로 이를 두고 하는 말이다.

禮曰太上務德, 其次務施報. 天下之憂愉歡戚, 皆施報之所受也. 然施於張而李報之, 室於怒而色於市, 理有然者. 天道恢恢, 未必所報在所施也. 故垂恩於不報之地, 君子貴之. 若左手授物, 右手索價, 是商賈之事, 非所以規遠圖也. 經曰毋弱孤有幼. 衆人方且侮之, 達者豈力不足而不敢弱之與? 抑恐弗弔于天也. 汝旣業醫, 請以醫喩. 曙鍾鳴, 有駿馬繫乎門曰: "首相有命." 有大驢踒之曰: "大司馬有命." 又駿馬踠之曰: "訓鍊將軍有命." 隨有一寒士至曰: "我則無騎, 而母病阽危." 凄然泣下. 汝旣盟, 其先往寒士家, 審視委曲訂論, 次往諸貴家可也. 其行己也, 恭而有禮, 則令譽作. 令譽作則天祿至, 貴家不能不厚汝之生. 故施在於東, 而報出於西, 故知者利仁, 此之謂也.

－〈또 아우 횡을 위해 써준 증언(又爲舍弟鐄贈言)〉

● ●

베푸는 삶에 대해 말한 내용이다. 베풀되 보답을 기대하지 못할 곳에 베푸는 것이 가장 훌륭하다. 보답을 바라는 베풂은 그것이 비록 선의에서 나왔다 해도 장사치의 거래와 다를 바 없다. 여기다 베풀어 저기서 보답 받는 것이 하늘의 보답이다. 나약한 고아나 어린이에게 잘해주는 것은 불쌍하기 때문이다. 그 보답은 하늘에게서 받는다.

"아우야! 권세 있는 사람과 빈한한 선비가 동시에 네게 도움을 청하거든 너는 의심 없이 빈한한 선비에게 먼저 가야 한다. 그에게 힘이 되어주면 권세 있는 사람이 몇 배로 네게 그것을 되갚아줄 것이다. 이것은 하늘의 작용이니 의심할 것이 없다. 어떤 선행에도 주판알을 튕겨서는 안 된다. 보답을 바라고 명성을 탐내서는 안 된다. 아름다운 이름은 결과일 뿐 목표일 수가 없다."

다산의 제자 교육법

지은이 | 정민

1판 1쇄 발행일 2017년 9월 4일
1판 3쇄 발행일 2017년 12월 18일

발행인 | 김학원
편집주간 | 김민기 황서현
기획 | 문성환 박상경 임은선 김보희 최윤영 전두현 최인영 이보람 김진주 정민애 임재희 이효은
디자인 | 김태형 유주현 구현석 박인규 한예슬
마케팅 | 이한주 김창규 김한밀 윤민영 김규빈 송희진
저자·독자 서비스 | 조다영 윤경희 이현주(humanist@humanistbooks.com)
스캔·출력 | 이희수 com.
용지 | 화인페이퍼
인쇄 | 삼조인쇄
제본 | 정민문화사

발행처 | (주)휴머니스트 출판그룹
출판등록 | 제313-2007-000007호(2007년 1월 5일)
주소 | (03991) 서울시 마포구 동교로23길 76(연남동)
전화 | 02-335-4422 팩스 | 02-334-3427
홈페이지 | www.humanistbooks.com

ⓒ 정민, 2017

ISBN 979-11-6080-050-0 03800

• 이 도서의 국립중앙도서관 출판예정도서목록(CIP)은 서지정보유통지원시스템 홈페이지(http://seoji.
  nl.go.kr)와 국가자료공동목록시스템(http://www.nl.go.kr/kolisnet)에서 이용하실 수 있습니다.
  (CIP제어번호: CIP2017017611)

만든 사람들

편집주간 | 황서현
기획 | 전두현(jdh2001@humanistbooks.com) 박상경 이효은
편집 | 김선경
디자인 | 김태형 한예슬

NAVER 문화재단   이 책은 네이버문화재단 문화콘텐츠기금의 후원으로 만들어졌습니다.